KB058562

책대로 —— 해 봤습니다

HOW TO BE FINE

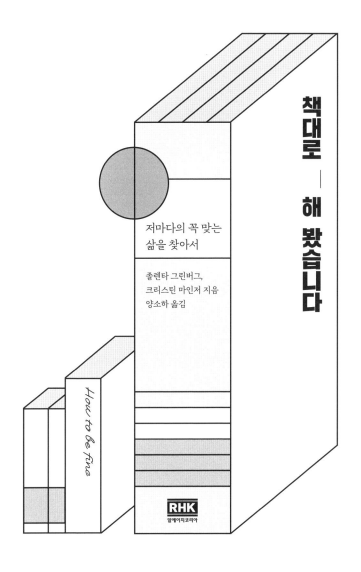

책대로 — 해 봤습니다

저마다의 꼭 맞는
삶을 찾아서

졸렌타 그린버그,
크리스틴 마인저 지음
양소하 옮김

How to be fine

RHK
알에이치코리아

"누군가에게 충고하는 것을 좋아하지 않아요.
모두의 삶은 제각각이고 걸어가는 길 또한 다르니까요.
나는 그들에게 정보를 건네고 싶어요."

—돌리 파튼

크리스틴입니다

다이어트를 시작하고 둘째 날의 반이 지나갈 때쯤, 저는 피클 조각 2개와 상추 1장을 먹었다는 이유로 울고 있었습니다. 부정행위를 했다는 생각에 자괴감이 들었거든요. 책대로라면 삶은 부추나 부추 물만 먹어야 했는데, 그렇게 하지 못했습니다. 모든 상황은 제가 지구상에서 누리던 것들의 절반을 내팽개친 지 1주일 만에 그리고 마음이 바빠진 지 3주일 만에 일어났지요.

저는 《프랑스 여자는 살찌지 않는다》라는 다이어트 책을 읽고 있었습니다. 그 전 주에는 《정리의 힘》을 읽었고요. 3주 전에는 《시크릿》에 푹 빠져 있었습니다. 2주에 한 번씩 책을 바꿔 가며 읽는 일상이 계속되고 있었던 거예요. 책에서 먹으라는 것을 먹고, 말하라는 대로 말했습니다. 일어나고 잠자고 남편과 소통하는 등 모든 행동을 각 책에서 소개하는 이론과 규칙대로 따라 했지요. 그리고 〈책대로 살아보기〉라는 리얼리티 쇼 팟캐스트를 위해 이 모든

책대로 해 봤습니다

과정을 기록하고 있었습니다.

저를 이런 삶으로 이끈 사람은 멋지고 유쾌한 친구 '졸렌타 그린 버그'였습니다. 졸렌타는 코미디언이자 스토리텔러, 성우, 선생님 그리고 자기 계발 마니아였습니다. 그는 크리스털을 사랑했고 차크라에 대해 진지하게 이야기하기를 좋아했습니다. 그리고 자기 계발서가 으레 하는, '이렇게 하면 된다'라고 하는 말들을 진심으로 믿는 여자이기도 했고요. 그런 그가 〈책대로 살아보기〉를 함께 진행하자고 권한 이유는 제가 그와 정반대의 견해를 가졌기 때문이었습니다.

재미있어 보였습니다. 즐겁게 할 수 있을 것 같았어요. 웃길 것 같기도 했고요. 많은 사람이 즐길 수 있는 프로그램이 만들어질 것 같았습니다.

그때까지만 해도 저는 그 책들이 정말 제 삶을 바꿀 줄 몰랐습니다. 더 좋아진 면도 있었고요. 〈책대로 살아보기〉가 아니었다면 항상 농담처럼 이야기했던 로맨스 소설을 종이에 옮기지 않았을 테니까요. 전생을 돌아보는 일도 없었을 거고, 남편과 결혼 생활에 대해 진지한 대화를 나누지도 않았을 거예요.

괴짜 실험으로 시작된 〈책대로 살아보기〉는 일상 속 실천을 통해 그 의미를 더해 갔습니다. 그리고 그 대상은 저희뿐만 아니라 더 많은 사람으로 확대되었지요. 저희는 전 세계적으로 1만 5천 명 이상이 가입해 있는 페이스북 커뮤니티를 운영하고 있었고, 그곳에서 오피스 드라마부터 알코올 중독에 이르기까지 다양한 주제로 매일 이야기를 나누었습니다. 〈뉴욕타임스〉 주최의 라이브 행사에서 주 공연자를 맡거나 미국 공영라디오방송 NPR, 영국 공영방송 BBC, 캐나다 공영방송 CBC 그리고 뉴질랜드 공영라디오방송 RNZ와 인터뷰도 했습니다. 〈가디언〉, 〈워싱턴 포스트〉, 〈타임〉, 〈버스트〉, 〈버즈피드〉, 인디와이어는 물론 캔자스주의 사서들이 저희 이야기를 기사로 쓰기도 했고요.

이렇듯 여러 프로그램에 출연해서 했던 인터뷰, 소개했던 에피소드와 페이스북 커뮤니티에서 밝힌 이야기가 있는데도 청취자분들은 여전히 더 많은 것을 알고 싶어 하시더군요. 그때 "책을 읽으면서 배운 점을 글로 써서 모두와 공유해 보는 건 어때요?"라는 질문을 자주 받았습니다.

그래서 이 책을 썼습니다. 이 책이 청취자분들을 만족시키길 바랍니다. 그리고 더 큰 꿈도 있습니다. 그것은 아직 저희를 모르는 분들, 두 여자가 3년간 50권의 책을 읽고 그 지침을 체계적으로 실천하며 바꾼, 솔직한 삶의 이야기를 듣고 싶은 분들에게도 이 내용이 전해지는 겁니다.

여러분이 알아주셨으면 해요. 저희의 목표는 어떻게 살아야 하는지 그 방법에 대해 말하는 것이 아닙니다. 저희는 전문가가 아니고, 심리학자나 의사도 아니에요. 솔직히 여러분 자신보다 더 '여러분이 최고의 모습을 갖출 방법'을 잘 안다고 생각하지 않습니다. 졸렌타가 종종 이야기하는 것처럼 여러분을 제일 잘 아는 전문가는 여러분 자신입니다.

저희는 단지 저희의 이야기를 공유하고 싶을 뿐이에요. 무엇이 효과가 있었고 또 없었는지를 이야기하고 싶습니다. 중요한 사실은 저희의 이야기에 감상적인 말은 없다는 점입니다. 지나치게 감상적인 말은, 영감이나 재미는 줄 수 있지만, 실천하기는 매우 어렵습니다.

저희는 저희가 실천했던 구체적인 과정만 이야기하려고 합니다. 여러분이 해 보고 싶다면 당장 집에서라도 할 수 있도록요. 두 여자가 더 나아지겠다는 명목 아래 자신을 어떻게 괴롭혔는지 들으며 단지 한바탕 웃고 싶으시다면, 그것도 저희는 좋습니다. 여러분은 여러분의 몫을 다하고, 저희는 저희 몫을 해내는 거지요.

졸렌타입니다

저는 5살 때부터 유치원에 다니기 시작했습니다. 모든 유치원생은 등원 첫날 휴지 한 상자를 가져가야 했고, 그 휴지를 각자의 작은 사물함에 보관하며 1년간 콧물이 흐를 때 자유롭게 사용할 예정이었습니다.

등원 첫날 집으로 돌아갈 시간이 되자 저는 작은 손으로 휴지 상자를 넣어 온 분홍색 가방에 다시 그것을 집어넣으려 애썼고, 엄마와 마샬 선생님은 당황한 눈빛으로 그런 제 모습을 지켜보았습니다. 휴지를 다시 집으로 가져가려는 저와 달리 친구들은 아무렇지 않게 그것을 사물함에 넣어둔 채 돌아갔지요.

"그냥 거기에 놔둬도 된다, 얘야." 마샬 선생님이 말했습니다. "누구도 손대지 않아. 매일 여기서 휴지 친구는 너를 기다리고 있을 거야."

저는 계속 짐을 싸면서 온순하게 "괜찮아요"라고 대답했지요.

　　　　　　　　　　　　　책대로 해 봤습니다

조금 뒤 가방 지퍼를 올리고 엄마의 코트 자락을 잡아당기며 집에 갈 준비가 되었다는 것을 알렸습니다. 마샬 선생님과 엄마는 시선을 교환하며 웃었습니다. 그들은 제가 집에 갈 준비를 마치면 사물함에 휴지를 두고 갈 것이라 생각한 것 같았어요.

하지만 저는 생각했습니다. '난 밤새 내 친구가 저 이상한 곳에 있도록 두고 가지 않을 거야! 절대 안 돼!'

이 의식은 그 뒤로도 계속되었습니다. 매일 아침 휴지 상자를 가방에서 꺼내어 소중히 사물함에 넣어 두었다가 오후가 되면 어두워졌다며 잘 챙겨 집으로 가져가곤 했습니다. 엄마와 선생님은 사물함에 언제까지고 두어도 된다며 웃었지만요.

마음의 준비가 된 것은 그로부터 2주가 지난 뒤였습니다. 상황을 면밀히 살펴보고 규칙을 조사한 뒤, 이제는 사물함에 휴지를 넣어 두고 다니는 이 제도를 믿어도 되겠다고 판단했습니다.

이 이야기는 엄마가 제 어린 시절 이야기 중에 가장 좋아하는 이야기입니다. 제 성향을 완벽히 드러내 주기 때문이래요. 저는 늘 남보다 2주씩 늦었습니다. 언제나 삶의 모든 상황에서 정해진 '정상적인' 단계보다 몇 걸음 뒤처져서 다른 사람보다 조금 늦게 목적지에 도착했습니다. 그것이 사물함에 휴지를 두고 가는 행동이든,

첫 키스든, 사랑에 빠지는 것이든, '진짜 나에게 맞는' 직업을 갖는 것이든 전 항상 뒤처져 살았습니다.

2주 뒤처진 인생을 사는 성향은 지난 30년간 저를 지배했고, 이것이 바로 제가 자기 계발에 집착하게 된 이유였습니다. 10대 시절을 거치며 많은 사람이 어떻게 살아야 하는지에 대한 각종 규칙을 글로 옮겨 온 사실을 알게 되었습니다. 그 글에 적힌 규칙대로 산다면 다른 사람들을 따라잡을 것 같았지요. 드디어 '뒤처지는 인생'에서 벗어날 수 있을 것 같았습니다.

성인이 된 저는 가끔 책을 읽거나 영감을 주는 인터넷 동영상을 보면서 자기 계발에 손을 뻗기 시작했습니다. 그러던 어느 날 우연히 라디오 방송국의 뉴스 방송실에서 아르바이트를 하게 되었는데, 그때 꿈이 현실로 바뀌었습니다. 담당했던 프로그램 앞으로 도착한 책들을 검토하는 일을 하게 됐거든요. 그 책들 중에는 저 빼고 누구에게도 필요하지 않은 자기 계발서가 많았습니다. 그 책들을 다 가지고 싶었어요.

새로운 자기 계발서들은 행복과 생산성, 성공 등 제가 간절히 원했던 모든 것을 손에 쥐게 해 주겠다는 멋진 약속의 총집합이었습니다. 펼쳐 든 책마다 "자, 졸렌타, 내가 고쳐 줄게. 앞으로도 계속

2주 늦은 인생을 살고 싶은 건 아니지?" 라고 말하더군요.

그러고 싶지 않아. 저는 제 친구이자 동료인 크리스틴에게 이 책들을 들고 갔습니다. 그에게 제가 모은 책들을 보여 주며 여기 나온 대로 엄격하게 살아보는 프로젝트를 해 보자고 제안했습니다.

그 당시 크리스틴은 인생 최고의 시기를 보내고 있었습니다. 저와 정반대로 질투가 날 만큼 잘나가는 여자였죠. 그는 '어른'의 일에 관한 조언이 필요할 때 도움이 되는 친구였습니다. 부동산 변호사에게 질문이 있거나 사이가 서먹해진 가족을 어떻게 대해야 할지 방법을 모를 때, 크리스틴은 그 정답을 알고 있었습니다. 그는 저처럼 변화가 필요 없었지요. 그렇기에 크리스틴은 제가 하려는 자기 계발 프로젝트의 파트너로 완벽했습니다. 저처럼 누군가를 계속 따라잡아야 하는 사람이 아니니까 제가 이 프로젝트를 주도할 수 있고, 또 그라면 저를 통제하는 역할을 해 줄 것 같았어요. '만약 그 책들이 우리 모두의 삶을 좋은 방향으로 변화시킬 수 있다면'이라는 상상은 이렇게 현실이 되었습니다.

이렇게 저희의 팟캐스트 〈책대로 살아보기〉가 탄생했습니다. 적절한 타이밍, 직장 동료와의 관계, 2주 뒤처져 살아온 삶을 더 나은 방향으로 발전시키기 위해 2주마다 책을 바꿔 가며 그 지침대로 해 보는 실험을 하게 된 거지요.

다시, 크리스틴입니다

////

졸렌타는 가끔 자기 계발서가 필요한 사람을 줄 세운다면 맨 마지막에 서 있을 사람이 저일 거라고 말합니다. 저는 대부분의 시간이 행복한 사람이거든요. 불안해하지도 인생의 패배자라는 생각을 별로 하지도 않습니다. 제 표정은 항상 편안하지요.

또 졸렌타는 제가 성인으로서 제대로 잘살고 있다고 생각하더군요. 저는 고등학교 때부터 일을 해 왔고 대학에 다니면서도 경제적인 부분을 스스로 해결했습니다. 지금은 퇴직연금이 있고, 회계사이며 부동산 변호사이기도 하지요. 아프면 병원에 갈 수 있고, 다 떨어지기 전에 필요한 휴지를 살 수도 있습니다.

어떤 능력을 갖춰야 하고 어떤 사람이 되어야 하는지 말할 때 제가 그 완벽한 표본이라고 답할 수 있을 거라는 게 아니에요. 전 아직 멀었거든요. 항상 큼지막한 파일 꾸러미를 짊어지고 다니고,

책대로 해 봤습니다

스스로 청소나 요리를 하지도 않습니다. 대부분의 미국인이 그런 것처럼 휴대폰 액정을 바라보는 시간을 줄이고, 과자 먹는 양을 줄이기 위해 노력하지도 않습니다. 매일 거울에 비치는 제 얼굴을 쳐다보며 "정말 멋진 여잔데?"라고 소리치지도 않습니다.

저는 몇 년 동안 많은 문제를 겪었습니다. 여러 학교를 전전하며 자랐는데 그중 많은 곳에서 반에 유일한 '백인이 아닌 학생' 취급을 받았지요. 12살 때 학대를 가하던 아빠와 새엄마가 저를 보살필 자격을 잃으면서 혼자가 되었습니다. 초등학생 때부터 20대 때까지 불규칙한 식사 습관 때문에 골치를 앓았고, 대학생 때는 제게 욕을 퍼붓고 돈을 훔치는, 하찮은 남자와 사귀었습니다. 상사에게 성추행을 당한 일도 있었고, 엄마와 할머니도 돌아가셨습니다.

이 모든 일을 겪었지만, 저는 제가 운이 좋다고 생각합니다. 많은 사람이 좋은 친구 한 명 없이 저와 같거나 더 나쁜 상황을 겪기도 하니까요. 저보다 훨씬 더 충격적인 방법으로 트라우마를 처리하는 뇌를 지닌 사람도 많고요. 자신이 원하는 대로 몸을 움직이지 못하는 사람들도 적지 않습니다. 그리고 정말 많은 사람이 정신 건강을 다루는 전문가에게 도움받을 생각조차 못 하거나 그럴 여유가 없어요.

그렇지만 이런 저도 가끔은 지칠 때가 있습니다. 자연스러운 일이라고 생각해요. 인생이 좋을 때도 있고 나쁠 때도 있는 거 아니겠어요? 즐거운 기분으로 잠에서 깨는 날이 있고, 하루가 저물 때쯤 불안해지는 날도 있습니다. 만족스럽지 못한 무언가가 마음속 깊이 남아 있을 때도 있고요.

그래서 이 세상에 책이 이렇게나 많은 것 같습니다. 사람들이 모든 일에 늘 만족한다면 책은 필요 없을 테니까요.

저는 항상 의심의 눈으로 자기 계발서를 봐 왔습니다. 많은 자기 계발서가 사람들의 불안감으로 먹고사는 것 같았기 때문입니다. 표지에는 책 한 권을 읽는다고 해서 절대 해낼 수 없는 말('인생을 바꿀 단 하나의 확실한 방법!', '내년에 더 많은 돈을 벌게 해 줄 최고의 방법', '아이를 재울 수 있는 유일하고도 검증된 방법!')이 쓰여 있기도 하고요.

그런 이유로 졸렌타와 제가 멋지게 팀을 꾸렸습니다. 졸렌타가 자기 계발서에 대해 하는 온갖 희망적인 말에도 불구하고 저는 약간의 회의감이 들거든요. 졸렌타가 믿고 싶어 하는 책 속의 모든 내용에 저는 무언가 트집을 잡고 싶습니다.

아마 여기에는 제가 비평가라는 점도 작용하는 것 같아요. 대학 시절 내내 예술과 엔터테인먼트 분야의 비평을 했거든요. 수년 동안 주된 목표가 '미디어의 해체'였던 대학 사무실에서 일하기도 했습니다. 그리고 〈책대로 살아보기〉를 시작하기 전에 6년간 영화 리뷰 팟캐스트의 공동 진행자로도 활동했지요.

그렇다고 자기 계발 프로젝트에서 제가 비평가 역할만 하는 건 아닙니다. 지금 되돌아보면 졸렌타가 쇼를 진행하며 울었던 것만큼, 어쩌면 그 이상으로 저도 울었을 거예요. 저는 처음 의도보다 훨씬 더 많은 이야기를 공유하며 제 사생활을 혹독하게 비판했습니다.

제가 이 프로젝트를 통해 배운 게 한둘이 아니라고 말했던가요? 가끔은 품었던 의혹을 확인하기도 했습니다. 다른 사람들도 제 삶이 더 나아지는 것을 실제로 느꼈대요. 이런 변화는 졸렌타와의 우정이 쇼를 통해 성장하고 진화했기 때문입니다. 졸렌타에게 정말 고마워요. 제 삶은 제 이야기를 통해 좋은 영향을 받은 사람들과 이야기를 나눔으로써 변화했습니다. 그리고 일부는, 이 웃기는 책들을 읽은 덕분이라는 것을 인정합니다.

이 정도면 제 비하인드 스토리로 충분한 것 같아요. 이제 그 책들이 저와 졸렌타의 삶을 어떤 방식으로 좋게 변화시키고 때로는 파괴했는지 알아볼 시간입니다.

1장 해 보니까 괜찮았던 13가지

2장   해 봤는데 별로였던 8가지

3장   우리가 추천하는 8가지

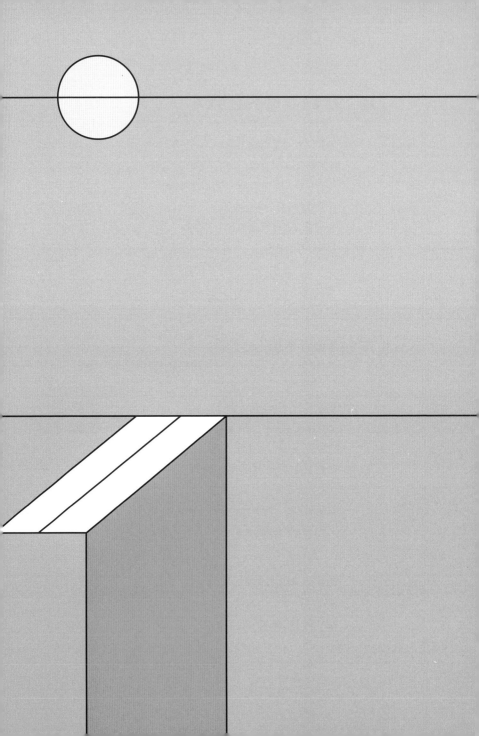

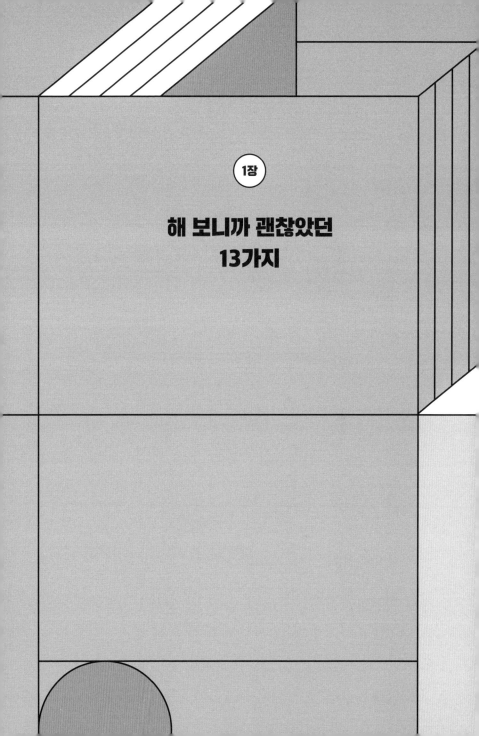

1장

해 보니까 괜찮았던
13가지

친절하게 행동하기

크리스틴

이렇게 툭 터놓고 이야기하는 게 솔직한 거겠지요. 저는 친절한 사람이고 싶습니다. 친구들이나 낯선 사람들을 칭찬하는 게 좋아요. 직장 동료들이 가득한 사무실에 들어설 때, 활기찬 아침 인사를 건네며 하루를 시작하는 것도 좋아합니다. 나보다 더 앉아야 할 것 같은 누군가에게 자리를 양보하는 것도 좋아하는 일 중 하나입니다. 친절하게 행동하는 게 정말 좋아요!

그래서 질 니마크와 스티븐 포스트가 쓴 《왜 사랑하면 좋은 일이 생길까》에서 소개한 '친절해지고 행복해지기 위한 10단계 과정'을 실천하는 것은 제게 그리 힘든 일이 아니었습니다.

하지만 졸렌타는 이 책을 싫어했습니다. 그는 책 내용이 가식적인 데다가 시대에 뒤떨어지고, 또 좁은 범위만을 다룬다고 느꼈대요. 저도 이 책이 그런 단점을 지녔다는 의견에 동의합니다.

그렇지만 우리가 책 내용대로 생활했을 때, 저렇게 말했던 졸렌타마저도 이 책 덕분에 '행복한 사람이 되는 기분이 어떤 것인지' 알 수 있었다고 인정했습니다. 그렇다고 이 책이 그런 기분을 느끼게 하는 유일한 책이라는 뜻은 아닙니다. 엠마 그레이가 쓴 《소녀들이 레지스탕스가 되는 법》과 비 존슨이 쓴 《나는 쓰레기 없이 살기로 했다》도 마찬가지였거든요.

사실 우리는 다른 사람을 친절하게 대하거나 배려하는 행동을 하라는 책 내용을 실천할 때마다 기분이 좋았습니다. 이렇게 바른 행동을 하는 것이 단지 더 나은 사람이 된다는 자아도취를 느끼게 하거나 낯선 사람들에게 칭찬을 듣게 해 주기만 하는 것은 아니에요. 친절함은 그 자체만으로 기분을 좋게 합니다.

우리는 주변 사람들, 그러니까 직장 동료나 친구, 남편을 통해 이 사실을 깨달았습니다. 예를 들어 우리가 《왜 사랑하면 좋은 일이 생길까》를 읽으며 책 내용을 실천하던 무렵이었습니다. 그때 저는 관리직으로 승진을 했습니다. 그러자 새로운 직장 동료가 내 생활 반경에 들어오거나, 기존 직원들과 업무 및 요청 사항을 확인하지 않고 인수인계가 진행되는 상황이 떠올랐습니다. 그런 상황은 막고 싶었습니다. 그래서 모든 팀원과 1 대 1 미팅을 하면서 새 포지션에 적응해 가기로 했습니다. 팀원들이 어떤 문제에 주목해야 한다고 느끼는지, 어떤 부분에서 지원이 미흡하다고 느끼는지, 또 현재 상황에서 그들이 선호하는 것과 선호하지 않는 것이 무엇인지를 물었습니다.

물론 팀원들이 원하는 모든 사항을 개선할 수는 없었습니다. 하지만 이렇게 그들의 의견을 묻는 과정을 통해, 저는 팀에 더 녹아드는 느낌을 받았습니다. 이뿐만이 아닙니다.

친절은 모르는 사람들과 우리 사이에 더 큰 유대감을 형성해 줍니다. 일상생활에서 누군가를 돕고 싶었던 졸렌타는 어느 날 유모차를 끌고 위험천만한 뉴욕 지하철 계단을 오르내리는 여자를 발견했습니다. 졸렌타는 기회가 있을 때마다 있는 힘껏 그런 사람들을 도왔습니다. 여자들의 입장이 되어서 그들을 위해 약간의 노동을 한 셈이지요. 이런 사소한 친절 덕분에 졸렌타는 함께 세상을 살아가는 인류에게 더 많은 동지애와 친근감을 느낄 수 있었다고 합니다.

그렇다고 지금까지 졸렌타가 이 여자들의 존재를 전혀 몰랐다거나 그들을 돕지 않은 것은 아닙니다. 졸렌타는 예전에도 그들을 도왔습니다. 하지만 그때는 의도적으로 매일 하려고 하지 않았을 뿐이죠. 의도적으로 친절을 일상에 끌어들였을 때, 그는 더 행복해졌습니다.

또 깨달은 점이 있어요. 옳은 행동을 하는 것이 과거의 트라우마에서 벗어나지 못한 우리에게 힘을 북돋아 준다는 겁니다. 구체적인 시기를 보면, 《왜 사랑하면 좋은 일이 생길까》를 읽었던 기간에 우리는 권력을 지닌 남자들한테 우리가 어떻게 학대받았는지 목소리를 높였습니다. 졸렌타는 자신을 때린 전 직장 상사를 격렬히 비난하는 콩트를 통해 목소리를 냈습니다. 저는 저를 성희롱했던 쇼호스트와 전 직장 사장 이야기를 폭로했지요.

이렇게 권력을 바탕으로 한 폭력 피해를 폭로한 지 얼마 되지 않아 '수키 김Suki Kim'이라는 취재기자가 저희에게 연락해 왔습니다. 그는 저희의 이야기를 듣고 싶어 했어요. 수키 김은 우리가 가진 것보다 훨씬 더 영향력 있는 플랫폼을 지니고 있었습니다. 이는 다시 말해 적절하고 용감하게 행동한다면 기존에 저와 졸렌타가

책대로 해 봤습니다

했던 것보다 훨씬 더 많은 사람을 도울 수 있다는 뜻이었습니다. 수키 김이 쓴 글은 국제적인 언론의 헤드라인을 장식했고 2018년의 미투 운동을 다룬, 무게감 있는 이야기 중 하나가 되었습니다.

하지만 우리는 우리의 행동이 국제적으로 어떠한 반응과 관심을 불러일으키든 그렇지 못하든 그건 크게 상관이 없었습니다. 우리는 우리가 친절한 사람일 때 더 행복한 자신을 발견했으니까요. 기분이 가라앉을 때, 무거운 짐을 든 사람이나 눈 더미에 갇힌 차를 꺼내려 애쓰는 사람을 도우면 기분이 한결 나아졌지요. 친구나 낯선 사람을 칭찬할 때도 기분이 좋아졌고요. 재미있는 사실은 제가 몰래 누군가를 칭찬할 때나 긍정적인 소문을 퍼뜨릴 때도 비슷한 효과가 있었다는 거예요.

한편, 살다 보면 본의 아니게 누군가에게 오해를 받을 때도 있습니다. 졸렌타의 경우, 그 책을 읽으면서 시어머니와의 관계를 개선하려고 노력했지요. 그분과 오해가 생길 때도 최선을 다해 친절한 태도로 둘의 관계를 개선하려 했고 그 행동이 마음을 한결 가볍게 해 주었습니다. 상대방과의 관계에서 오는 긴장감도 줄어들고요.

제 경우에는 매일 아침 눈을 떠서 '오늘 누군가의 더 나은 삶을 위해 내가 무얼 할 수 있을까?'라고 생각하는 것이 가장 큰 실천 방법인 것 같습니다. 그리고 이런 말과 행동을 통해 그 '누군가'를 2명, 5명 그리고 10명으로 늘려 나가는 거지요. 매일 더 나은 하루를 맞이하게 된 사람 중 한 명이 저란 사실은 분명합니다.

친절을 베푸는 것은 즐거운 일입니다. 이 표현이 가장 잘 맞는 것 같습니다. 기회가 된다면 함께 모여 노는 아이들을 한번 보세요. 은행 놀이를 하거나 번갈아 그네를 밀어주며 나름대로 공평하게 놀고 있을 겁니다. 아이들의 얼굴에 즐거움이 배어 나오겠지요. 그 누가 그 모습을 보고 친절한 마음이 들지 않을 수 있을까요. 친절은 못되게 구는 것보다 훨씬 더 재미있기도 합니다.

긍정적인 자기 대화 하기

졸렌타

사회적 불안감이 느껴지면 싫어하는 음식을 먹고 마시게 됩니다. 누군가를 불쾌하게 하거나 상대방에게 거절당할지 모른다는 생각이 지나치게 긴장감을 불러일으킨 나머지, 싫어하는 음식을 싫어한다고 말하지 못하고 모든 것이 다 괜찮은 척하게 됩니다.

만약 시부모님 집에서 저녁 식사를 할 때 알레르기가 있는 음식이 나온다면, 저는 그 요리를 전략적으로 남편의 접시에 조금씩 올려놓으면서 동시에 조용히 제 접시 옆에 쌓아 놓을 거예요. 아니면 이럴 수도 있겠죠. 술집에 가서 마르가리타 칵테일을 주문했는데 진이나 토닉이 나온 거예요. 전 그 술을 별로 안 좋아하지만, 아마

나온 진을 그냥 그대로 마실 겁니다.

　왜 이런 행동을 하냐고요? 전 사회적 불안감을 지니고 있거든요. 끝없이 꼬리를 물고 이어지는 생각과 걱정 그리고 다른 사람들이 저를 어떻게 생각할지에 대한 두려움 때문에 마음이 괴롭습니다. 그렇기에 저 상황에서 남편 가족들이 제가 먹지 않는 모습을 보고 절 버릇없고 무례하다고 하거나, 남편에게 저에 대한 좋지 않은 말을 할지 모른다고 생각하는 거지요. 아니면 이런 생각이 머릿속을 스쳐 지나갔을 수도 있고요. '주문이 잘못 전달된 거라고 말해. 바텐더는 네가 진을 싫어해도 별 상관이 없잖아. 아니야, 괜한 문제 만들지 마. 안 그래도 오늘 밤에 바텐더는 엄청 바빴을 테니까. 네가 불만을 이야기하면 더 힘들어질 거야. 이게 여자의 권리 신장에 도움이 되는 일도 아니고 말이야!'
　사회적 거부감에서 비롯되는 이 극도의 두려움은 결국 자신이 원하지 않거나 좋아하지 않는 것들을 먹고 또 마시는 것으로 이어집니다. 당황스럽지만 사실입니다.

　저는 이런 상황에 대한 두려움과 어떤 거절도 하지 말라고 자신을 꾸짖는, 어쩌면 자기 비하적일 수도 있는 생각의 테이프를 머릿

　　　　　　　　책대로 해 봤습니다

속에 감고 다니는 데 익숙해져 있었습니다. 평생 그래왔지요(테이프라고 부르는 건 제게 이상한 일이 아닙니다. 왜냐하면 전 실제로 테이프를 사용한 80년대생이거든요). 이건 마치 머릿속에 항상 비열한 친구 한 명이 같이 사는 것과 같습니다. 여러분도 이런 말을 하는 내면의 친구가 있나요? "너 완전 엉망진창이야." 그 친구는 내가 어리석고, 최선을 다하고 있지 않다고 생각합니다. 또 못생겼다고 말합니다. 나를 많은 사람이 감당하기 힘든 존재라고 말합니다. 별로 질이 좋지 않은 친구라고도 하고요. 대충 이런 말들을 쏟아내는 친구 말입니다. 저는 지금까지 이 가혹한 내면의 독백이 변하지 않는 나의 일부분이라고 생각했습니다.

섀드 헴스테터가 쓴 《Self-Talking》을 보면, 이 책에서는 좀 더 나은 내면의 대화를 위해 이 비열한 친구의 목소리를 가지고 다시 훈련할 것을 권합니다.

저자에 따르면 이런 종류의 내적 질책은 '부정적인 자기 대화'라고 합니다. 태어난 그 순간부터 자신이 무엇을 할 수 있고 할 수 없는지에 대한 메시지들이 쏟아지기 때문에 이러한 자기 대화는 시간이 갈수록 더 부정적이 될 수밖에 없다고 말합니다. 이런 메시지들은 우리 주변의 온갖 것으로부터 전해져 옵니다. 부모님, 친구, 선생님, 소셜 미디어, TV 그리고 사회 전반적인 부분에서요. 우리는 이러한 메시지들을 받아들이고 이용하여 우리 자신이 누구인지에 대한 이야기를 만들어 갑니다.

사람은 살면서 자신이 관찰한 것들과 가치 그리고 타인의 판단을 모은다고 하지요. 그리고 그것들이 마냥 진짜인 듯 여기기도 합니다. 어쩔 수 없습니다. 우리는 그저 세상의 이치를 알기 위해 애쓰는 어린아이일 뿐이니까요. 무엇이 더 나은지 알지도 못하고요.

우리가 진리로 삼는 바깥세상의 의견들은 마치 얼굴에 쓰는 색안경과 같습니다. 시간이 흐름에 따라 우리는 온갖 색으로 치장된 안경을 쓰게 됩니다. 그 안경에는 삶을 위한 저마다의 규칙이 색으로 녹아 있습니다. 어떤 색은 우리에게 누가 똑똑하고 어리석은지를 알려 줍니다. 또 어떤 색은 다른 사람 눈에 비칠 우리의 몸이 어떤 모습이어야 하는지 말해 줍니다. 다른 색은 지하철에서 옆자리에 앉은 사람에게 이만큼 자리를 차지해서 미안하다고 말해야 한다며 끊임없이 상기시키기도 합니다. 이런 식의 나열은 끝이 없습니다.

이런 규칙들을 과도하게 강요받은 우리는 결국, 다정하고 반짝이는 얼굴에 수백 개나 되는 색안경을 쓰고 돌아다니게 됩니다. 모든 색은 칠흑 같은 어둠으로 우리를 이끕니다. 그리고 그렇게 우리는 시야를 잃고 그 대신 고쳐야 할 점들을 나열한 목록을 얻는 거지요. 이것이 바로 '부정적인 자기 대화'입니다.

제가 자주 하는 부정적인 자기 대화를 예로 들어 볼게요.

- 네 몸매는 역겨워. 어떤 남자가 너한테 끌리겠니. 사회에서 성공하려면 남자의 인정이 필요해.
- 넌 너무 부정적이야.
- 갈색 곱슬머리는 예쁘지 않아.
- 넌 되게 '유대인'처럼 생겼어.
- 넌 널 사랑해 주는 사람을 만나기에는 키가 너무 커. 남자들은 얌전하고 내성적이며 엄청나게 여성스러운 여자를 좋아해.
- 네가 느끼는 감정은 너무 과하고 비이성적이야. 다른 사람은 널 짜증나고 그저 정신 나간 사람으로 생각할 거야.
- 너는 정말이지 수학에 재능이 없어.

제가 여태껏 진실이라고 생각했던 이 말들은 사실 다른 사람이 저에 관해 가진 편향된 의견일 뿐이었습니다. 변하지 않는 진실이 아니란 뜻이지요. 저는 제게 이 짜증나는 말을 했던 사람들의 이름을 나열할 수도 있습니다. 보시겠어요?

- 네 몸매는 역겨워. 어떤 남자가 너한테 끌리겠니. 사회에서 성공하려면 남자의 인정이 필요해. (역겨웠던 고등학교 체육교사)
- 넌 너무 부정적이야. (남편. 우리가 처음 만나기 시작했을 때)
- 갈색 곱슬머리는 예쁘지 않아. (곧게 뻗은 금발 머리를 한 내 친구가 '제일 예쁘다'고 말했던 학교 직원)
- 넌 되게 '유대인'처럼 생겼어. (우리 가족 중에 유대인 혈통이 아니었던 사람)
- 넌 널 사랑해 주는 사람을 만나기에는 키가 너무 커. 남자들은 얌전하고 내성적이며 엄청나게 여성스러운 여자를 좋아해. (처음 뉴욕으로 이사 왔을 때 날 속였던 어떤 남자. 그는 자신이 페미니스트이자 철학자라고 했지만, 자신의 성향과 동떨어진 여자들만 만나고 싶어 했다)
- 네가 느끼는 감정은 너무 과하고 비이성적이야. 다른 사람은 널 짜증나고 그저 정신 나간 사람으로 생각할 거야. (우리 엄마. 그는 감정적인 반응을 보일 때 자신에게도 똑같은 말을 되뇌었다)
- 너는 정말이지 수학에 재능이 없어. (중학교 입학 당시 무작위로 나를 수학 하위권 반에 집어넣었던 누군가. 우리 학년 대부분이 그 반에 속하긴 했다)

《Self-Talking》에 적힌 대로 생활하면서 긍정적인 메시지보다 부정적인 메시지(그만 즐거워해. 목소리 높이지 마, 넌 거기에 갈 수 없어 등)를 더 자주 듣는다는 걸 깨달았습니다. 그 메시지들은 구체화하는 경향을 보였지요. 살면서 그런 메시지들이 필요할 때도 있습니다. "저 전기 소켓은 절대 만지지 마!"라든지, "손가락 욕 하는 습관은 고쳐!"라는 메시지들이 없었다면 아마 지금 저는 이 세상에 없을지도 몰라요. 그런 점에서 폭주를 막는 이 메시지들이 머릿속을 맴돌며 절 지켜 주는 게 얼마나 다행인지 모릅니다.

그러나 이 메시지가 삶에 도움이 될지는 몰라도 그것이 저장되는 시스템에는 문제가 있습니다. 모든 부정적인 메시지가 우리의 생명을 구하지는 않으니까요. 그중 몇 개는 그냥 바보 같은 의견일 때도 있습니다. 그런 의견을 미성숙한 우리의 뇌에 일종의 규칙으로 저장할 필요는 없습니다. 하지만 이런 사실에도 불구하고 저장되어 버릴 때가 있습니다. 그래서 "너의 머리는 너무 곱슬곱슬해서 안 예뻐" 또는 "분홍색 물건은 남자가 가지고 노는 거 아니야"와 같은 메시지들이 결국 말의 무게를 늘려 가는 거지요.

성장하고 성숙하면서 나를 꾸짖는 많은 규칙이 모이게 되었습니다. 이 규칙들이 내 삶을 움직이는 셈이지요. 그것들은 내가 약속 장소에 제시간에 도착하도록 만들고, 성관계를 한 다음에는 요도염에 걸리지 않도록 바로 소변을 보게 일깨워 줍니다. 하지만 한편으로는 수치심과 편견, 잘못된 정보에서 비롯된 바보 같은 규칙이 저를 괴롭히기도 합니다. 좀 전에 나열했던 말들처럼요. 내면의 나를 꾸짖는 이런 메시지는 내 삶을 더 힘들게 만드는데도 꼭 지켜야 할 규칙처럼 느껴지기도 합니다. 그러나 이것들은 규칙이 아닙니다. 엄밀히 말하자면 출처를 알 수 없는 이야기일 뿐이에요.

그럼 지금부터는 어떻게 하면 자기 대화를 더 다정하게 할 수 있는지 알아봅시다. 어떻게 하면 인생에 관해 배운 모든 규칙을 분류하고, 쓸모없는 규칙을 없애고, 부족한 면을 채우고, 더 나은 관점을 만들 색을 손에 넣을 수 있을까요?

헴스테터는 사고 패턴을 다시 프로그래밍하고 새 긍정적인 메시지를 활용하면 모든 부정적인 자기 대화를 없앨 수 있다고 말했습니다. 《Self-Talking》을 따라 생활했을 때, 크리스틴과 저는 우리의 생각을 조금 더 긍정적인 방향으로 다시 프로그래밍하기 위해 여러 방법을 시도해 보았습니다.

이 방법은 크리스틴이 좀 더 수월했던 것 같아요. 그는 이미 의식적으로 자신에게 좋은 말들을 하려고 노력하고 있었거든요. 그러나 항상 이런 경우만 있는 건 아닙니다. 이렇게 되기까지 크리스틴도 몇 년이라는 시간이 걸렸습니다. 또래의 많은 소녀와 달리 그는 자신의 몸을 끔찍하게 여겼고, 또 그런 마음을 추스르는 데 여러 해를 보내야 했습니다. 그동안 크리스틴의 머릿속은 심난했죠. 하지만 시간이 지나고 많은 일을 하면서 그는 조금씩 주변에서 칭찬을 듣기 시작했습니다. 크리스틴은 자신을 향해 좋은 말을 건네게 되었고, 결국 이 다정한 말들을 모두 믿게 되었던 거죠.

그런 반면, 저는 이 책을 따라 하기 전까지만 해도 저 자신에게 건네는 말에 대해 그리 많은 생각을 해 본 적이 없습니다. 그러나 하루 동안 어떻게 자신에게 말을 거는지 살펴본 뒤에 명확해졌지요. 제가 자기 대화에 있어 문제가 있다는 점이요. 24시간 동안 저는 자신에 대해 단 한 마디도 긍정적인 말을 하지 않았습니다. 가슴 아픈 일이었습니다. 만약 저 자신처럼 제게 말을 거는 사람이 있다면 그게 누구든 절대 어울리지 않았을 거예요. 이런 제 모습을 바꿔야 했습니다.

우선 책에서 제시한 색다른 자기 대화 연습에 도전하기로 했지요. 2주가 넘게 샤워를 하면서 자신과 큰 소리로 다정한 대화를 나눴습니다. 일기장에는 부드러운 느낌의 만트라*를 반복해서 쓰는

* 기도나 명상을 할 때 외는 주문의 일종.

가 하면, 긍정적인 내용의 팟캐스트를 들었습니다. 머리를 감으면서 자신과 대화를 나누거나, 요리하는 동안 녹음된 혼잣말을 듣는 모습을 배우자에게 들켰을 때는 믿기 힘들 정도로 저 자신이 멍청하게 느껴지기도 했습니다. 자신에게 칭찬하는 말을 할 때마다 제가 마치 거짓말을 하고 위조품 따위를 다루는, 웃기는 사기꾼 같기도 했고요.

《Self-Talking》의 내용을 실천하던 생활이 거의 끝나갈 무렵에는 제가 제대로 하고 있는지 불안했습니다. 긍정적인 자기 대화를 강요하는 것이 그다지 자연스럽게 느껴지지 않았거든요. 내가 너무 이상해진 것은 아닐까, 혹은 책 속의 조언이 잘 적용되지 않는 것은 아닐까 걱정되었습니다. 책대로 살아보는 것을 끝내기로 한 날 밤, 브루클린의 술집에서 열린 친구의 생일 파티에 가게 되었습니다. 그곳에서 김이 많이 빠진 프로세코* 한 잔을 마시게 되었지요. 프로세코는 제가 평소에 아주 즐겨 마시던 술이기도 했고 사회적으로 비웃음을 살지도 모른다는 과장된 두려움 때문에, 평소 같으면 어떤 상태로 술이 나오든 사양하지 않았을 거예요. 그리고 결

•   이탈리아 백포도주의 일종.

국 앞에 놓인 제 몫의 김빠진 포도주를 마셨겠지요. 하지만 그때 놀라운 일이 일어났습니다. 그날 밤은 달랐습니다. 저는 두 번 생각도 하지 않고 성큼성큼 다가가 어디에서 솟아났는지 모를 자신감으로 바텐더에게 말했습니다. "김이 빠지지 않은 걸로 다시 주세요." 그리고 어떻게 되었냐고요? 다시 손에 쥔 술잔에는 보기 좋게 술거품이 일어 있었습니다.

저는 2주 동안 긍정적인 자기 대화를 계속했던 것이 도움이 되었다고 생각합니다. 사회적으로 느꼈던 불안감이 평소 무언가를 하는 데 있어서 자신을 옭아매고 있었다는 것을 확신하게 해 주었고, 또 그랬던 제가 새로운 행동을 할 수 있도록 도와주었거든요. 그래서 저는 이것을 진짜 끝내주는 시작이라고 생각합니다.

크리스틴과 졸렌타에게,

긍정적인 자기 대화를 연습해 보았습니다. 그런데 그럴 때마다 꼭 내가 거짓말쟁이가 된 기분이 들었어요. 당장 나부터 내가 하는 말을 믿지 못한다면 그런 나 자신에게 건네는 좋은 말이 대체 무슨 소용일까 싶은 거죠.

SH

SH에게,

우리를 믿어 주세요. 당신이 왜 고통스러운지 알아요. 졸렌타가 말한 것처럼 그 역시 자신에게 던지는 긍정적인 말들을 마냥 믿은 것은 아닙니다. 졸렌타도 계속 노력 중이에요. 그렇지만 긍정적인 자기 대화가 여전히 그의 삶에 변화를 가져다주는 거 같습니다. 《Self-Talking》을 읽고 실천하기 전에는, 졸렌타도 눈앞에 놓인 김빠진 포도주를 바꿔 달라는 말은 못 했다고 하잖아요. 하지만 책을 읽은 뒤에는 당당히 제 목소리를 냈단 말이죠.

여기서 중요한 것은 이 부분입니다. 어쩌면 그는 변화를 가져다준다는 이유로 자신에게 속삭였던 멋진 말들을 믿을 필요가 없었을지도 몰라요. TV에서 흘러나오는 광고 소리, 라디오에서 들리는 노래 그리고 주의를 기울이지 않아도 자신에 대해 무엇을 생각해야 하는지 말해 주는 세상의 온갖 소음처럼 그냥 나를 스쳐 지나가게 내버려 둬도 되었을지도요.

제게 있어 자신에게 더 친절해지는 방법은 다른 사람을 더 친절하게 대하려는 욕망으로 실현되었습니다. 많은 소녀가 그렇듯, 어린 시절에는 외모에 대해 칭찬을 받으면 습관처럼 이렇게 대답했어요. "아니, 내 피부는 별로 깨끗하지 않아.",

"이 드레스는 내 몸이 간신히 들어갈 것 같아. 소시지처럼 보일 것 같은데."

어느 날, 제가 존경하는 분이 그러더군요. "사람들이 당신을 칭찬할 때 그냥 '고마워'라고만 말하는 게 어떨까요? 사람들의 칭찬을 부인할 때마다 그들을 관찰력 없는 바보라고 말하는 거 같거든요." 또 다른 사람은 "누군가가 건네는 친절한 말을 부정할 때마다 마치 더 많은 칭찬을 받으려고 일부러 유도하는 것 같아요"라며 한층 더 직설적으로 표현했습니다.

굴욕감을 느꼈습니다. 내가 진짜 그렇게 바보처럼 행동했었나? 그럴 생각은 없었거든요. 그냥 솔직해지려고 한 것뿐이었습니다. 대부분의 경우에 저는 제가 진짜 괴물처럼 보인다고 진심으로 생각했거든요.

하지만 그다음부터 다른 사람에게 더 친절하게 대하고 싶은 욕망으로, 더욱 고맙게 생각하며 칭찬을 받아들이기 시작했습니다. 시간이 흐르면서 제가 듣는 칭찬 중 몇 마디를 내면화하게 되었고요. 그리고 또 깨달았습니다. 저는 저 자신을 칭찬한 적이 없었습니다. 이 세상에서 내가 가장 나쁘고, 못생기고, 제일 가치 없는 사람인 것처럼 자신에게 말했던 거예요. 다른 누구에게도 말할 생각이 없었기에 그저 혼잣말을 한 거였습니다. 지금은 제가 더 나아질 수 있다는 것을 일깨워 준 치료 방법과 좋은 친구들, 또 신에게 감사하고 있습니다.

아무튼 제가 하고 싶은 말은 이거예요. 칭찬을 받아들일 때 처음에는 그 말이 거짓말처럼 느껴졌습니다. 그러다가 다른 사람들에게 친절하기 위해 그들의 칭찬을 받아들이게 되었지요. 그리고 그렇게 베푼 친절이 결국 내가 나에게 더 친절할 수 있도록 해 주었습니다. 저는 거짓이 진실이 될 때까지 노력했어요. 그리고 이제는 진짜 거짓말이 무엇인지 알게 되었습니다.

크리스틴

책대로 해 봤습니다

감사의 마음 표현하기

크리스틴

적어도 저와 졸렌타가 믿고 따랐던 자기 계발서 중 약 10퍼센트에 해당하는 책들이 우리에게 감사의 마음을 표현하라고 했습니다. 감사를 표현하는 방법들과 왜 감사해야 하는지, 그 이유는 굉장히 다채로웠습니다.

예를 들어 볼게요. 론다 번이 쓴 《시크릿》을 보면 '감사하기'는 우리가 살면서 원하는 것을 얻기 위해 옮겨야 할, 무수히 많고 작은 발걸음 중 하나일 뿐입니다. '종이에 목표 적기, 미래에 일어날 일들 상상하기' 같이 우리가 소망하는 것들을 우주에 대놓고 말해 보는 것처럼요. 그리고 책은 마치 "나처럼 가진 것에 감사할 줄 아는 사람에게는 더 많은 것이 주어져야 해"라고 말하는 듯했습니다. 그런데 개인적으로 저는 이런 식의 감사가 꼭 돈을 목적으로 하는 것처럼 느껴지기도 해서 썩 기분이 좋지만은 않았습니다.

한편 다른 책들은 감사의 표현을 전혀 다른 방식으로 다루고 있었습니다. 곤도 마리에가 쓴 《정리의 힘》을 살펴볼까요. 이 책의 저자는, 우리는 우리가 소유한 물건이 제공하는 서비스를 받고 있으니 응당 그들에게 감사의 마음을 전해야 한다고 말합니다. 그 말에 따라 저는 어떨 때는 집을 어지럽히거나 더는 필요 없어 보이는 물건들에게도 감사하는 마음을 가졌습니다. "물리학 책아, 마지막 학기를 무사히 마칠 수 있도록 도와줘서 고마워. 이제 널 다시 유용하게 써 줄 누군가에게 보내려고 해." 이렇게요. 또 그런 적도 있었습니다. 충동적으로 사서 한 번도 입지 않은 옷이 있었거든요. "고마웠어, 유니콘 미니드레스야. 널 살 때 진짜 짜릿했는데. 처음 널 발견하고 설렜던 기억이 여전해. 이제 진짜로 너를 입어 줄 누군가에게 널 보낼 때가 온 것 같아."

이 책에서는 우리가 처분해야 하는 '고마운 물건들' 말고도, 간직해야 할 '고마운 물건들'을 추천해 줍니다. 저자는 하루가 끝날 때쯤 핸드백이 쉴 수 있게 안을 비워 보는 것도 좋다고 말합니다.

그리고 하루 동안 가방이 우리를 위해 베푼 서비스에 감사를 표현하는 거죠. 사실 전 가방 비우는 것을 좋아하지 않았습니다. 별로 필요 없어 보이는 일에 매일 아침저녁의 자투리 시간을 괜히 낭비하는 것 같았거든요. 그래도 내가 원하는 삶을 살 수 있도록 도와주는 가방과 옷, 침대와 집 그리고 다른 모든 물건에게 감사의 마음을 표현하는 것은 나름대로 즐거운 일이었습니다. 일을 마치고 집에 돌아오면 구두를 벗어 던지고 말했죠. "구두야, 고마워. 오늘도 내가 사랑하는 이 도시를 걸어 다닐 수 있게 도와줘서." 꽤 재미있었습니다. 또 밤이 되면 안경을 벗고 이렇게 말하기도 했고요. "네가 없었으면 세상의 아름다움을 지금처럼 선명하게 보지 못했을 거야. 정말 고마워."

존 크랠릭의 《감사를 표현하는 간단한 방법》에서 가장 마음에 드는, 감사를 표현하는 방법을 찾아냈습니다. 크랠릭은 1년에 무려 365개의 감사 편지를 썼습니다. 처음에는 자신이 느끼는 절망감을 덜어 내기 위해 택한 방법이었다고 합니다. 이 프로젝트를 시작할 때 그는 자신의 삶이 과연 계속 살 가치가 있는지 확신하지 못했습니다. 하지만 지속적으로 써 내려간 365개의 편지로 인해, 그는 자신에게 주어진 축복들을 그 개수만큼 세어 냈다는군요. 매일 펜을

쥔 채 앉아 있는 행동이 그의 뇌를 다시 훈련시켰습니다. 그 덕분에 크랠릭은 인생에서 일어나는 좋은 일들에 더 집중하고, 좋지 않은 일에는 신경을 덜 쓸 수 있었지요.

크랠릭은 편지쓰기에서 멈추지 않았습니다. 그는 누군가에게 불평하기보다 감사하는 것을 통해 간단한 안부를 묻는 습관을 들였습니다. 기분이 우울해지면 딸에게 엘리너 포터가 쓴 어린이 책 《폴리애나》를 읽어 주면서 난생처음 '글래드 게임glad game'을 하기도 했습니다. 글래드 게임에서 플레이어들은 자신이 행복하게 느꼈던 모든 것을 나열합니다. 이는 고통을 부정하기 위해서가 아니라 인생의 도전 과제들을 헤쳐 나갈 강인함을 갖추기 위해서이지요.

저는 크랠릭이 쓴 책의 내용을 실천해 보는 것이 좋았습니다. 그 책을 읽던 시기에, 다니던 회사의 지점이 문을 닫게 되었습니다. 작성해야 할 보고서도 걱정되었고, 무엇보다 저 자신이 걱정되더군요. 게다가 그 무렵에 하필이면 수술을 해야 할지도 모르는 문제까지 있었거든요. 우울했습니다.

그때 감사 편지를 썼더니 기분이 조금 나아졌습니다. 저는 지금까지 팀원들이 보여 준 노고와 제 삶을 더 행복하게 해 준 점들에 대해 감사하는 마음을 떠올렸습니다. 뿔뿔이 흩어질 그들 모두에게 각각 글을 썼습니다. 여태껏 저를 보살펴 주고 도와준 것을 떠올리며 의사들에게도 편지를 쓰고, 제가 몸담았던 부서를 없애기로 결정한 사장에게도 편지를 썼습니다. 그에게 쓴 편지에는 지난 몇 년 동안 제게 기회를 줘서 감사하다는 내용을 담았습니다.

저는 편지를 쓰면서 내가 얼마나 운이 좋은 사람인지 새삼 깨닫게 되었습니다. 단순히 좋은 의료 서비스를 받고, 괜찮은 기회를 얻어서가 아니에요. 제가 운이 좋아서 알게 되었고, 또 도움을 받을 수 있었던 인생의 수많은 사람을 떠올리게 되었습니다. 혼자서 그 많은 걱정거리와 싸워야 했다면 제 삶은 지금보다 더 끔찍했을 테니까요. 감사 편지를 쓰면서 나는 혼자가 아니라는 것을 다시 떠올리게 되었습니다.

감사의 마음을 행동으로 옮기는 것도 즐거운 일이라는 점을 말씀드리고 싶습니다. 삶이 불완전하다는 관점에서 모든 것을 바라보는 태도라든지, 나보다 더 많은 것을 가진 다른 사람을 부러워하는 태도를 지니고 사는 것보다 훨씬 더 즐겁습니다. 자유롭게 나는 새를 부러워하고, 그렇게 하늘을 나는 새들이 사는 세상에 함께인 점에 감사하는 것이 진정한 기쁨인 거지요. 남편이 나를 위해 해 준 모든 일에 감사하고 있으며 언제나 그것을 고맙게 여기고 있다고 그에게 표현하는 일도 즐겁습니다. 곤도 마리에 이야기로 다시 돌아가 볼게요. 제 구두와 안경이 저를 위해 하는 모든 일에 감사할 때, 세상이 좀 더 마법처럼 느껴진다는 거죠.

이 주제를 마무리 짓기 전에 감사와 관련해 졸렌타가 겪은 일을 소개하겠습니다. 졸렌타는 《시크릿》을 따라 감사를 표현하는 것에 즐거움을 느끼고 여전히 《정리의 힘》에서 읽은 구절을 노래 소절처럼 읊고 다녔지만, 유독 크랠릭의 책에 관해서는 복잡한 심경을 드러냈습니다. 매일 감사를 표현하는 일에 집중하는 것은 그에게 감사해야 할 모든 것을 일깨워 주었지만, 동시에 이는 지금껏 살면서 많은 것을 당연하게 받아들여 왔다는 사실 또한 상기시켰기 때문입니다. 그런 감정들이 합쳐져 졸렌타는 이런 생각이 들었대요. '내가 왜 이러는 걸까? 왜 내가 가진 것에 대해 감사할 수 없는 거지? 이 책은 나를 바보로 만든 것 같아.'

또 졸렌타는 '돌려받는 것'에 더 초점을 두지 않는다는 이유로 크랠릭의 책에 보다 비판적인 태도를 보였습니다. 졸렌타에게 감사하다는 것은 무언가를 받는다는 것을 의미했거든요. '내가 무언가를 받는 거라면 주는 것도 있어야 하는 거 아닐까'라는 생각이

책대로 해 봤습니다

들었던 거예요. 맞습니다. 크랠릭은 자선 단체를 위해 수천 달러를 모금했고 그의 실험이 끝날 때까지 보고서를 쓰고 가족들을 도왔습니다. 하지만 그는 독자들에게 반드시 그렇게 하라고 하지는 않았어요. 그건 사실입니다.

어쨌든 졸렌타는 책을 따라 생활한 덕분에 삶이 더 행복해졌다는 것을 마지못해 인정할 겁니다. 그 책 덕분에 그는 그동안 대화를 나누지 않았던 할머니와 같은 존재를 떠올렸고, 또 그들이 자신의 삶에 있어 준 것에 대해 감사할 수 있었으니까요. 이런 고마움의 순간들이 더 많은 대화를 불러오고 서로를 끈끈한 관계로 이끌었습니다. 그리고 졸렌타와 그의 남편 브래드가 글래드 게임을 했을 때 좌절의 감정이 유머러스하게 바뀌었고, 그렇게 두 사람의 관계가 눈에 보이게 좋아졌다고 하니까요.

간단히 말하자면 이런 겁니다. 졸렌타처럼 감사에 회의를 느끼는 사람이라도 조그만 감사를 표현하는 것만으로 삶이 나아지는 것을 느낀다는 거지요. 그리고 저같이 감사하는 것을 좋아하는 사람에게는 매일 표현하는 감사가 힘든 시간을 견딜 수 있게 해 주었습니다. 이런 점에 대해 저는 또 감사할 따름입니다.

크리스틴과 졸렌타에게,

두 분은 진행하는 쇼나 다른 매체에서 둘 다 사회활동가라고 밝히셨잖아요. 그런데 어떻게 그렇게 감사를 표현하면서 동시에 사회활동가로 일할 수 있나요? 한 성향이 다른 성향을 부정하지 않나요? 감사라는 감정에 집중하는 것은 기후변화나 인종차별처럼 당신들이 적극적으로 맞서 싸우려는 다른 모든 문제를 외면하는 것과 같지 않나요? 세상에는 감사하지 못할 것들이 너무 많은데요!

NG

NG에게,

솔직히 말하자면 저는 감사하는 행위가 세상의 추악함으로부터 제 눈을 멀게 한다고는 생각하지 않습니다. 오히려 감사함으로써 제가 무엇 때문에 싸우고 있는지를 떠올리게 되었습니다. 제가 그렇게 고마움을 느꼈던, 하늘을 나는 새들이요? 새들은 제가 지키고 싶어 하는 것들의 극히 일부분입니다. 뛰어난 의료 서비스와 양질의 교육을 받을 기회요? 단지 개인적인 이유로 그 기회들을 감사하게 느끼는 것이 아닙니다. 인종, 경제적 배경, 성별, 성적 성향과 관계없이 모든 사람이 저

책대로 해 봤습니다

와 같은 기회를 얻을 수 있는 세상을 위해 맞서 싸우고 싶은 거지요.

그리고 감사는 저를 절망적인 기분에서 벗어나게 해 줍니다. 만약 매일같이 하는 일이 세상의 모든 부정적인 일을 한탄하는 것뿐이라면, 글쎄요. 아침에 눈뜨는 게 의미 없어지지 않을까요. 도대체 내가 무슨 싸움을 할 수 있을까 싶을 거예요.

감사를 표현하는 것은 이미 알고 사랑하는 사람들과의 관계뿐만 아니라, 의미 있는 싸움을 함께하는 사람들과의 관계를 지속하는 데도 도움이 됩니다. 우리는 혼자 이 싸움을 이어갈 수 없거든요. 사람들에게 우리가 그들과 그들의 공헌을 소중하게 여기고 있다는 것을 표현하는 것은 우리가 할 수 있는 최소한의 일이기도 합니다.

저는 감사를 표현하는 사람으로서 사회활동가라는 또 다른 업무도 잘 수행할 수 있습니다. 어느 하나 없이는 다른 한쪽도 의미가 없어요.

크리스틴

상대방의 언어 이해하기

졸렌타

결혼한 지 얼마 되지 않았을 때였습니다. 전 한 남자와 끝이 안 보이는 당황스러운 싸움을 했습니다. 브래드. 제 남편이자 저와 싸운 그 남자의 이름이지요. 어느 날 브래드가 자신이 자란 동네의 작은 식당에서 점심을 먹자며 저를 데려갔습니다. 음식도 괜찮았고 분위기도 좋았어요. 정말 맛있게 식사를 한 저는 우리의 점심이 얼마나 근사했는지 그에게 얘기하고 싶었습니다. '우에보스 란체로스Huevos Rancheros'•를 접시 채로 들어 보란 듯이 입에 털어 넣고서

• 토르티야에 달걀 프라이와 칠리소스를 얹어 먹는 멕시코 요리.

책대로 해 봤습니다

계산서를 집어 들었고, 급기야 집으로 가는 길에 브래드의 손을 덥석 잡았습니다. 하지만 우리가 집으로 돌아가는 동안 그는 혼란스러워하더군요.

"왜 식사를 맛있게 안 한 거야?" 그는 불평을 늘어놓았습니다.

"무슨 소리야? 나 진짜 맛있게 먹었는데." 제가 쏘아붙였지요.

"그렇게 보이지 않던데?" 그는 제 손을 놓고 화를 내더니 팔짱을 꼈습니다.

'도대체 무슨 말을 하는 거지? 내가 그렇지 않아 보였다니? 내가 어떻게 하길 바랐던 거야? 브래드는 완벽한 점심 식사 장소를 찾은 것에 대해 내가 납작 엎드려 영웅에게 매달리는 소녀처럼 굴기를 바란 걸까? 그게 아니면 감사의 표시를 바랐던 건가? 가부장제에 굴복하기라도 할까 봐? 아니면 식당을 고를 권한을 지닌 남자들을 우롱하는, 그런 정반대의 사람이라도 되라는 걸까? 아니, 난 그러기 싫은데!' 저는 기분이 나빴습니다.

"너 진짜 이상하다. 네가 뭘 원하는지 모르겠어. 난 맛있게 식사했어. 그렇지만 너한테 굳이 맛있게 먹었다는 걸 드러낼 생각은 없어." 저는 친절하게 이렇게 대답했습니다.

이 마지막 말이 우리의 싸움을 끝내 주었고, 그렇게 우리는 조용히 집으로 향하던 발걸음을 이어갔지요. 집에 도착해서 그의 룸메이트가 보던 영화에 정신이 쏠렸고 이 논쟁은 그렇게 마무리되었습니다. 그 이후로 분노와 의아함이 교차했던 그날의 말다툼을 종종 떠올립니다. 도대체 그는 왜 그랬던 걸까 하고요.

　〈책대로 살아보기〉 두 번째 시즌을 맞은 몇 년 전, 크리스틴과 저는 마침내 2011년의 그 '대단했던 점심 식사 말다툼'의 수수께끼를 풀어 준 책을 발견했습니다.
　바로 게리 채프먼이 쓴 《5가지 사랑의 언어》였습니다. 책에서 채프먼은 사랑을 표현하고 경험하는 5가지 방법을 제시하지요. '사랑의 언어'는 각각 선물, 즐거운 시간, 확실한 말, 상대방을 위한 행동, 스킨십을 말합니다. 채프먼은 세상 모든 사람이 사랑을 경험하는 가장 쉬운 방법인 1차적 그리고 2차적 사랑의 언어를 지녔다고 믿었습니다. 그의 말에 의하면, 상대방의 손길을 좋아하는 사람은 스킨십을 하며 사랑을 표현하고, 상대방이 나를 위해 하는 행동을 중요하게 생각하는 사람은 상대방이 식기세척기의 그릇들을 정리할 때 사랑받는 기분을 느낀다고 해요. 이렇게 상대방이 지닌 사랑의 언어를 이해하게 되면 그에게 더 쉽게 사랑받는 기분이 들게 해줄 수 있습니다. 사랑을 느끼면 의사소통이 더 원활해지고, 또 전반적으로 더 행복한 관계를 맺을 수 있지요.

　　　　　　　　　　　　　　　　　　책대로 해 봤습니다

이 책을 읽으면서 남편 브래드와 제가 완전히 반대되는 사랑의 언어를 지녔다는 점을 확실히 깨달았습니다. 그가 가진 사랑의 언어는 즐거운 시간과 확실한 말이었고, 제 사랑의 언어는 상대방을 위한 행동과 스킨십이었던 거지요. 책을 다 읽자 그날 점심 식사에 대한 기억이 떠올랐습니다. 그리고 깨달았습니다. 그때 우리는 서로가 이해하지 못하는 언어로 사랑을 표현하고 또 받으려 했던 거예요. 저는 계산서를 집어 드는 '상대방을 위한 행동'과 손을 잡는 '스킨십'을 통해 고맙다는 마음을 표현하려고 했습니다. 아쉽게도 그에게는 저와 같은 사랑의 언어가 없었습니다. 그래서 제가 보낸 사랑과 감사의 메시지가 빗나가고 만 거지요. 그는 제가 제 감정을 확실한 말로 표현하길 바랐던 것 같습니다. 브래드 자신이 유창하게 구사할 수 있는 사랑의 언어로요.

《5가지 사랑의 언어》를 읽고 크리스틴과 저는 기대 이상으로 각자의 배우자에 대해 훨씬 더 많은 것을 깨달았습니다. 크리스틴은 자신을 너무 만져 대는 남편 딘의 모습이 사실은 사랑을 표현하는 그만의 방법이라는 것을 알았지요. 크리스틴은 딘에게 이렇게 말했대요. "난 네 사랑의 언어를 공유하지는 못해. 하지만 스킨십으로 내 사랑이 전해지게 앞으로 더 노력할게." 그리고 크리스틴은 새 아파트로 이사할 때, 무거운 상자를 나르는 남편의 엉덩이를 밀어 올리며 자신의 애정을 훌륭히 표현했습니다. 그 후 딘은 크리스틴의 몸을 조금 덜 만지작거리게 되었대요. 또 크리스틴이 이해한 그의 사랑의 언어(상자를 옮길 때의 모습처럼)를 더 잘 말하는 방법을 찾아냈습니다.

반대로 저는 제 배우자를 칭찬하지 않는다는 것을 알게 되었습니다. 그를 놀리고 장난치는 게 일상이었죠. 그 대신 집안일을 하고 그를 힘껏 껴안아 주었기 때문에 그도 제 사랑을 느꼈을 걸로 생각한 거예요. 잘못된 생각이었지요. 그는 제가 그를 놀릴 때 '졸렌타가 나를 정말 싫어하나?'라는 생각이 들었다고 털어놓았습니다.

이 말을 듣고 정신이 번쩍 들었습니다. 여태껏 저는 제 마음이 잘 전해지고 있는 줄 알았거든요. 하지만 그가 지닌 언어로 말하지 않았기 때문에, 키스 뒤에 가려진 '확실한 말'과 식기 세척기의 그릇을 정리하는 '상대방을 위한 행동'은 그에게 전해지지 않았던 겁니다. 그는 제가 새로운 모습을 보이려고 애쓰고, 좋은 말을 하려고 노력하는 것을 보고 그때서야 비로소 자신이 정말 사랑받는다고 느꼈다는군요. 저는 그 책이 우리 둘이 느꼈던 불안감을 극복하고, 서로에게 집중하고 노력하는 데 도움이 되었다고 생각합니다.

제대로 사과하기

졸렌타

남편 브래드는 2016년에 전국 각지를 돌며 생활했습니다. 선거와 관련해 길에서 보도를 하는 것이 그의 일이었지요. 그 당시 신혼부부였던 우리는 앞다투어 뭐든지 "내가 할게"라고 말하곤 했습니다. 남편은 심지어 직장에서도 "제가 하겠습니다"라며 자원을 하더군요. 브래드는 우리가 결혼한 첫해 내내 힐러리와 트럼프 관련 행사에 참석했고, 덕분에 저는 신혼 첫해를 홀로 집에서 외롭게 보내야 했습니다. 하지만 선거가 끝나고 아르헨티나로 가면 모든 게 달라질 거라고 생각했습니다.

야심찬 계획을 세웠었거든요. 우리는 파타고니아에 펼쳐진 황

야에서 트레킹을 즐기며 신혼의 달콤함을 되살릴 생각이었습니다. 솔직히 말씀드리면 저는 트레킹을 엄청나게 즐기는 편이 아닙니다. 좋아하지도 않는데 트레킹을 계속할 수 있었던 건 사실 행운이었어요. 저는 오레곤주의 작은 학교에서 유년 시절을 보냈습니다. 그곳에서는 10살 때부터 매년 배낭여행과 캠핑, 하이킹을 억지로 해야 했습니다. 그 탓인지 이런 종류의 여행을 할 때면 항상 제 의지와는 반대로 행동하는 아이가 된 느낌이 드는 거지요. 그래서 별로 좋아하지 않습니다.

브래드는 다릅니다. 그는 트레킹과 모험 그리고 정처 없이 떠돌아다니는 것을 열광적으로 좋아합니다. 저는 호기심 많고 모험심이 가득한 그의 성향을 좋아했습니다. 그래서 그를 실망시키고 싶지 않았지요. 결국 저 자신과 그에게 거짓말을 했습니다. 그가 하자는 대로 빙산을 가로질러 하이킹을 하고, 쏟아지는 빗줄기를 헤치고 바람이 몰아치는 절벽 위를 기어올랐습니다. 이렇게 해야 1년간 떨어져 지낸, 사랑하는 사람과 함께 있을 수 있다고 생각했거든요.

저는 자신이 어떤 활동을 가장 두려워하는지 구체적으로 알고 싶지 않았기에 그냥 겉으로는 두려움이 없는 것처럼 굴었습니다. 비행기를 타고 이동하고 있을 때였습니다. 더는 피하지 말아야겠

책대로 해 봤습니다

다는 생각이 들더군요. 저는 마침내 브래드에게 우리의 여행 일정에 대해 물었습니다. 그것도 아주 자세히요. 돌아온 브래드의 대답은 그리 마음에 드는 말이 아니었습니다.

그는 우리가 외진 곳에서 종일 등산을 해야 하며, 날씨는 최악이고, 또 이 모든 것을 전혀 모르는 사람들 몇 명과 함께할 거라고 늘어놓았습니다. 참고로 저는 트레킹하는 것 다음으로 '모르는 사람들과 트레킹하는 것'을 가장 싫어합니다. 브래드의 말은 충격적이었습니다. 그와 함께 시간을 보내고 싶었지만, 모험은 하고 싶지 않았거든요. 이런 생각에 머리가 터질 거 같았던 저는 비행기를 타고 가는 내내 울었습니다. 울면서 브래드에게 못된 말을 했지요. 왜 내 요구를 무시하는지, 왜 그렇게 이기적이고 강압적인지. 나라는 존재를 진정으로 알아주지 않는다며 쏘아붙였습니다. 제가 한 말들은 모두 진심이었습니다. 그가 제 곁에 없는 동안 우리가 정말 멀어졌다고 느꼈으니까요. 하지만 기껏 함께 여행을 떠나 놓고 긴 시간 비행기에 갇힌 채 이런 말을 쏟아내는 것은 우리 상황에 별로 도움이 되지도 않았고 좋은 일도 아니었습니다.

브래드는 자신의 행동을 사과했습니다. 우리는 밤늦게까지 긴 대화를 나눴습니다. 저는 '우리의 여행이 모험에 대한 너의 환상에 나도 함께한다는 느낌을 줄 기회라고 생각했다'며 속마음을 털어 놓았습니다. 그는 내가 별로 내키지 않아 하는 것을 알면서도 자신이 이런 여행 일정을 계획했을 때 그리고 자신이 날려 버린 신혼의 1년에 관해 아무 말도 하지 않고 그냥 넘어갔을 때 제 기분이 어땠는지 물었습니다. 남편은 제가 하고 싶은 것을 묻지도 않고 신경 쓰지도 않았던 자신의 지난 행동을 사과했습니다. 자신이 계획하는 일들을 제가 좋아하지 않을 거라는 것을 알고 있었다고도 인정했지요. 또 그는 왜 먼저 말하지 않았냐며 화를 내기도 했습니다. 그러면서 어떻게 하면 제 마음을 달랠 수 있을지 물었습니다. 그날 밤 그는 저를 위해 일정을 바꾸었고, 우리는 도시에서 더 많은 시간을 보냈습니다.

집에 돌아온 브레드는 부부 상담 전문가를 찾았습니다. 덕분에 우리는 진지하게 의사소통할 기회를 가질 수 있었습니다. 남편은 제게 공감하는 모습도 보여 주더군요.

그 일이 있고 3년이 지났습니다. 지금은 그 모든 일이 효과가 있었다고 자신 있게 말할 수 있습니다. 우리에게 또다시 그 여행에서처럼 최악의 상황으로 곤두박질치는 일은 일어나지 않았습니다. 이제 와 생각해 보면 공중을 나는 비행기 안에서 수직 낙하하는 듯

한 결혼생활을 경험한 것도 참 웃기는 일이에요.

그런데 우리가 내디딘 발걸음에 한 가지 잘못된 점이 있었습니다. 저는 그날 몇 시간 동안이나 그를 질책했던 그 행동을 아직 사과하지 않았습니다. 제가 제 역할을 제대로 하지 않은 거예요. 그 여행에서 저는 그를 사려 깊지 못하고 이기적인 데다가 아내가 원하는 것도 알아차리지 못하는 남자라고 쏘아붙였습니다. 심지어 우리가 이혼할 수도 있다며 협박했고, 셀 수 없이 못된 말들로 그를 괴롭혔습니다. 그러고는 그런 행동을 했다는 것조차 까맣게 잊어버렸던 거지요.

그때부터 여행을 갈 때마다 우리는 다퉜습니다. 여행은 무언가 불길하게 느껴졌고, 아마 남은 평생 쭉 그럴 것 같았습니다. 여행 계획을 세우는 것은 물론이고 휴일에 외출하는 것조차 그야말로 악몽이었어요.

그 뒤 크리스틴과 저는 〈행복의 과학〉이라는 팟캐스트 운영자에게 효과적으로 사과하는 방법을 알려 주는 '행복한 실험'의 실험 대상이 되어 달라는 요청을 받았습니다. 그 팟캐스트는 과학과 더불어 의미 있는 삶을 사는 이야기를 다루는 방송이었습니다. 미국 버클리 캘리포니아대가 주체가 되어 학내 '더 좋은 과학 센터'와 협

력해서 제작한 이 방송은 동정심과 감사하는 마음, 명상 그리고 경외심을 주제로 가장 도발적이고 실용성 있는 과학적 발견에 초점을 맞추고 있습니다.

그 센터는 크리스틴과 저에게 '효과적으로 사과하는 방법'을 따라 해 달라고 했습니다. 저는 브래드와 자리를 잡고 앉아 그에게 '우리가 함께 지낸 10년의 세월 중에 해결되지 않았다고 생각되는 것이 있는지' 물었습니다. 만약 있다면 이 '사과'가 유용할 것 같았습니다.

그가 아무것도 떠올리지 않을 거라고 생각했습니다. "넌 완벽한 아내야"라고 말할 것 같았지요. 우리 사이에 해결되지 않은 일 따위는 세상이 뒤집혀도 없을 것 같았습니다. 그러나 그것은 제 착각이었습니다. 1초 만에 브래드가 입을 열었습니다.

"아르헨티나에서 나를 대하던 네 태도가 생각나. 넌 그때 비행기에서 내가 상처받을 말을 수도 없이 내뱉었어. 나는 그때 내가 저지른 실수를 만회하려고 노력했지만, 넌 그렇게 하지 않았잖아."

이럴 수가. 그랬습니다. 그의 말은 틀리지 않았어요. 그는 그때 제가 했던 행동에 대해 충분히 사과받을 자격이 있었습니다. 그날 저는 '효과적으로 사과하는 방법'에 따라서 '아르헨티나에서 저지른 만행에 대해 사과할게'라는 제목의 연설을 완벽히 해냈습니다.

책대로 해 봤습니다

이 일이 대단해 보일지도 모르겠지만, 의외로 간단했습니다.

　사과하기 위해 해야 할 일은 우선 무엇을 잘못했는지 인정하고 겉으로 드러난 행위 이면의 잘못된 의도를 설명하는 것입니다. 또 내가 그 일을 얼마나 후회하고 있는지와 함께 앞으로 같은 잘못을 반복하지 않기 위해 어떻게 행동할 것인지 그와 의견을 교환하는 것입니다. 마지막으로 저 때문에 발생한 피해를 어떻게 복구할 것인지 대안을 제시하는 과정이 필요했습니다.

　저는 그를 실망시키고 싶지 않은 마음에 애써 괜찮은 척 행동한 것, 그래서 결국 그가 오해하도록 만든 것에 대해 사과했습니다. 그리고 앞으로는 내가 무엇을 좋아하는지 더 많이 표현하겠다고 약속했습니다. 그때처럼 곤란한 상황을 겪지 않도록 다음에는 그를 도와 함께 여행 계획을 세우겠다고 말했지요.

　이렇게 브래드에게 말하는 순간, 제가 그에게 마치 마법을 거는 듯한 기분이 들었습니다. 그는 하늘을 둥둥 떠다니는 것 같다며 행복해했습니다. 마침내 저를 이해하고 안도감을 느꼈던 거지요. 기적은 여기서 끝나지 않았습니다. 저는 우리 여행에 좀 더 적극적으로 의견을 내겠다고 한 약속을 끝까지 지켰습니다. 우리는 자메이카로 떠나 즐거운 추억을 만들었습니다. 자메이카로 향하는 비행기 안에서 저와 브래드가 자제력을 잃어버리는 일은 없었습니다.

그 이유가 대단하든 소소하든 간에 사과할 수 있다는 점, 그게 바로 사과하는 행동의 멋진 점이지 않을까요. 엄청나게 심각한 문제든, 아니면 매일같이 일어나는 작은 사고든 상관없어요. 이와 관계된 크리스틴의 일화가 이 말을 뒷받침하는 완벽한 예입니다(그 완벽한 예가 제 이야기인지, 아니면 크리스틴의 이야기인지는 잘 모르겠지만요).

크리스틴의 사과는 실수로 남편 딘이 아끼는 주방 도구를 깨뜨린 일에 대한 것이었습니다. 그는 딘에게 앞으로 더 조심해서 행동하겠다고 다짐하는 동시에, 깨뜨린 도구를 대신할 물건을 사는 것으로 효과적인 사과를 마무리했습니다.

이처럼 아주 작은 실수부터 이혼 이야기가 오가는 대소동까지 자신의 실수를 인정하고 상대방을 안심시키는 행동이 상처받은 상대방의 고통을 덜어 줍니다. 《왜 사랑하면 좋은 일이 생길까》를 읽으며 알게 된 점이 또 하나 있습니다. 바로 긍정적인 기운을 세상에 퍼뜨리고 해결되지 않은 잘못들을 바로잡으면 더 긍정적인 미래가 다가온다는 겁니다. 아니, 긍정적인 미래일 수도 있고, 어쩌면 '더 멋진 휴가'나 '안 깨진 주방 기구들'이 될 수도 있겠지요.

크리스틴과 졸렌타에게,

여자들은 항상 뭐든지 사과하라는 말을 들으며 자라잖아요. 누군가 우리에게 먼저 부딪쳤을 때도 우리가 사과해야 할 걸요? 상대방이 우리가 하는 말을 잘못 이해했을 때도 우리가 먼저 사과해야 하잖아요. 여자들은 태어난 순간부터 죽는 그날까지 아마 사과하면서 살아야 할 거예요. 여자 청취자들에게 사과는 좀 덜해도 좋다고 말해야 하지 않을까요?

NS

NS에게,

당신이 무슨 이야기를 하는지 알 것 같아요. 그리고 일정 부분, 그에 동의합니다. 맞아요. 여자들은 아무 잘못도 하지 않은 때조차 항상 사과하라는 말을 듣지요.

분명히 말씀드릴게요. 우리는 당신에게 더 많이 사과하라는 게 아닙니다. 사실 당신에게 하라고 권한 건 아무것도 없어요. 단지 이해와 후회, 보상과 더 깊은 인간관계에 대한 감각에 초점을 맞춘 사과가 얼마나 우리를 기분 좋게 만드는지 설명하고 싶었을 뿐입니다. 그 사과는 우리가 잘못을 저지른 상대방의 기분도 더 나아지게 했고요.

말하자면 이런 겁니다. 저는 특정한 사람들이 더 효과적으로 사과하길 바랍니다. 구체적으로 예를 들자면 정치인들, 기업 대표들 그리고 더 넓은 범위에서는 권력자들이 그렇게 했으면 좋겠어요. 그들은 잘못된 행동을 했을 때 인정하려고 하지 않고, 더 나아가서는 일을 바로잡으려는 노력조차 하지 않거든요.

NS님, 만약에 당신이 제가 나열한 이런 권력자 중 한 명이라면 저는 좀 전으로 돌아가 이렇게 말할 겁니다.

"사실 우리는 당신이 더 많이, 더 효과적으로 사과했으면 좋겠어요. 그럼 성별에 관계없이 더 괜찮은 사람이 될 수 있어요. 대중에게 더 많이 사랑받을 거고요. 그걸 원하잖아요? 물론 그럴 거라고 생각할게요."

크리스틴

기기와 떨어지기

크리스틴

저는 소위 말하는 '디지털 네이티브'*가 아닙니다. 휴대폰이나 인터넷을 가지고 놀며 자란 세대에 해당하지 않아요. 제가 자랄 땐 가정용 컴퓨터나 리모컨이 있는 TV조차 보기 드물었습니다. 어렸을 때 저희 집에 있는 기기 중 제일 최신 기술이 적용된 제품은 제가 중학생 때 몇 달 동안 베이비시터를 해서 모은 돈으로 산 카세트였을 정도니까요.

이렇게 첨단 기술이 결여된 유년 시절을 보낸 것은 제가 밀레니

---

* 디지털기기를 태어날 때부터 자연스럽게 접해 자유롭게 사용하는 세대.

얼 세대*의 기준에 몇 년 못 미치게 태어났기 때문입니다. 부모님이 이런 전자제품에 전혀 관심이 없었던 것도 그 이유 중 하나일 거고요. 아빠와 엄마는 전자제품의 중요성을 이해하지 못했거든요. 어린 저는 컴퓨터가 하고 싶어지면 일레인 이모 집에 갔습니다. 이모는 오래된 애플 2세대를 가지고 있었지요.

저는 기술과 전자제품에 통 관심이 없는 부모님의 성향을 물려받은 것 같습니다. 새로운 전자제품이 나와도 아무런 관심이 생기지 않거든요. 흥미가 있었다면 호기심이 생겨서 수도 없이 질문을 해댔을지 모릅니다. 이 제품, 그냥 반짝거리기만 하는 거 아니야(포켓용 컴퓨터인 '팜 파일럿' 이야기예요)? 이거 해결할 문제가 많은 것 같은데(애플 마우스 1세대 이야기고요)? 금속 덩어리 주제에 왜 이렇게 비싼 건데? 이런 식이죠.

저는 전자제품 하나를 구입하면 수명이 다할 때까지 사용합니다. 문제가 생기면 배터리와 부품을 교체하면 되죠. 전자제품이 계속 작동할 수만 있다면 저는 무슨 일이든 할 겁니다. 유행에서 좀 뒤떨어진다고 해도 전혀 신경 쓰지 않아요.

* 1980년대 초반부터 2000년대 초반에 걸쳐 출생한 세대.

책대로 해 봤습니다

새로운 전자제품의 탄생은 환경을 지금보다 더 파괴합니다. 새로운 전자제품 때문에 다른 제품이 쓰레기 매립지로 던져지지요. 자본도 낭비되고요. 이런 상황을 바라지 않습니다. 즉, 새로운 제품이 나오지 않아도 상관없다는 뜻이에요. 제가 아마 미국에서 마지막으로 휴대폰 플립 모델을 구입한 사람일 거예요. 4년 전까지만 해도 그 작은 플립 폰을 줄곧 사용했습니다. 때가 되자 기기가 예상대로 수명을 다해 멈춰 버렸고, 버라이즌* 대리점도 새 기기를 더는 들여놓지 않았습니다. 어쩔 수 없이 다른 사람들처럼 터치스크린이 장착된 스마트폰을 구입해야 했죠.

저는 마누시 조모로디의 《심심할수록 똑똑해진다》에서 읽은 대로 '스크린타임' 기능을 써 보고 놀라지 않을 수 없었습니다. 졸렌타만큼이나 저도 휴대폰 화면을 쳐다보는 시간이 길다는 것을 알게 되었습니다.

졸렌타는 "휴대폰을 사랑한다"고 했습니다. 졸렌타에게 휴대폰은 삶이자 가장 친한 친구래요. 아니, 어쩌면 자신의 모든 것이라더군요. 졸렌타는 고등학교에 다닐 때부터 휴대폰을 사용하기 시작

*   미국 통신사 중 하나.

했습니다. 전자제품을 좋아했던 그의 아빠가 집에 여러 기기를 두었던 거지요. 그리고 우리가 《심심할수록 똑똑해진다》에 열중해 있는 동안, 졸렌타는 매일 2시간 넘게 자신이 휴대폰을 쳐다본다는 사실을 깨달았습니다.

저 역시 제 휴대폰 사용 시간의 진실을 알고, 자신이 신기술 반대자인 '러다이트Luddite'라고 했던 말이 무색하게 휴대폰이 제 삶 자체라는 것을 깨달았지요. 알고 보니 매일 밤 자기 전 가장 마지막에 하는 일이 휴대폰 화면을 쳐다보는 거였습니다. 매일 아침 눈을 떠서 가장 먼저 하는 일 역시 휴대폰을 집어 드는 거였고요. 주에 며칠은 저녁때마다 남편과 TV를 보면서 이베이 페이지를 훑는 것이 일과였습니다. 남편은 옆에서 비디오 게임을 했지요. 저는 적어도 1시간에 한 번은 〈책대로 살아보기〉 페이스북 커뮤니티와 트위터에 접속해 타임라인을 확인했습니다. 더 안 좋은 것은 왜 자꾸 휴대폰을 들여다보는지에 대해 자신에게 거짓말을 하는 점이었습니다. 인터넷 반응을 살피고 새로운 회원들을 끌어오기 위해서라고 스스로 변명을 늘어놓았지만, 사실 전 휴대폰에 중독된 거였지요.

몇 년 동안 저는 자신이 중독자가 아니라고 믿었습니다. 단지 전자제품과 거리가 먼 가정에서 자란 것이 이유는 아니었어요. 비디오 게임을 하지 않고, 운전하면서 문자 메시지를 보내지 않는 내가 꽤 자랑스러웠거든요. 레스토랑에서 식사하면서 문자 메시지를 보내거나 가족들은 신경 쓰지 않고 휴대폰만 들여다보는 사람들을 볼 때마다 '나는 절대 저런 사람이 되지 않을 거야'라고 생각했습니다. 자신은 휴대폰에 얽매이는 사람 따위가 아니라고 믿었어요.

하지만 매일 2시간 넘게 휴대폰을 붙잡고 있다면 얽매인 사람이 맞는 거겠죠.

이야기가 길어졌지만 어쨌거나 중요한 것은, 《심심할수록 똑똑해진다》는 단지 우리의 휴대폰 사용량을 추적하는 것을 목적으로 삼지 않는다는 점입니다. 분명히 말씀드리면 우리의 휴대폰 사용량을 줄이는 것조차 중요하지 않았습니다(2주가 끝날 무렵에도 우리의 휴대폰 사용량은 겨우 몇 분밖에 줄지 않았습니다). 책은 제목에서도 알 수 있듯이 우리의 뇌를 좀 더 심심하도록 또 창의적으로 활동하도록 자유롭게 풀어 주는 것이 주목적이었습니다. 끊임없이 즐거운 기분이 든다고 해서 뇌가 꼭 새로운 아이디어를 떠올리기 위해 분주하게 움직이지는 않기 때문이지요.

이 책은 독자들에게 '휴대폰 두고 출퇴근하기', '중독성 있는 앱

삭제하기', '종일 사진 찍지 않기', '주변 풍경을 바라보며 공공장소에 앉아 있기' 등의 연습 과제를 제시합니다. 우리의 정신을 자유롭게 풀어 주기 위해서죠.

우리는 혼란스럽고 피하고 싶고 겁에 질려 있는 삶의 어느 부분을 찾아내어 확인하라는 책의 내용을 따라 해 보기로 했습니다. 그것이 크든 작든 상관없어요. 30분간 그저 앉아 주의력을 흐트러뜨리는 모든 것에서 해방된 시간을 보냈습니다. 약속한 30분이 다 되면 요즘 생겼던 문제들에 대한 해결책을 떠올리고, 그에 대해 그림을 그리거나 글을 썼지요.

저한테는 효과가 있었습니다. 저의 경우에는 친구나 가족과 연락할 방법을 찾는 것이 문제였어요. 이틀이 지나 지레 포기하지 않도록 해결책은 부담스럽지 않아야 했습니다. 이메일을 보내는 방법은 별로 인간적이지 않게 느껴질뿐더러, 너무 손이 많이 가는 작업이었습니다. 페이스북은 단점이 너무 많았고요. 서너 명의 친구를 제외하고는 전화로 이야기하고 싶어 하지 않았습니다.

저는 물 주전자를 물끄러미 바라보며 머릿속을 조금씩 비웠습니다. 그리고 30분 뒤에 자리에 앉아 글을 썼습니다. 제가 생각해 낸 방법은 '한 개의 문장'이었습니다. 매주 다른 친구에게 한 개씩 문자 메시지를 보내기로 한 거죠. '대학 때 우리가 상상하던 강아지 기억나?' 이런 식의 문장 하나면 충분했습니다. 더 길게 쓸 수도 있었지만, 딱히 그럴 필요는 없었어요. 목표는 소소했습니다. 메시지를 보내는 동안만은 그 친구를 생각하며 시간을 보내는 것 그리고 그 친구에게 이런 나의 마음을 알리는 것, 그뿐이었지요. 그로부터 몇 년의 세월이 지났지만, 저는 여전히 일주일에 한 번 누군가에게 한 문장이 담긴 문자 메시지를 보내고 있습니다. 역설적이게도 저는 '똑똑해지기 위해 심심해하기'의 돌파구를 휴대폰에서 찾은 거예요.

졸렌타 역시 늘 만지작거리던 그 '기기'를 내려놓자 오래된 물건에 마음이 갔다고 합니다. 졸렌타의 선택은 피아노였습니다. 그는 피아노를 다시 성공적으로 연주하기 시작했습니다. 또 졸렌타의 인스타그램에는 강아지 관련 피드가 올라와 있지 않았지만, 그때 그는 현실 생활에서 '진짜' 강아지들을 바라보았습니다. 어느 날 졸렌타가 친한 친구의 결혼식에 참석했을 때 그는 결혼식이 진행되는 내내 사진을 찍기 위해 휴대폰을 꺼내고 싶은 충동조차 느끼지 않았다고 해요. 대신 그 마법 같은 순간을 완벽하게 즐기기로 한 겁니다. 이날의 경험이 졸렌타를 더 행복한 사람으로 만들었습니다.

우리가 여태껏 읽은 책 중에 유일하게 《심심할수록 똑똑해진
다》가 휴대폰 사용량을 줄여 보라고 제안했던 것은 아닙니다. 팀
페리스가 쓴 《나는 4시간만 일한다》는 이메일을 체크하는 것과
같은 일 처리를 위해 매일 몇 번만 따로 시간을 마련하라고 제안합
니다. 그리고 나머지 시간에는 응답이 늦어질지 모른다는 점을 설
명하는 부재중 메시지를 남기라고 했지요.

페리스의 논리는 온라인에 접속하는 시간을 정해 놓으면 시간
을 낭비하거나 정신이 산만해지지 않는다는 거였습니다. 그 시간
에 진짜 하고 싶은 것, 즉 외국어를 배우거나 새로운 일을 시작하거
나, 아니면 경마나 활쏘기를 배우는 데 시간을 쏟을 수 있다는 것이
그의 주장이었지요. 자신도 직접 체험했다고 밝혔고요. 졸렌타와
저는 그의 말처럼 확실히 더 많은 시간을 확보했습니다(사실 약간 거
짓이 섞여 있기는 합니다. 저는 일하는 것을 좋아하거든요).

물론 저희가 읽었던 모든 책이 휴대폰을 내려놓으라고 한 것은
아닙니다. 특히 《팬츠드렁크》는 재충전하는 방법으로, 와인을 채
운 잔을 들고 가벼운 차림으로 소파에 누운 채 SNS를 훑어보라고
권했습니다. 이 책의 저자인 미스카 란타넨은 휴대폰을 단지 악마
의 산물로만 보지 않았던 거지요. 특정 웹사이트에 들어가거나 업

무와 관련된 이메일에 답장하는 것은 반대했지만요.

내성적인 성향의 졸렌타는 《팬츠드렁크》의 조언으로 기력을 회복했습니다. 그는 생산적이지 않도록 뇌를 마냥 놀게 놔두는 합법적인 허락에 기뻐했습니다.

하지만 졸렌타와 달리 저는 슬펐습니다. 저는 외향적인 사람이었거든요. 가끔 냉정한 청취자들이 쓴 댓글을 읽으며 혼자 외롭게 술을 마실 때는 비참한 기분이 들기도 했습니다. 《팬츠드렁크》가 저한테 휴대폰을 내려놓게 하려고 의도한 것은 아니었겠지만, 저는 그 책을 통해 깨달았습니다. 휴대폰을 붙들고 있는 시간보다 친구들과 함께 술을 마시며 보내는 시간이 훨씬 행복하다는 것을요.

마지막으로 말하고 싶은 것은 우리가 읽은 책 중에 단 한 권도 우리에게 휴대폰과 같은 기기를 사용할 때 냉정해지라고 하지 않았다는 점입니다. 그들은 우리의 중독을 없애려고 하지 않았습니다. 오히려 그 반대였지요. 우리에게 더 전략적으로, 더 많은 생각을 하며 기기 사용을 훈련하도록 권했습니다. 저자들 모두가 그 기기들이 이미 삶의 일부분이고, 그렇기에 그것들과 완전히 단절되는 것은 불가능하다는 사실을 받아들인 것 같았습니다.

저도 그들의 의견에 동의합니다. 그렇지만 가끔은 이 세상과 사람들에게 휴대폰이 없었던 시절이 그리워집니다. 사람들이 SNS를 쉼 없이 확인하지 않고 저녁 식사 자리에 앉아 있는 것이 좋았거든요. 도로에서 문자 메시지를 보내거나 게임하는 운전자들을 보며 걱정하지 않아도 됐던 날들이 좋았습니다. 영화관에서 옆자리 사람들이 모바일 게임이나 모바일 메신저를 하는 시간이 아니라 그저 평범하게 소란을 피우던 때가 그립습니다.

물론 저는 지금도 친구에게 한 문장이 담긴 문자 메시지를 보내고 있습니다. 아니면 TV를 틀어 놓고 소파에 앉아 남편 옆에서 이베이를 보거나요. 그래도 저뿐만 아니라 제 주변 사람들 역시 휴대폰에 쏟는 시간을 줄이면 더 행복해질 거라고 말해 주고 싶습니다.

책대로 해 봤습니다

좀 더 소박하게 생활하기

크리스틴

　제가 초등학생이었을 때, 그러니까 아직 어렸을 무렵 제 부모님은 이혼했습니다. 아빠는 두 번째 아내가 될 사람 집에서 편하게 생활했습니다. 반면 엄마는 3가지 일을 해야 했습니다. 우리가 살아남는 유일한 방법은 할머니의 보살핌과 요리, 무료 식료품과 가정용품들 그리고 엄마가 일터에서 가져온 남은 음식뿐이었습니다.

　언젠가 엄마도 재혼하게 되면 돈은 더 줄어들 터였습니다. 저는 생리대부터 학교생활에 필요한 것들까지 혼자 해결해야 했지요. 시간이 흘러 대학교에 입학했습니다. 전에 엄마가 그랬던 것처럼 저도 등록금과 집세를 벌기 위해 3가지 일을 했습니다. 근무 스케

줄이 비었을 때는 틈틈이 수업을 들었습니다. 음식 값을 아끼기 위해 일하는 음식점에서 버려지는 음식들을 집으로 가져오기도 했지만, 제 재정에는 몇 번이나 구멍이 났습니다.

　돈과 관련된 스트레스가 저를 점점 망쳐갔습니다. 30대가 되어서도 노숙자가 될지 모른다는 두려움을 안고 살아야 했지요. 어디노숙자뿐인가요. 아이 둘과 골판지 상자에 살면서 제대로 된 식사대신 영양가 없는 액체를 마시는 자신의 모습이 머릿속을 가득 채웠습니다.

　이런 두려움을 극복하는 데 도움이 된 방법 중 하나가 바로 '좀더 소박하게 생활하기'였습니다. 저는 이 분야 최고 능력자에게 그것을 배웠습니다. 어린 나이에 부모를 잃고 대공황 시절에 성장기를 보낸 우리 할머니는 '적은 돈으로 잘 살기 분야'의 자타공인 전문가였습니다. 할머니는 중고 물건 거래 사이트를 애용하고, 종일티백 하나로 차를 우려 마셨습니다. 다 쓴 식료품 용기는 잘 보관했다가 다시 사용했지요. 그는 액세서리도 별로 가지고 있지 않았습니다. 정가로는 물건을 아예 구입하지도 않았고요. 만약 여러분이그가 입은 옷을 칭찬한다면 그는 틀림없이 자신이 얼마나 저렴하게 그 옷을 샀는지 먼저 말할 겁니다.

빈곤에 대한 공포를 극복하는 데 도움이 된 또 다른 방법은, 솔직히 말하면 더 많은 돈을 버는 것이었습니다. 17살에서 25살이 될 때까지 저는 월급쟁이 생활을 하며 1년에 2만 2천 달러 이상 벌지 못했습니다. 그래서 항상 부업으로 다른 일거리를 찾아야 했지요. 30대가 되자 저는 많은 돈을 벌기 시작했습니다. 하지만 연봉이 여전히 2만 2천 달러인 것 마냥 급여의 대부분을 퇴직금과 저축 계좌에 넣었습니다.

지금 우리가 사는 세상은 적은 돈으로 사는 것이 멋진 삶과는 정반대로 여겨지고 있다는 것을 알고 있습니다. 쇼핑은 우리가 즐기는 가장 큰 취미가 되어 버렸습니다. 물건을 소유하는 것은 곧 성공을 뜻하기도 하고요. 크고 화려한 저택, 첨단 기기 그리고 유행하는 최신 패션은 아마 우리가 느끼는 행복의 정중앙에 자리할 겁니다. 누릴 수 있는 것보다 더 적게 누리는 삶의 방식을 선택한다는 것은 어릴 때부터 들어왔던 많은 메시지에 반기를 드는 것과 같을 수도 있겠지요. 그러나 영향력 있는 자기 계발서 저자들은 우리에게 그런 선택을 해 보라고 제안합니다.

우리에게 맨 처음 이 메시지를 보낸 책은 스티브와 아네트 이코노미데스 부부가 쓴 《돈에 관한 정답을 알려드립니다》였습니다.

결혼한 뒤 12년 동안 이코노미데스 가족은 평균 3만 5천 달러의 수입으로 생활을 꾸려 갔습니다. 그동안 그들은 첫 번째 집의 대출금을 다 갚고, 첫 번째 집보다 두 배나 큰 두 번째 집을 마련했습니다. 그리고 현금으로 여러 대의 차도 구입했지요. 이들은 기름 값과 충동구매로 낭비하는 비용을 줄이기 위해 중고품만 구입하고, 신용카드는 사용하지 않고, 식료품은 한 달에 한 번만 사는 등 갖가지 방법을 동원해 이 모든 것을 해냈습니다.

저는 이들 부부의 방식을 따라서 생활하는 것이 참 좋았습니다. 돈을 절약하는 것이 마치 게임하는 것처럼 느껴졌고, 쇼핑은 시간과 돈을 경솔하게 낭비하는 것처럼 생각되었거든요.

졸렌타는 저만큼 이 책을 좋아하지는 않았습니다. 하지만 그는 사회인이 되어 처음으로 돈에 대한 불안감이 생겼을 때 마음을 진정시키기 위해 책의 도움을 받았다고 말했습니다. 덕분에 그는 불편하지만 꼭 해야 했던 중요한 대화를 남편과 할 수 있었고, 심지어 처음으로 은행 계좌에 로그인하는 법까지 배웠다고 했습니다.

그러나 《돈에 관한 정답을 알려드립니다》는 우리가 집, 자동차 그리고 퇴직 자금을 보유하는 것을 목표로 소박한 생활을 하기 위한 기본적인 경제 관련 근거만을 설명하는 데 많은 부분을 할애합

책대로 해 봤습니다

니다. 다른 책들은 훨씬 흥미진진하고 정서적인 근거들을 제시하지요.

예를 들면 《돈, 당신이 알고 있는 모든 것은 틀렸다》에서 수지 오먼은 소박하게 생활하는 것이 감정적으로 우리가 지닌 돈을 통제하는 데 도움이 된다고 주장합니다.

《나는 4시간만 일한다》에서 팀 페리스는 물질에 돈을 덜 소비하고, 대신 적은 돈이 드는 경험에 그것을 쓴다면 지금보다 더 재미있는 인생이 펼쳐질 거라고 말했습니다. 저자는 이를 실천하기 위해 물가가 낮은 나라에 잠깐 동안만 거주하면서 돈을 벌고, 살던 집을 임대해서 수익을 내는 방법을 제안했습니다. 비록 우리는 페리스가 쓴 책을 읽고 이런 방법을 실천하지는 않았지만, 그래도 저와 남편은 여행하는 동안 집을 임대해서 여행비용을 충당하긴 했습니다.

《정리의 힘》에서 곤도 마리에는 우리가 좀 더 소박한 삶을 살아야 하는 또 다른 이유를 제시합니다. 많은 물건을 소유하는 것은 그만큼 잡동사니 역시 많이 소유하게 될 잠재적 가능성을 내포하기 때문이지요. 나에게 필요하지 않거나 내가 좋아하지 않는 물건이 쌓일 때, 많은 사람이 불만과 좌절감을 느낍니다. 기쁨을 주는 물건들에 더 집중하고, 집에 물건을 조금 덜 들이는 것은 어떨까요?

여기 비 존슨이 제시한, 좀 더 소박하게 생활하는 삶에 대한 환경적인 논점도 다뤄 볼게요. 《나는 쓰레기 없이 살기로 했다》에서 그는 자신과 가족이 한때 큰 잔디밭, 차고 3개, 거대한 집 그리고 그 집을 가득 채운 수많은 물건과 함께 어떻게 평범한 아메리칸 드림을 누렸는지 털어놓았습니다. 그의 가족은 매주 1갤런에 해당하는 생수를 소비했고, 별생각 없이 일회용 플라스틱을 구입했다고 합니다. 하지만 재활용을 하기 때문에 지구를 아프게 하고 있지 않다며 안심했다고 합니다.

30대 초반에 들어선 존슨은 자신의 가족이 낭비하는 버릇이 있다는 것과 지구를 파괴하는 행동을 한다는 것을 깨달았습니다. 그 이후 그와 그의 가족은 앞으로는 이 별을 더 잘 돌보겠다고 결심했습니다. 그리고 그들은 가정에서부터 그것을 실천하기로 했지요. 가능하면 차를 이용하기보다는 걷기로 했고, 훨씬 더 작은 집으로 생활 터전을 옮겼습니다. 그뿐만 아니라 꼭 필요한 물건만을 구입했습니다. 되도록 포장된 물건은 피하면서 말이지요.

우리는 이 책을 읽으면서 물건을 사고 집 안에 들이는 행위를 줄이는 것이 우리가 지구를 위해 매일 할 수 있는 가장 강력한 일이라는 것을 마음에 새기게 되었습니다. 우리는 음료를 마실 때 빨

책대로 해 봤습니다

대를 사용하지 않습니다. 식료품 가게의 계산대에서 제공하는 포장지도 받지 않습니다. 히터를 틀거나 에어컨을 켜는 것도 자제했습니다. 택시를 타는 것, 패스트 패션을 애용하는 것, 새로 나온 전자제품을 구입하는 것, 오랜 시간 물을 틀어놓고 샤워하는 것도 자중했습니다. 물론 재활용 포장지를 사용하는 곳도 있었습니다. 하지만 재활용 시스템이 그 과정에서 엄청난 양의 자원을 사용한다는 것을 익히 알고 있었거든요. 그래서 포장된 물건을 사는 것도 피했습니다. 우리는 전보다 더 적은 돈으로 생활할 수 있었습니다. 소박한 삶의 방식으로도 충분히 생활할 수 있었던 거지요.

이 과정에서 책의 저자들이 던지는 메시지와 상관없이 한 가지 공통점을 발견했습니다. 이제 와서 보니 우리는 좀 더 현재의 순간에 집중하면서 살 수 있었습니다. 사물에 덜 집중했을 때 사람과 경험에 더 초점을 맞출 수 있었던 거지요. 더 많은 것을 쫓으려고 하지 않을 때 비로소 이미 주어진 것에 감사하는 태도를 가질 수 있었습니다. 소유한 것들을 줄일 때 필요하지 않은 것과 필요한 것 그리고 삶을 더 값지게 만들어 주는 것이 무엇인지 더 잘 이해할 수 있다는 것을 여러분께 꼭 알려드리고 싶습니다.

크리스틴과 졸렌타에게,

현재보다 더 소박한 생활을 하라는 조언은 좋아요. 그런데 애초에 먹고살 길이 없다면 두 분은 어쩌시겠어요?

SH

SH에게,

당신이 말한 것도 일리가 있습니다. 미국 통계국에 따르면 전체 미국인의 약 12.3퍼센트가 빈곤선 이하의 삶을 살고 있고, 또 전 세계 수백만 명에 이르는 사람들이 간신히 생계를 이어가고 있다고 해요. 좀 더 소박하게 사는 것이 모든 사람에게 절대적으로 현실적인 조언은 아닙니다. 하지만 모든 사람이 우리의 말을 따라 주길 바라는 마음에서 그렇게 말한 것은 아니에요. 적절한 예산을 세웠기 때문에(제가 가장 가난했던 시절에도요) 돈 걱정이 제 삶을 집어삼키지 않았다는 것, 가끔은 저를 더 행복하게 해 주었다는 것을 설명하기 위해서였다고 보는 게 맞을 것 같군요.

크리스틴

잡동사니 정리하기

졸렌타

《정리의 힘》이 처음 출간되어 세계적으로 인기를 끌었을 때, 저는 이 책을 비웃었습니다. '물건을 치운다는 간단한 생각이 삶을 바꾼다니 말도 안 돼'라면서요. 지금 생각해 보면 제가 느낀 거부감의 일부는 순전히 책이 인기를 얻어서였던 것 같습니다. 사실 전 다른 사람이 좋아하는 평범한 물건이 아닌, 아무도 찾지 않는 별나고 독특한 물건을 좋아하는 제 모습에 자부심을 느끼거든요. 하지만 마법 학교를 가는 소년이 주인공인 유명한 책 시리즈에서의 경험과는 달리, 우연히 이 인기 많은 책을 읽고서 저 자신에게 실망하고 말았습니다. 책에 적힌 몇몇 문장이, 이 책이 유명해진 이유를 증명하고 있었거든요.

일본의 정리 컨설턴트인 곤도 마리에는 자신의 성과 이름을 합친 '곤마리'라는 이름으로 알려져 있습니다. 그가 쓴 《정리의 힘》은 세계적으로 수백만 부의 판매고를 올렸습니다.

곤도 마리에에 따르면 정리라는 장기전의 목표는 단순히 덜 복잡해지는 것이 아니라 우리를 더 행복하게 하고 삶에 진정한 기쁨을 가져다주는 물건만을 가지고 생활하는 것입니다. 또 그는 중요한 물건의 진가를 알아보기 위해서 중요하지 않은 물건들을 버려야 한다고 주장하지요.

이 조언이 간단하게 들릴지 모르지만, 절대 그렇지 않습니다. 할 일이 산더미였거든요. 곤도는 어떤 물건이 우리에게 기쁨을 주는지 효율적으로 파악하기 위해서 하루나 이틀 시간을 들여 정리해야 한다고 말합니다. 그래야 쓸데없이 우리를 붙잡고 있거나 필요하지 않은 물건을 가려내어 없앨 수 있다고 했습니다. 좀 더 일을 복잡하게 벌이자면 없애려는 물건을 보지 않기 위해 여러 방을 돌아다니는 행동도 자제해야 합니다. 소지품을 카테고리별로 정리하라고도 했지요. 그래야 방마다 물건을 분류해 놓을 수 있으니까요.

저희는 〈책대로 살아보기〉 첫 번째 시즌에서 곤도의 말을 따라 해 보았습니다.

듣기만 해도 숨이 막힐 것 같은 '청소를 위한 긴 여정'의 순서는 차례대로 옷, 책, 서류, 잡다한 물건, 마지막으로 기념품이었습니다. 웨딩드레스부터 헬스장에서 신는 양말까지 의류에 해당하는 모든 옷을 끄집어내서 침실 바닥에 늘어놓았습니다. 온종일 꼬박 해야 했지요. 정말 피곤했습니다. 나중에는 도대체 내가 뭐 하고 있는 건가 하는 생각도 들었습니다. 잡동사니들을 정리하다가 아예 내 인생이 정리되어 끝날 것만 같았지요. 급기야 몇 시간 뒤에는 끄집어 낸 모든 옷이 싫어졌습니다. 복잡한 머리를 비우고 더위를 식히기 위해서 집을 나와 그 주변을 걷지 않았다면 그 옷들을 모두 버리는 최악의 사태가 벌어졌을지도 모릅니다.

하지만 그렇게 고된 첫날을 보낸 뒤에는 다른 소지품을 살펴보는 일이 더 쉬워지고 만족스러워졌습니다. 그리고 이틀째가 되자 마침내 어떻게 해야 할지 갈피가 잡혔습니다. 브래드와 제가 잡다한 전자제품 정리 단계에 이르렀을 때, 우리는 눈에 들어오는 모든 전자 기기와 충전기, USB 드라이브, 플러그 어댑터와 헤드폰을 찾아내어 침대 위에 늘어놓았습니다. 경악스러울 정도로 엄청난 수의 오래된 전자제품과 부속품 들을 소유하고 있더라고요. 언제 없어졌는지도 모르는 디지털카메라 충전기, 브래드가 대학교 1학년 때 불태웠다는 수백 장의 CD가 들어 있던 정리함 그리고 우리 집에 있는 줄도 몰랐던 100여 개에 달하는 갖가지 잡동사니들이 눈앞에 쌓여 있었습니다.

이런 쓸모없는 물건들을 한곳에 모아 놓고 보니 어이가 없었습니다. 이 잡동사니 중 대부분은 우리가 만나기 전부터 각자가 지니고 있던 물건이었습니다. 그중 일부는 심지어 오레곤주와 캘리포니아주에 있는, 각자의 유년 시절을 보냈던 집에서부터 따로 나와 살았던 아파트까지 10년 넘게 우리와 함께 전국을 돌아다녔더라고요. 짧은 인생에 불필요한 물건들을 얼마나 많이 지니고 다니며 쓸데없이 복잡하게 살았는지 깨닫는 순간이었습니다. 우리는 마침내 왜 이런 일을 해야 하는지 이해하기 시작했습니다.

그 뒤로는 말 그대로 정리하는 것이 일종의 '마법'처럼 느껴졌습니다. 이런 말이 진부하게 들릴지는 모르겠지만, 점점 더 정리가 좋아지기 시작했습니다. 소유하는 물건의 양을 줄이는 것은 자유로움을 느끼게 했습니다. 소지품들이 새로 자리할 적당한 장소를 찾는 것은 마치 좋아하는 퍼즐 맞추기 같았고요.

책대로 해 봤습니다

처음에는 잡동사니를 정리하는 것이 싫었지만, 이제는 정말 좋아하게 된 겁니다. 지금까지도 브래드와 저는 제가 읽었던 책 중에서 특히 《정리의 힘》이 우리의 삶을 더 좋게 변화시킨 책이라고 말합니다. 소유한 물건을 줄이고, 무거운 짐처럼 가지고 다니던 오래된 소지품을 내려놓는 행동이 가져온 결과가 꽤나 마음에 들었거든요. 그 덕분에 책장에 빈 공간을 확보하고 창고를 효율적으로 쓸 수 있게 되었습니다. 깨끗해지고 밝아지고 정리된 우리의 집을 보면 애정이 샘솟을 정도입니다.

크리스틴의 경우에는 저와 정반대의 경험을 했습니다. 그는 낙천적인 태도로 작업을 시작했고 특유의 열정을 가지고 공격적인 정리에 돌입했습니다. 기부할 의류 더미를 쌓고 오래된 홈 트레이닝 비디오 영상을 없애면서 성취감도 느꼈다는군요. 하지만 시간이 갈수록 작업하던 크리스틴과 남편 딘은 둘 사이에 커지는 긴장감을 느꼈습니다.

두 사람은 영화에 나오는 행운의 커플 같다는 생각이 들 만큼 좀처럼 싸우지 않았습니다. 그런 그들의 관계가 곤도 마리에의 조언에 따라 집을 정리하는 과정에서 팽팽하게 대립하며 엄청난 불편함으로 뒤덮였습니다. 싱크대와 샤워기 옆에 있어야 할 물건들이 제자리에 있지 않고 상자에 처박혀 있거나 찬장에 숨어 있기 일쑤였거든요. 난로 옆에 있어야 할 도구들은 난로 옆이 아니라 손이 닿지 않는 서랍 속에서 모습을 드러냈습니다.

이런 상황이 둘의 화를 돋우었습니다. 그들은 결단을 내렸습니다. 늘어가던 말다툼을 줄이고 전처럼 영화 속 행복한 커플로 돌아가기 위해서였지요. 크리스틴과 딘은 자신들의 극단적 미니멀리즘을 줄여 갔습니다. 집에 잡동사니가 다시 나타날 수 있다는 상황도 용인하기로 했습니다. 그들의 정리 작업이 균형을 잡아가면서 크리스틴은 모든 소지품이 전보다 훨씬 더 가지런하게 놓였다는 점을 알아차렸다고 해요.

크리스틴이 딘의 아파트로 이사하면서 둘은 함께 살기 시작했습니다. 크리스틴은 자신이 가지고 온 물건으로 그 집의 빈 공간을 빽빽하게 채웠지요. 그들은 과도했던 물건의 양을 줄이고 소유물을 재정비하고 나서야 비로소 지금 사는 집에서 더 다양한 생각을 할 수 있었다고 말했습니다.

내가 무엇을 소유하고 있는지, 무엇을 진정으로 원하는지 살펴보는 시간을 갖는 것은 매 순간 삶을 더 값지게 만들어 주고, 괜찮은 아이디어를 떠올릴 수 있게 해 주었습니다. 우리가 한창 아누슈카 리스가 쓴 《내 옷장 속의 미니멀리즘》을 읽고 있을 때는, 둘 다 옷장을 청소하고 스타일링하기를 즐겼습니다. 또 엘리자베스 길버트의 《빅매직》을 읽을 때 저는 사무실을 새롭게 고쳐서 창의력을 높이려는 시도도 했습니다. 필요 없는 서류와 잡다한 물건을 정리하고 가구를 재정비했지요. 어수선했던 분위기를 바꾸고 새로운 질서를 만들어 내자 제 사무실은 코트를 내팽개치던 무질서한 방에서 일하며 머무르는 시간이 항상 즐거운 장소로 변신했습니다. 지금 이 글을 쓰고 있는 곳도 바로 제 사무실이랍니다!

잡동사니를 정리하는 과정을 통해 여분의 공간이 확보된 옷장과 잘 정리된 사무실을 마주한 제가 하고 싶은 말은 바로 이겁니다. 내 주위의 공간은 곧 나의 연장선이라는 점입니다. 잡동사니를 정리하는 행위는 우리를 우리 자신과 다시 연결하고, 내가 어떤 사람인지 확인하게 해 줄 뿐만 아니라 나를 가로막는 오래된 짐 덩어리들을 없애 줍니다.

우리는 너무 극에 달한 잡동사니 정리가 모든 사람에게 다 효과적이지 않다는 교훈을 배웠습니다. 그만큼 잡동사니 정리는 어려운 작업이었지만, 그럼에도 결국 애정을 가지게 되었습니다. 그러니 여러분도 불필요한 물건을 삶에서 치우는 작업을 망설이지 마세요. 사무실과 옷장, 온갖 물건으로 가득한 서랍부터 시작하면 됩니다. 확실히 시도해 볼 가치가 있습니다.

크리스틴과 졸렌타에게,

잘사는 사람만이 진심으로 물건 줄이기를 찬양할 수 있을 것 같아요. 당장 하루 벌어 하루 먹고사는 사람들은 이미 줄일 만큼 줄인 채로 살고 있으니까요.

SJ

SJ에게,

정말 좋은 지적입니다. 우리가 팟캐스트에서 이 책을 다뤘을 때, 이런 의견을 더 많이 접했으면 좋았을 것 같습니다.

일반적으로 '잡동사니 정리하기'와 '웰빙'을 다룬 많은 읽을거리는 소지한 물건이 주는 기쁨을 얻기 위해 그것을 마련할 수단과 시간적 여유가 있는 사람들을 위해 쓰이는 것 같긴 해요. 그리고 그 읽을거리들은 최소한 지녀야 하는 돈, 필요한 무언가를 사기 위한 돈과 관련된 내용을 포함하고 있지 않습니다.

그러나 처음에 잡동사니를 정리하기 시작할 때 제 삶을 더 즐겁게 만든 것은 그 과정의 일부인 '정리 체계'라고 볼 수 있습니다. 주변 공간에 더 많은 유연성을 부여하고 즐거움을 얻기 위해, 반드시 물건을 내다 버릴 필요는 없다는 거죠.

저는 집에 있는 서류와 편지 들을 어떻게 정리하고 보관할 것인지를 다룬 곤도의 말을 실천해 보는 일이 즐거웠습니다. 비용도 전혀 들지 않았고요. 저는 이제 필요할 때마다 제 수표나 반려견의 예방접종 기록을 바로 찾을 수 있습니다. 브래드는 몇 년이 지난 지금도 책에서 추천한 모양대로 옷을 개고요. 그는 많은 옷을 버리지는 않았습니다. 하지만 매일 아침 잘 정리된 자신의 옷장을 행복한 표정으로 들여다봅니다.

당신은 어떤 소지품도 희생시키지 않고 미니멀리즘과 잡동사니 정리가 가진 장점을 완벽히 활용할 수 있습니다. 하고 싶으면 그냥 하면 됩니다. 행복한 삶에 잡동사니 정리가 꼭 필수 요소는 아니지만, 분명 잡동사니를 정리하고 행복을 느끼는 사람도 있으니까요.

졸렌타

새로운 것 시도하기

졸렌타

제가 모험이나 트레킹, 정처 없이 떠돌아다니는 것을 별로 좋아
하지 않는다고 말씀드린 것을 기억하시나요? 그러니 아마 제가 새
로운 것을 시도하는 행위도 싫어할 거라고 여길 것 같은데, 맞습니
다. 최근까지도 그랬거든요. 저도 《1년만 나를 사랑하기로 결심했
다》라는 책을 읽기 전까지는 제가 새로운 것을 싫어한다고 생각했
습니다.

《1년만 나를 사랑하기로 결심했다》는 방송작가이자 프로듀서
인 숀다 라임스가 쓴 책입니다. 그는 자신의 언니에게 "너는 뭐든
좋다고 하는 걸 못 봤다"라는 말을 듣고, 태도를 바꿔 모든 것에

책대로 해 봤습니다

"좋다"라고 말해 본 1년간의 여정을 책으로 썼습니다.

책은 손다가 그토록 오랫동안 "싫다"라고 말했던 원인을 파헤치고 있습니다. 사회적 불안감부터 어색한 상황에 대한 두려움, 또 내성적이었던 성격 등이 바로 그것이지요. "좋다"라고 말하는 행위가 길게 보았을 때 우리 삶을 더 즐겁게 만든다는 점도 다루고 있습니다. 사실은 성장하고 배워가며 더 나은 사람이 되어 가는데 필수적인 부분이라는 점도요.

《1년만 나를 사랑하기로 결심했다》는 우리에게 그야말로 기쁨을 느끼게 해 준 책이었습니다. 우리는 각자의 방식으로 "좋다"를 외쳤고, 이런 행동은 우리 삶을 더 좋은 방향으로 이끌었습니다. 저는 새로운 친구와 커피를 마시고, 파티를 열고, 여자들이 모이는 행사를 주최하고, 발 마사지를 받으며 제 나름대로 "좋다"를 생활에서 실천했습니다. 심지어 반려견에게 다람쥐 옷을 입히고 코스튬 퍼레이드에 데려가는 것까지 "좋다"라고 했으니까요.

크리스틴은 런던에서 친구가 왔을 때 바쁜 일정을 쪼개 함께 시간을 보내며 "좋다"를 실천했습니다. 둘은 그동안 어떻게 지냈는지 서로의 근황을 들었고 번화가를 돌아다니며 맘껏 자유를 누렸다고 해요. 그 친구는 막 프리랜서로 직업을 바꾸어 팟캐스트 진행을 하고 있던 참이었대요. 그래서 크리스틴에게 앞으로 나아갈 방향에 대해서도 좋은 조언을 해 주었다고 합니다. 프리랜서 클럽을 만들어도 괜찮을 것 같다고 말해 준 친구 덕분에, 크리스틴은 조금 덜 사회적인 환경을 마련해 일하며 지루함을 덜었다고 합니다.

《1년만 나를 사랑하기로 결심했다》를 읽으며 알게 된 점 중 하나는, 내가 새로운 것을 "좋다"라고 한다는 사실을 조금 늦게 깨닫는다는 점이었습니다(저는 2주마다 새로운 것을 시도해 보는 내용의 팟캐스트를 공동 진행하고 있습니다!). 사실 새로운 것에 관해 "좋다"고 말한 덕분에 지금 내가 사랑하는 것들이 모두 내 인생으로 들어왔습니다. 스토리텔링 수업을 한번 들어 보는 것을 "좋다"고 했기 때문에 저는 스탠드업 코미디의 길을 걷게 되었어요. 바보 같은 지인과 어울리는 것을 "좋다"고 하지 않았다면 어떻게 브래드를 만나 결혼했을까요. 전 자신 있게 말합니다. 지나온 삶을 한번 되돌아 생각해 보세요. 아마 상상도 못 했던 곳으로 여러분을 이끈 "좋다"의 용감했던 예가 수도 없이 떠오를 겁니다. 이런 상황에 대해 어떻게 생각하느냐고 물으면 이렇게 대답할 거예요.

"뭐 어때요? 멋지기만 한데요."

내 통제를 벗어난 상황에서도 "좋다"고 말할 수 있습니다. 지금부터 말씀드릴 크리스틴의 이야기가 완벽한 예가 될 거예요. 우리가 《1년만 나를 사랑하기로 결심했다》를 읽기 바로 직전에 크리스틴은 다니던 팟캐스트 관련 회사가 문을 닫으며 자신이 곧 실업자가 된다는 통보를 받았습니다. 이 시기는 크리스틴에게 지옥이었지요. 하지만 이것저것 새로운 것에 "좋다"고 말하는 행위는 그가 마주한 최악의 상황을 최대한 좋게 활용하도록 도와주었습니다.

그는 우선 주변에 도움을 청하는 것을 "좋다"고 생각했습니다. 그리고 여러 프리랜서 친구들에게 조언해 줄 수 있는지 묻는 이메일을 보냈다고 해요. 크리스틴은 스스로 커뮤니티를 만드는 한편, 친구들 몇몇과는 함께 일할 '프리랜서 클럽'도 만들었습니다.

그는 자신의 브랜드에 관해서도 연구를 계속했습니다. 자신이 만든 웹사이트를 밤낮없이 띄워 놓고 스피치 연구와 팟캐스트에 출연할 게스트를 찾아내는 일에 모든 걸 바친 거지요. 크리스틴은 떠오르는 모든 새로운 아이디어에 "좋다"고 말하는 행위에 몰두했습니다.

그 결과, 그는 '해고당한 프리랜서'에서 '멋지게 홀로서기에 성공한 프리랜서'로 다시 태어났지요. 해고된 지 몇 달 되지 않은 짧은 기간 동안, 해고로 인해 오히려 많은 일이 새롭게 찾아왔던 겁니다. 그동안 크리스틴은 새로운 회사에서 팟캐스트를 주최하고 게스트를 초대했으며, 심지어 《팟캐스트를 시작하려는 당신에게》도 집필했습니다. 그는 정말 많은 것에 "좋다"고 말했습니다.

《1년만 나를 사랑하기로 결심했다》를 읽은 뒤, 저는 삶을 새로운 것을 시작하기 위한 용감한 선택들의 연속이라고 생각하게 되었습니다. 만약 새로운 것을 시작하려고 했을 때 '실패 목록' 때문에 도전을 망설이게 된다면, 오히려 저는 그 목록이 내가 도전하는 일에 푹 빠져 있는 증거라고 여길 것 같습니다. 아, 여기서 말하는 새로운 것에 트레킹은 들어 있지 않습니다. 전 여전히 트레킹은 "싫다"고 할 거거든요. 미안해, 여보.

책대로 해 봤습니다

재충전 시간 갖기

졸렌타

혼자만의 시간은 신성합니다. 여기서 말하는 '시간을 혼자 보내다'는, 자위행위와는 달라요(가끔은 자위행위에 해당하기도 하지만요). 여기서는 편안하고, 자유롭고, 심지어 지루하게도 느껴지는 시간 보내기를 말합니다.

저는 제가 지닌 사랑의 감정이 외동딸이라서 느끼는 외로움 때문이라고 생각했습니다. 세상에 태어난 그날부터 혼자만의 시간을 원했던 저는 최근까지 이런 제 모습이 그리 좋아 보이지 않았지요. 살면서 많은 경우에 에너지를 보충할 시간이 필요했던 제 성향을 약점이라고 느꼈습니다.

우리 사회는 외향적인 사람을 이상적으로 보는 경향이 있습니다. 종종 성공한 사람들은 사교성이 있고 외향적인 성향 덕분에 원하는 것을 이루었다고 여겨집니다. 저처럼 세상에서 자신을 숨기고, 무언가 하려면 꼭 휴식이 필요한 사람은 저런 약점이 없는 사람들처럼 절대 성공하지 못할 것 같았습니다.

다행히 이런 생각은 틀렸습니다. 지난 몇 년간 제가 지닌 내성적 성향에 혁명이 일어났거든요. 제 책꽂이에 근본적으로 어떻게 생활하고 어떤 방식으로 천천히 행복을 찾아갈지를 다룬 책들이 가득 꽂혔습니다.

내성적인 성향을 재충전할 수 있게 조언해 준 《팬츠드렁크》를 읽었을 때, 저는 정말이지 너무 행복했습니다. '팬츠드렁크'의 어원은 핀란드어로 속옷을 뜻하는 '칼사리'와 취한 상태를 뜻하는 '캔니'의 합성어인 '칼사리캔니kalsarikänni'입니다. 이 재충전 방식은 집에서 속옷 차림으로 술을 마시며 휴식을 취하면서 집 밖으로 나가지 않는 것에 초점을 맞춥니다. 스트레스로 가득 찬 날을 보낸 뒤에 속옷 차림으로 마음껏 여유를 즐기는 행위를 통해 결코 의미 없지 않은 '무의미함'을 경험하는 거지요.

이런 내용의 조언을 책에서 발견하고 무척 기뻤습니다. 내가 시도했던 '자신을 돌보는 방법'을 다른 사람도 시도해 볼 가치가 있다고 여긴다는 것이 사실로 검증되었지요. 책을 쓰는 것도 그중 하나였습니다. 《팬츠드렁크》를 다 읽고서 곧바로 애플사이다 한 병을 꺼냈습니다. 그리고 사이버 스토커 이야기를 담은 인생 영화를 보며 재충전을 시작했지요.

《팬츠드렁크》를 읽고 실천했던 2주가 끝날 무렵, 저는 활력 충전과 관대함의 달인이 되어 있었습니다. 리얼리티 쇼 〈진짜 주부들〉을 보며 봉지째 초콜릿 과자를 먹거나, 마스크 팩을 한 채로 맥주를 마시며 친구에게 웃긴 이미지 파일을 전송하는 일상이 계속되었지요. 집에 머물며 가능한 한 몸을 편하게 했고, 그 순간을 즐겼습니다. 심지어 남편도 제가 저녁에 속옷 바람으로 편안한 시간을 즐긴 뒤부터 매일 아침 더 좋은 컨디션을 보인다는 점을 알게 되었습니다. 괜찮은 시도였지요.

하지만 이 시도가 크리스틴에게는 덜 효과적이었던 듯해요. 그는 제가 느낀 것만큼 행복해 보이지 않았습니다. 저런 행동들이 그다지 효과가 없었다고 했어요. 혼자 술 마시는 건 슬플 뿐이고, 술에 취해 SNS에 달린 부정적인 댓글을 읽으면 실망스러운 데다가 외롭기까지 했대요. 아무리 속옷 차림으로 편하게 있으려고 해도,

재충전이 아니라 어딘가에 갇힌 기분이 들어 힘들었다고 했습니다.

저와 달리 크리스틴은 외향적인 성향을 지녔습니다. 그는 누군가와 함께 있을 때 에너지를 얻는 사람이었습니다. 저나 다른 내성적인 사람들이 느끼는 것처럼 사람들과 어울리는 시간이 그의 기운을 빠지게 하지 않았습니다. 크리스틴은 친구들을 초대해서 시끌벅적하게 놀거나, 자유롭게 돌아다니면서 재충전을 합니다. 그리고 이런 행위는 그에게 낡고 헐렁한 티셔츠를 입고 와인을 마시며 차분한 시간을 보내는 것만큼이나 효과가 컸지요. 이렇듯 재충전하고 에너지를 보충하는 시간을 갖는 것은, 방법이 어떻든 우리에게 좋은 효과를 가져다줍니다.

《팬츠드렁크》를 읽을 때 정말 마음에 들었던 것은, 이 책이 제가 긴장을 풀기 위해 내키는 대로 자유롭게 행동할 수 있도록 일종의 '허락'을 해 주었다는 점입니다. 책 덕분에 저는 금요일 밤에 밖에 나가는 대신, 집에서 '할 일 없이' TV를 보거나 맛있는 간식을 먹으며 틀어박히는 행동에 죄책감을 느끼지 않게 되었지요. 우리는 모두 사회적 의무와 기대에서 벗어나 자유로운 시간을 자신에게 허락해야 합니다. 어떤 방식으로든 자신을 돌보는 일은 결코 시간 낭비가 아니니까요.

그러니 재충전이 필요하다고 생각된다면 그게 언제든 자신에게 맞는 방식으로 실천해 봅시다. 와인 잔을 들고 좋아하는 영화를 보세요. 소파에 앉아 반려견을 끌어안는 것도 좋습니다. 친구들과 파티를 열어 해가 뜰 때까지 밤새워 노는 것도 멋질 것 같아요. 아니면 여러분의 몸을 위로할 비밀의 장소에서 은밀하게 보내는 것도 괜찮습니다. 여러분은 충분히 그럴 자격이 있으니까요.

크리스틴과 졸렌타에게,

많은 사람이 재충전하고 싶다고 말할 때, 실은 스파나 술집에 가거나 온라인 쇼핑을 하고 포도주를 마시며 비싼 마스크 팩을 하고 싶다는 게 진짜 그들의 속마음이더라고요. 지금 시대에는(특히 요즘은 자기 계발이 중요하게 여겨지고 있으니까요) 재충전이라는 말이 단순히 소비지상주의를 뜻하는 또 다른 암호가 아닐까요?

LS

LS에게,

제대로 발견하셨네요. '건강'과 '재충전' 같은 일반적인 개념이 SNS에서 활동하는 인플루언서와 소비지상주의에도 똑같이 적용된다는 점은 확실히 실망스러운 현상입니다. 행복이라는 말을 브랜드화해서 재충전시켜 준다는 보석이나 마스크 팩을 파는 것도 참 공허해 보이고요. 기업은 삶에서 진정으로 값진 무언가를 찾는 사람들을 이용합니다.

그래도 저는 모든 조언이 근본적으로는 진실하다는 점을 믿으려 애씁니다. 그 이론이 진짜 맞는지 시험해 보기 위해 가능한 한 적은 돈을 쓰면서 책의 내용처럼 살 수 있는지 해 보는 편이거든요. 그리고 깨달았지요. 재충전은 물건을 굳이 사지 않아도 가능하다는 사실을요. '칼사리캔니'나 '휘게'* 등의 방법을 통해 알게 되었습니다.

재충전하는 방법을 다룬 책이 저나 제 습관을 크게 변화시키지는 않았어요. 하지만 이미 시도했던 '긴장을 푸는 방법'을 다시 살펴보는 데는 확실히 도움이 되었습니다. 제게는 유익하고 좋았습니다. 게으른 행동으로 간주하는 대신에 나의 의지였다고 말할 수 있는 일들이 있었으니까요.

저랑 성향이 다른 사람도 많을 겁니다. 그러나 내향적인 사람으로 분류되는 저 같은 사람들에게는 활기찬 삶을 위해 나

• 안락하고 편안한 상태라는 뜻의 덴마크어.

만의 공간에 머무르라는 조언이 더 효과적이라고 생각해요.
그것은 보통 내향적인 사람들이 재충전을 위해 혼자만의 시
간을 보낼 때 느끼는 죄책감을 잊는 데 도움을 주거든요.

　이 조언을 접하고 많은 외향적인 사람(크리스틴을 포함해서요)이
저와는 매우 상반된 휴식법을 취했다는 것을 알고 있습니다.
긴장을 푸는 다양한 방법들은 새로운 인생을 꾸려갈 수 있게
돕는 재미있는 아이디어들이에요. 하지만 그렇다고 삶이 송
두리째 변하는 것도 아니고, 많은 돈을 투자할 가치는 더더욱
없습니다. 아시다시피요.

졸렌타

집 밖으로 나서기

크리스틴

저는 당당하고 자부심 넘치는 도시인입니다. 대중교통에서 너무 멀리 떨어져서 살고 싶지 않아요. 항상 제 주변에 사람들이 가득했으면 좋겠어요. 문명에서 멀리 떨어진 숲속 오두막 같은 곳에서 산다면 정말 끔찍할 것 같습니다.

그렇다고 도시를 엄청나게 사랑하는 것은 아니에요. 저는 실내에 있는 것을 좋아합니다. 벌레들이 날아다니는 저쪽 세상보다는 창문으로 가로막힌 이쪽 공간이 좋은 거지요. 밖에서 어쩔 수 없이 화장실을 가야 하는 상황도 너무 싫습니다. 영화관 안이 세상에서 가장 마법 같은 공간으로 느껴집니다.

책대로 해 봤습니다

어릴 때 가끔 부모님이 제발 좀 밖에 나가라고 소리 지르셨던 기억이 나요.

"책 좀 그만 읽어라."

"TV는 볼 만큼 봤잖니?"

"지하실 계단 밑에 피난소(한창 전쟁놀이에 푹 빠져 있을 때였어요) 좀 그만 만들렴. 통조림도 아주 잔뜩 쌓아 놨더구나."

집 안에서 노는 것을 좋아했지만, 밖에 나가면 그 나름대로 즐거운 시간을 보냈습니다. 친구들과 자전거를 타고 소풍도 갔지요. 꽃을 꺾으며 놀거나 나비로 키울 애벌레를 채집하는 것이 재미있었어요. 여름이 되면 뒷마당에서 술래잡기를 했고 놀이 기구를 타며 즐겁게 놀았습니다. 겨울에는 눈 장난을 하고 스케이트와 썰매를 탔지요. 매일 저녁 가로등이 켜질 때까지 친구들과 집에서 말썽피운 이야기를 하는 게 재미있었습니다.

또 어릴 때부터 산책을 좋아했어요. 엄마와 함께 미니애폴리스의 호숫가를 걷거나 우리 집에서 가까운 친구 집까지 걷기도 했습니다. 바깥세상은 어디든 갈 수 있는 가능성과 장소로 가득했습니다.

나이가 들면서 다른 사람이 제게 '제발 나가라'고 하는 일은 줄어들었습니다. 시험과 논문 준비도 해야 했고, 직장도 구해야 했거든요. 가끔은 누군가가 밖에 나가라고 말해 주길 바랐습니다.

어른이 되자 깨달았습니다. 밖에 나가라고 말해 주는 사람이 없는 게 다는 아니었어요. 세상은 우리가 사람을 만나거나 무언가를 즐기기 위해 꼭 집을 떠나지 않아도 되도록 변했습니다. 인터넷이 있었거든요. 그리고 스카이프와 넷플릭스도요. 심지어 소위 '잠들지 않는 도시'라는 뉴욕으로 이사를 갔을 때도 사람들이 바깥 활동만큼이나 각자 소유한 기기를 가지고 노는 걸 좋아한다는 것을 알게 되었습니다.

바깥 활동은 점점 더 상품화되고 상업적으로 변해 갔습니다. 소박한 제 경제 사정과는 멀어지는 것 같았지요. 숲속을 걷기 위해 100달러짜리 신발과 50달러짜리 물통이 필요했습니다. 친구들과 함께 돌아다니려면 집세보다 비싼 자전거가 필수였지요. 가볍게 걷고 싶은 사람들을 위해 오래된 티셔츠와 낡은 반바지 대신 화려한 기능을 자랑하는 아웃도어룩이 등장했습니다.

어릴 때부터 좋아했던 단 하나의 바깥 활동, 내가 사는 도시를 산책하는 것은 갑자기 '바깥 활동이 아닌 것'처럼 여겨지더라고요. SUV 제조업체 및 에너지바 생산업체, 많은 자기 계발 관련 인플루

언서를 포함한 아웃도어 관련 업계는, 제가 초고층 빌딩에 둘러싸여 있다면 절대 바깥 활동을 제대로 못 즐기는 거라며 쐐기를 박았습니다.

제가 밖에서 시간을 보내며 매일 가볍게 걷는다는 사실(주말에는 하루에 최대 약 32킬로미터를 걸었다고요)은 변함이 없었지만, 그런 저는 '잘못된' 바깥 활동을 하고 있고 옷도 제대로 못 갖췄으며 엉뚱한 곳에서 활동하는 사람이 되어 버린 거지요.

정말로 제가 바깥 활동을 잘못 하고 있었을까요? 그렇다면 지금까지 즐기는 일은 없지 않았을까요? 만약 잘못 했던 거라면 고층 빌딩 사이를 몇 시간이나 돌아다니면서 어린 시절 미네소타 부근을 탐험할 때처럼 즐거움을 느끼는 일은 없지 않았을까요?

여기서 제가 느낀 즐거움의 원인에 대해 많은 답을 드릴 수 있습니다. 아마도 앞에서 '기기와 떨어지기'와 관련해 언급했던 것처럼 휴대폰 화면을 들여다보지 않고 제 마음이 자유로워질 기회를 주었기 때문일 겁니다. 그리고 졸렌타가 '새로운 것 시도하기'에서 말한 것처럼 걷는 행동이 종종 저를 새로운 곳으로 데려가고, 또 신나는 경험을 할 수 있게 해 주었기 때문일 거예요. 아니면 그냥 몸을 움직이는 행위 자체에서 즐거움을 느꼈을지도 모르지요.

도시에서도 충분히 자연의 기운을 받아 활력을 되찾을 수 있습니다. 바깥 활동을 즐기는 사람의 관점에 따라 차이는 있겠지만요. 저는 집 안에서 보는 것보다 더 많은 하늘을 볼 수 있었습니다. 얼굴로 바람이 불어왔고 피부에 햇살이 느껴졌지요. 800만 명의 이웃이 함께 살고 있었지만, 새들이 지저귀는 소리가 들려왔습니다. 걷는 길마다 다람쥐와 앞마당이 보였고 화단에는 꽃과 장식돌이 가득했어요.

플로렌스 윌리엄스의 말이 이런 제 주장에 무게감을 실어 주었습니다. 《자연이 마음을 살린다》에서 그는 자연의 색과 냄새, 소리, 질감의 영향을 받아 우리는 더 차분해지고 공감 능력 또한 커진다고 했습니다. 긍정적으로 변하고 창의력과 집중력이 높아지고 건강한 사람이 된다는 거지요. 또 다분히 도시적인 환경에서도 자연이 제공하는 여러 혜택을 누릴 수 있다고 주장했습니다. 제가 그 책을 읽으면서 그랬던 것처럼요.

남편과 저는 도시 속 공원을 거닐며 꽃향기를 맡았습니다. 매일 우리는 참새부터 비둘기에 이르기까지 모든 도시의 새들을 사랑스러운 눈길로 바라봤지요. 허브를 키우고 싶어서 발코니에 정원도 만들었습니다. 그리고 또 하나, 저로서는 정말 흔치 않았던 일인데요. 일주일에 몇 번씩 책상에서 떨어져서 사무실 밖에 있는 식물을 쳐다보거나 흘러가는 구름을 바라보기 시작했습니다.

　이런 행동을 통해 도시를 거닐며 느꼈던 감정이 더 크게 느껴졌습니다. 플로렌스 윌리엄스의 책을 통해, 내가 해 왔던 삶의 선택들이 옳았다는 것을 확신하고 기뻤지요. 하지만 한 가지 분명히 하고 싶은 게 있습니다. 《자연이 마음을 살린다》에 대한 믿음이, 그저 내 주장이 맞는지 확인하려는 마음에서 생긴 게 아니라는 점입니다. 이것을 설명하기 위해 졸렌타의 자연 관련 경험과 책을 읽으면서 생겼던 일들을 살펴보죠.

　졸렌타는 오레곤주 포틀랜드에서 자랐습니다. 도시에서 좀 떨어진 졸렌타의 집 뒷마당에는 숲이 우거지고 시냇물이 흘렀습니다. 졸렌타에게 자연이란 물가에 앉아 오래된 나무들 아래로 떨어지는 비 냄새를 맡으며 새들을 바라보는 것을 의미했습니다. 지금도 그는 가족을 만나러 서쪽으로 가면 종종 바닷가에 들르거나 하이킹할 시간을 따로 마련합니다.

　하지만 우리가 《자연이 마음을 살린다》를 읽고 있을 때, 졸렌타는 서부 해안으로 향하는 비행기를 탈 시간도, 또 그럴 돈도 없었습니다. 그때 졸렌타 부부는 새로운 아파트로의 이사를 준비했었거든요. 그들은 짐을 싸고 새로운 보금자리가 될 장소에 신경을 써야 했습니다.

그래서 졸렌타는 전과는 다른 방식으로 자연을 경험했던 겁니다. 숲속 개울가에 앉아 흐르는 물소리를 듣는 대신, 나무로 된 화재 대피용 비상계단에 앉아 이웃집 뒷마당에 설치된 분수에서 떨어지는 물소리를 들었습니다. 숲속을 거니는 대신, 아파트 밖의 나무를 살짝 껴안아 보기도 했대요. 그는 시간이 생길 때마다 그동안 놓치고 있었던 뉴욕의 숨겨진 자연을 눈에 담으려 노력했습니다.

그리고 졸렌타는 어떻게 되었을까요. 그는 전보다 더 행복한 기분을 느꼈습니다. 단 몇 분간 들이마신 신선한 공기가 그에게 평온함을 안겨 주었습니다. 건물 밖 나무를 살짝 껴안을 때마다 지금 사는 곳에 감사함을 느꼈다고 해요. 그러다가 콘크리트 사이에서 고개를 내민 꽃이라도 발견하면 졸렌타는 잠시 멈춰서 자신이 사는 세상의 아름다움을 즐겼습니다.

물론 어떤 책도 완벽할 수는 없습니다. 우리 둘 다 자연의 힘으로 '주의력결핍 과잉행동장애 ADHD'나 '외상 후 스트레스 장애PTSD', 근시를 치료할 수 있다는 윌리엄스의 말에 고개를 갸웃했으니까요. 모든 사람이 적어도 1년에 1번은 밖에서 휴가를 즐겨야

책대로 해 봤습니다

한다는 주장 또한 많은 미국인이 처해 있는 현실과 경제 상황에 대한 인식이 부족한 말로 들렸지요.

어쨌거나 우리는 집 밖으로 나서면 더 행복해지고 평온해진다는 것을 알게 되었습니다. 그 '집 밖'이 화재 대피용 비상계단이든, 미네소타의 호숫가든, 오레곤의 숲속이든 간에 아무 상관이 없습니다. 주위를 둘러보세요. 그리고 숨을 크게 내쉬어 보세요. 안락한 방공호를 벗어나면 환희로 가득 찬 거대한 세상이 우리를 기다리고 있습니다.

크리스틴과 졸렌타에게,

근사해 보이는 바깥 활동을 한다고 모두가 행복해지지는 않습니다. 자연과 접촉했을 때 알레르기를 일으키는 사람도 있거든요. 햇볕에 피부가 잘 타거나 추위, 벌레 그리고 바깥세상의 모든 것을 싫어하는 사람도 있다는 점을 잊지 말아 주세요. 저는 개인적으로 산책로를 걷는 것보다 소파에 앉아 리얼리티 프로그램을 보는 것이 훨씬 더 좋거든요. 전 집 안에서 생활하는 것이 제일 좋아요!

IP

IP에게,

무슨 말인지 알 것 같아요. 사실 졸렌타랑 저는 둘 다 꽃가루, 돼지풀, 추위 같이 야외 활동 시 발생하는 온갖 알레르기가 있거든요.

그뿐만이 아닙니다. 우리는 벌레에 물리고 햇볕에 그을리고 금방 물집이 잡히고 여기저기 긁히는 데다가 툭하면 다치고 온갖 부상이란 부상은 다 입기로 유명합니다. 한번은 파이어 아일랜드의 거센 물살에 휩쓸려서 간신히 빠져나온 적도 있습니다. 그때 조개껍데기에 긁혀 등이 찢어졌습니다. 지금도 물에 가까이 갈 때마다 그날의 공포가 되살아나요.

맞아요. 바깥 활동은 확실히 거친 성향을 띱니다. 모두에게 다 잘 맞는다고는 말씀드리지 않겠어요. 《자연이 마음을 살린다》를 쓴 플로렌스 윌리엄스와 대화를 나눈 적이 있습니다. 그 역시 사람들 중 약 5퍼센트는 집 안에서 생활하는 게 진짜 체질에 맞는다고 말하더군요. 하지만 다음과 같은 사항도 지적했습니다.

1. 안에서 생활하기를 즐기는 사람들 중 대다수는 사실 무기력감을 느끼고 있습니다. 그곳이 어디든 머무는 곳에서 안

정감을 느끼고 움직이지 않습니다. 현시대에서 도시 및 교외에서의 생활은 주로 실내를 중심으로 이루어집니다. 따라서 부모님이 당신을 방공호에서 억지로 끌어내는 듯한 일종의 개입을 하지 않는 한, 무기력이 그런 유형의 성향을 유지시킨다고 볼 수 있을 것 같습니다.

2. 안에서 생활하기를 즐기는 사람들도 창문을 열고 햇볕을 쬐며 기분 전환을 합니다. 푸른 하늘, 빛나는 별을 보며 살랑거리는 바람을 즐기기도 하지요. 하루 종일 소파에 앉아 리얼리티 프로그램을 즐겨 보는 사람도 가끔은 바깥으로 나가 돌아다니는 사람들과 동물들의 모습을 보고 싶어 합니다.

집 밖으로 나가라고 당신을 떠미는 것은 아닙니다. 자연 다큐멘터리 프로그램을 더 보라는 것도 아니고요. 당신이 기분 좋게 느끼는 일, 그걸 하면 됩니다. 다만 우리는 밖에서 종종 그런 기분 좋음을 느낀다는 거지요. 그 '밖'이 비록 열린 창문에 불과할지라도요.

크리스틴

지구와 함께 고민하기

크리스틴

졸렌타와 저는 몇 년 동안 매주 책을 읽으며 저자들이 권하는 것들을 실천해 왔습니다. 느낀 점을 써 보거나 이루고 싶은 꿈을 떠올렸고, 때로는 걱정거리들에 집착하기도 했지요. 몸에 로션을 바르면서 명상 주문을 외웠고, 성격을 분류하며 집을 꾸몄습니다. 취침 시간과 식사 시간의 루틴을 살펴보기도 했고요. 어떤 것을 주의 깊게 보아야 하는지 찾아내어 그대로 따라 했던 적도 있습니다.

그런데 어느 순간, 우리는 지금까지 해 왔던 모든 행동이 역효과를 내고 있다는 것과 우리가 나르시시즘에 빠져 있다는 것을 깨달았습니다.

자기 관리를 반대한다는 말이 아니에요. 오히려 그 반대입니다. 자신이 어떤 사람인지 알고, 필요할 때 누군가에게 도움을 청할 줄 알아야 하며 진정한 자신을 만드는 특별한 것들을 마땅히 귀히 여겨야 합니다. 우리는 진정한 나의 모습을 더 진솔하게 받아들일 방법을 찾을 수 있습니다. 정말 중요한 사실이죠.

하지만 우리가 읽은 베스트셀러의 대부분이 이 지점에서 멈추고 맙니다. 그들은 내면을 들여다보지만 겉은 보려고 하지 않지요. 많은 책이 자신을 달래는 방법을 다루지만, 애초에 달래야 하는 자신을 만든, 근본적인 문제에는 접근하려고 하지 않습니다. 최악의 상황에서 느끼는 우리의 불행을 그들은 그 상황이 아니라 바로 우리 자신 때문에 생긴 거라는 암시까지 건네니까요.

만일 우리가 나 자신 대신에 상황 자체를 바꾸려고 노력한다면 어떨까요? 세상의 부당함 때문에 상처받은 마음에 그만 집중하고, 대신 그 부당한 세상을 바꿔 보려고 한다면요. 더 행복해질 수 있을까요?

졸렌타와 저는 질 니마크와 스티븐 포스트가 쓴 《왜 사랑하면 좋은 일이 생길까》를 읽으며 이 질문들에 관해 생각해 보았습니다. 그리고 엠마 그레이의 《소녀들이 레지스탕스가 되는 법》을 읽을 때는 더 깊이 파고들었지요.

특히 《소녀들이 레지스탕스가 되는 법》은 내면의 활동가 기질을 더 끌어냈습니다. 이 책은 우리에게 영향을 미치는 수많은 문제, 예를 들면 인종, 환경, 여성, 성 소수자의 권리 등의 문제 및 세상에 관심을 두는 독자의 행위 자체를 격려하며 이야기를 시작합니다. 그리고 그 과정을 거치면서 독자들은 자신만의 이야기를 만들어 나가도록 독려받지요.

예를 들어볼게요. 여러분은 혹시 진료실에서 성차별 문제에 맞닥뜨린 적이 있나요? 그랬다면 이는 당신이, 모든 여성이 생식기 건강을 위해 좋은 진료를 받길 바란다는 것을 의미합니다. 대기 오염과 기후 변화로 인한 부정적인 영향을 느낀 적은요? 어쩌면 여러분은 지구의 질서를 위해 싸우고 싶은 것일지 모릅니다. 인종 문제 때문에 곤란을 겪은 적은 있나요? 그렇다면 인종 차별 문제를 해결하기 위해 나설 때가 된 것 같습니다.

저는 제가 환경 문제와 인종 차별 문제에 주로 신경을 쓴다는 점을 알아차렸습니다. 이 문제들이 자주 제게 영향을 미쳐서이기도 하지만, 사실 더 큰 이유는 인종 차별이 빈번하게 일어나고 환경 파괴가 일상적인 세상에 사는 것이 마음 아팠기 때문입니다.

누군가는 책을 읽은 다음 단계가 본격적으로 행동하는 것이 아니냐고 생각할지도 모릅니다. 그러나 실제로는 '듣는 것'이 다음 단계에 해당합니다. 우리와 다르지만 비슷한 이야기를 지닌 사람들의 말을 듣는 것 그리고 우리와 다르다는 이유로 종종 무시받는 사람들에게 귀를 기울이는 것이지요. 특히 이 단계가 마음에 들었습니다. 저는 흑인 친구들 몇 명과 깊은 대화를 나누고 나서야 경찰이 행사하는 폭력을 피하기 위해 그들이 매일같이 사소한 결정들을 내려야 한다는 것을 알게 되었습니다. 그리고 그 대화는 제가 가진 특권에 대한, 불편하지만 꼭 필요한 대화로 이어졌습니다. 백인이라서, 혹은 부유해서(저는 그렇지 않지만요) 주어지는 특권은 아닙니다. 그런데도 제게는 이득을 안겨 주지요.

행동하기 시작할 무렵, 확실히 느낄 수 있었습니다. 마침내 우리가 준비되었다는 사실을요. 저는 어떤 후보들이 인종 차별 문제와 환경 문제에 관심이 있는지 알게 되었습니다. 기자가 되고 싶어 하는 젊은 유색 인종의 여자들에게 멘토를 자처하기도 했습니다. 유색 인종들이 차별을 당하는 상황을 목격하면 목소리를 높였습니다. 시원한 에어컨 바람으로 고객을 불러들이느라 한여름에 가게 문을 활짝 열어 놓는 사업체들을 신고했습니다. 또 지역 시민 단체에 찾아가 도울 방법이 있는지 물었습니다. 길 위의 쓰레기도 주웠고, 평소 호감을 느끼던 환경 단체에 기부금을 냈습니다. 주지사에게 전화를 걸어 환경 보호법의 입법을 지지해 달라고 호소도 했습니다. 지구와 모든 인류를 돕기 위해 제가 가진 모든 플랫폼을 총동원했습니다.

졸렌타는 성 평등 문제에 적극적으로 나섰습니다. 그는 고등학교 때 자신을 성희롱했던 체육 교사에 대해 글을 썼습니다. 그 학교의 교장들을 향해 목소리를 내는 행동이었지요. 그는 또 여성이 주도해서 사회 정의를 구현하는 취지의 행사에 참석하고, 특히 여성의 생식기 건강에 관한 잘못된 정보들을 바로잡기 위해 더 많은 것을 배웠습니다.

우리가 했던 여러 노력은 또 다른 개인적 결과로 이어졌습니다. 졸렌타는 돌아가는 정세 때문에 불안감이 커졌다고 해요. 그리고 그 불안감은 세상을 통제하는 무언의 힘보다 훨씬 더 컸습니다. 그는 이렇게 말했습니다. "난 성차별 같은 압도적으로 큰 편견들을 깨달았어. 그 어느 때보다 거대한 압력이 느껴지더라고. 그때마다 나 자신이 무력해 보였어. 그래도 성인인데 진짜 변화를 만들 어떤 영향력도 행사 못 하는 것 같아서." 하지만 《소녀들이 레지스탕스가 되는 법》을 읽으면서 졸렌타의 그런 불안감은 한결 나아졌습니다.

정의를 위해 싸우는 행위가 제 걱정거리를 좀 덜어 주더군요. 자원봉사를 하거나 환경 문제를 해결하기 위한 행동에 나설수록, 내가 과연 지구에서 살 자격이 있는지 의문이었던 그 생각도 줄었습니다. 다양한 환경의 10대들과 함께 자원봉사를 하면서 그들이 살아갈 미래 세상에 대한 두려움도 조금 줄어들었고요. 다른 사람들의 입장을 대변할수록 그 사람들도 꿋꿋이 일어나리라 믿게 되었지요.

우리가 지구를 구할 수 있다고는 생각하지 않습니다. 우리는 그냥 평범한 사람일 뿐이니까요. 하지만 이런 생각도 해 봅니다. 오늘은 한 사람의 하루를, 내일은 다른 사람의 하루를, 모레는 또 다른 사람의 하루를 우리가 조금 더 좋게 만들 수 있을지도 모른다고요.

그리고 이런 작은 과정들을 통해 그들은 조금 더 힘을 내고 저의 불안감은 조금 덜어질 겁니다. 자기 계발의 좋은 점 중 하나가 바로 이런 것 아니겠어요?

삶의 마지막 준비하기

크리스틴

졸렌타는 매우 운이 좋은 편입니다. 아끼던 사람들 중 아주 극소수만이 그의 곁을 떠났거든요. 한편으로는 불행하기도 합니다. 다른 도시에 멀리 떨어져 사는 부모님의 외동딸이거든요. 부모님이 돌아가시면 그분들이 원하는 것을 들어드리고, 유산을 관리하고, 마지막을 보낸 안식처를 정리하고, 또 처리해야 할 모든 법적 문제를 해결해야 할 자신의 입장을 잘 이해하고 있습니다. 이 모든 감정을 나눌 형제가 없어 홀로 남겨졌다는 상실감이 클지도 모릅니다. 모든 일이 그의 처리를 기다리고 있을 테고, 분명 그 과정은 고통스럽겠지요. 그래서 저는 졸렌타가 죽음이라는 주제, 자신의 죽음이

나 다른 사람의 죽음이라는 주제 자체를 피하는 것이 그리 놀랍지 않습니다. 그에게 죽음은 멀게 느껴지는 주제이기도 하면서 무거운 짐 같은 존재일 테니까요.

그렇기에 더욱더 죽음을 다룬 책을 읽어 보고 싶었습니다. 많은 사람이 졸렌타처럼 회피하려는 감정과, 당연하게 느껴지는 두려움의 경계선에 서 있더군요. 즉, 죽음은 어차피 피할 수 없기에 그리 오랫동안 생각하고 싶지 않은 거지요. 안타깝게도 대부분의 서양 문화에서는 죽음을 주제로 하거나, 죽음을 준비하는 데 많은 부분을 할애하지 않습니다. 실제로 죽음이 닥쳐오면 알지 못했던 전혀 다른 세상의 일처럼 충격을 받습니다. 이성적으로는 우리 모두 언젠가 삶의 마지막을 맞이할 거라는 걸 알고 있어도 말이지요.

남편 딘과 저는 경험을 통해 죽음이라는 개념을 잘 알고 있습니다. 사이가 좋았던 부모님과 조부모님을 모두 떠나보냈거든요. 그 경험으로 우리는 죽음을 받아들이고 또 준비하는 것이 얼마나 중요한지 이해하게 되었습니다.

딘의 아버지는 예상치 못하게 갑자기 세상을 떠났습니다. 그는 자신이 자란 뉴질랜드의 남쪽 섬, 우리가 사는 곳의 지구 반대편에서 죽음을 맞이했습니다. 우리는 큰 충격을 받았지요. 장례 절차를 밟으면서 많은 고통을 받았고요. 마지막 인사를 하지 못해 후회스러웠습니다. 딘의 어머니와 여동생 그리고 친척들과 만나기 위해 거쳐야 했던 4번의 비행기 탑승 과정도 끔찍했고요.

우여곡절 끝에 목적지에 도착한 딘은 그의 아버지가 자신의 죽음을 준비할 시간이 없었다는 사실을 새삼 깨닫고 더욱 고통스러워했습니다. 재정 상태도 엉망이었습니다. 대부분 알아보기조차 힘들었던 서류들이 가족 단위로 벌여놓은 사업과 집에 복잡하게 얽혀 있었습니다. 딘과 그의 어머니, 여동생은 문서 전문가의 도움을 받는 게 좋을지 진지하게 고민하기도 했지요. 지칠 겨를도 없이 시간은 흘렀고, 많은 고민 속에 간신히 장례 절차를 마친 뒤 사업과 관련한 문제를 정리했습니다. 이 모든 과정이 사랑했던 누군가를 잃은 문제보다 더 중요한 비중을 차지하게 되더군요.

제 엄마의 죽음도 생각지도 못한 모습으로 갑작스럽게 찾아왔습니다. 그때 엄마는 몇 달 동안 심한 감기 증상으로 고생하고 있었습니다. 그래서 평소의 자신답지 않게 행동했지요. 평소보다 더 애정에 굶주린 엄마를 이해할 수 없었지만, 매년 그랬던 것처럼 몇 주 뒤에 미네소타로 만나러 갈 예정이었습니다. 만날 때까지 건강히 지내고 있으라고 엄마에게 말했던 기억이 나요. 이모와 삼촌들, 아직 미네소타에 살고 있던 믿음직한 친척들에게 만약 상태가 안 좋아지면 억지로라도 엄마를 의사에게 데려가 달라고 부탁했습니다.

그리고 전화가 걸려 왔습니다. 엄마가 병원에 입원했고 별로 좋지 않은 상태라고 했습니다. 저는 서둘러 비행기를 타야 했지요. 아무도 제가 그렇게 빨리 비행기를 탈 수 있을 거라고 생각하지 못했을 거예요. 저는 제 능력이 닿는 범위 안에서 가장 빠른 비행기를 예약했습니다. 그러나 비행기는 연착되었고 지연까지 되었습니다. 비행기 옆자리에서 제 이야기를 들은 여자분이 착륙하면 저를 병원까지 데려다 주겠다고 말했습니다. 이름도 기억나지 않는, 그 고마운 분 덕분에 다행히 제시간에 병원에 도착할 수 있었어요. 그리고 엄마의 모습을 눈에 담고 사랑한다고 말할 수 있었습니다. 엄마는 그날 밤 혼수상태에 빠졌습니다.

언니와 이모, 삼촌과 저는 의사들이 엄마의 상태를 진단하길 기다렸습니다. 진단만 제대로 한다면 확실히 치료될 거라는 희망을 잃지 않았거든요. 하지만 현실은 냉정했습니다. 엄마의 진단명은 전이성 암이었습니다. 이미 뇌를 포함한 모든 장기에 전이성 암이 퍼져 있었다고 해요. 우리에게는 2가지 선택지가 있었습니다. 원한다면 언제까지고 혼수상태로 그냥 둘 수도 있었고, 아니면 생명 유지 장치를 떼고 죽음을 맞이하게 할 수도 있었습니다.

엄마를 떠나보내려는 사람은 아무도 없었습니다. 그때 엄마가 늘 제게 당부하던 말이 떠올랐습니다. "제발 내 목숨을 인위적인 방법으로 연장하지 마라." 저는 누구도 차마 꺼내지 못했던 말을 큰 소리로 외쳤습니다. "생명 유지 장치를 제거해 주세요." 엄마의 법정 대리인이었던 언니와 이모가 의료진에게 그 말을 전달했습니다. 모두가 엄마의 주위로 모였습니다. 엄마를 꼭 안고, 마지막 숨이 다할 때까지 사랑한다는 말을 귓가에 속삭였습니다.

엄마의 죽음은 친엄마처럼 사랑했던 할머니가 세상을 떠나고 겨우 1년 반 만에 일어난 일이었습니다. 너무 고통스러웠습니다. 누군가를 잃는다는 것은 정말 끔찍한 일이었습니다. 감기에 걸렸다는 말을 처음 들었을 때, 달려가서 엄마의 상태를 살피지 않았다는 죄책감이 몰려왔습니다. 그토록 사랑했던 두 사람이 곁을 떠났다는 분노와 억울한 감정이 가슴에 사무쳤습니다.

그러나 딘의 아버지와 달리 엄마는 삶의 마지막을 준비하고 있었습니다. 엄마는 세상을 떠나기 전에 우리에게 메시지를 남겼지요. 그는 유언장을 작성하고, 법정 대리인으로 여동생과 이모를 지정했습니다. 엄마는 평소에 자신이 죽으면 유해를 화장해서 가장 좋아하는 호수에 뿌려 달라고 이야기했어요.

케이티 버틀러가 쓴 《아무도 가르쳐주지 않은, 괜찮은 죽음에 대하여》를 읽고 있을 때, 딘과 저는 소중한 사람을 잃었던 기억을 떠올렸습니다. '좋은' 죽음이라는 것이 무엇인지 생각해 보았습니다. 우리는 서로가 죽을 때 어떤 방식으로 장례를 치르길 바라는지에 대해서도 대화를 나누었습니다. 그리고 대화의 결과를 정리한 서류도 완성했습니다. 세상을 떠날 때 무엇을 남기고 싶은지도 말했지요. 둘의 답은 같았습니다. 우리는 사람들과 나눈 다정함이 우리의 유산이 되길 바랐습니다.

졸렌타 역시 《아무도 가르쳐주지 않은, 괜찮은 죽음에 대하여》를 읽었지만 상당히 다른 경험을 했습니다. 저처럼 과거에 경험한 슬픔에 초점을 맞추는 것이 아니라, 언젠가 자신의 부모님이 세상을 떠날 거라는 점을 생각해야 했습니다. 그건 서로가 마음을 놓을 수 있는 대화, 꼭 필요한 대화를 나눌 시간을 마련해야 한다는 것을 의미했지요. 졸렌타는 어머니와 이야기하면서 이미 상속에 관련된 서류들이 정리되어 있다는 사실을 알았습니다. 또 그의 어머니가 도움이 필요할 때 주저하지 않고 요청하는 성향이라는 점도 알게 되었습니다. 어머니는 이미 졸렌타가 믿을 수 있는 변호사 같은 사람들에게 도움을 요청해 두었습니다.

졸렌타는 부모님의 마지막을 생각하는 것 말고도, 자신이 세상을 떠나는 상황도 고려해 보게 되었습니다. 삶의 마지막 순간을 잘 맞이하는 것이 얼마나 중요한지 깨달았던 겁니다. 그는 자신이 죽음을 맞이하는 순간에 키우던 반려동물이 함께 있길 바랐습니다. 또 마지막 순간에 큰 소리로 읽고 싶은 책 구절도 정해 보았습니다. 그리고 남편에게, 서로에게 질 높은 삶이 과연 어떤 삶인지에 대해 긴 연설을 늘어놓았대요.

결론적으로 말하면, 졸렌타와 저는 둘 다 케이티 버틀러의 책을 읽고 실천하며 한결 기분이 좋아졌습니다. 졸렌타는 두려움을 덜 느끼게 되었고, 저는 전보다 더 마음의 준비를 할 수 있었거든요. 우리는 인생에서 가장 중요하게 여기는 것뿐만 아니라, 죽음이라는 것의 실체를 조금 더 가깝게 느낄 수 있었습니다.

크리스틴과 졸렌타에게,

전 죽음이라는 단어만 들어도 슬퍼져요. 죽음을 떠올리기만 해도 패닉 상태가 됩니다.

MB

MB에게,

무슨 기분인지 알 것 같아요. 저도 그렇거든요. 저는 가능한

책대로 해 봤습니다

한 죽음에 대한 생각과 마주치지 않으려고 노력하는 편입니다. 심지어 〈책대로 살아보기〉에서 다뤘던 책 중에 죽음을 다룬 유일한 책을 읽지 않으려고 애썼으니까요.

당신이 알고 있는 그 무엇도 절대 당신을 자극하거나 쓸데없이 슬프게 하지 않을 겁니다. 하지만 현실을 맞닥뜨린 불편한 마음과, 죽음의 의미를 생각하게 했던 경험이 제게 삶의 이유를 깨닫게 했습니다. 정말 값진 경험이었지요.

다른 어떤 것보다도 죽음에 대해 '전혀 모르고 있는 상황'이 더 두렵다는 것을 알게 되었습니다. 사실 우리 모두 그럴 거예요. 하지만 '전혀 모르고 있는 상황'에서 벗어나서 죽음이 내게 어떤 의미인지 정의해 나갈수록 그것에 대한 두려움이 점점 줄어들었습니다.

어떻게 삶의 마지막을 맞이할지 계획을 세우면서 가족과도 의미 있는 대화를 나눴어요. 내가 가장 가치 있게 여기는 것이 무엇인지, 또 현재의 나는 무엇을 우선순위로 삼고 있는지를 깨달았습니다. 사랑하는 사람들과 더 가까워지는 기회를 얻기도 했고요. 마냥 두려워하지 않아도 된다는 점을 말씀드리고 싶어요.

졸렌타

2장

해 봤는데 별로였던
8가지

일찍 일어나기

졸렌타

저는 아침형 인간이 아닙니다. 어쩜 이렇게 안 맞을 수가 있지 싶게 이른 아침과는 상극이에요. 크리스틴도 마찬가지입니다.

안타깝게도 우리 사회는 이른 아침 모닝콜을 좋아하지 않는 사람들에게 격려의 시선을 보내지 않습니다. 회사에 갈 때나 학교에 갈 때처럼 정해진 일상은 대부분 일찍 시작되며, 사회는 동이 틀 무렵 자연스럽게 하루를 시작하는 사람들을 축복합니다. 이러한 사실 때문에 저는 항상 아침을 향한 반감을 고치고 일찍 일어나는 법을 배우고 싶었지요.

우리가 읽은 《미라클모닝》이 정오가 되기 전에 어떻게 하면 하루를 즐길 수 있을지 가르쳐 줄 거라 한껏 기대했습니다. 저자인 할 엘로드는 우리 중 95퍼센트가 평범한 사람이라고 주장합니다. 어느 통계에 따르면 상위 5퍼센트의 사람들과는 달리, 우리 대부분은 평화롭게 퇴직하지 못하고 과체중에 시달릴 뿐 아니라, 아직 이혼 도장을 찍지 않았더라도 곧 이혼 수속을 밟을지도 모른다고 합니다. 하지만 이 통계처럼 꼭 우리가 그런 상태일 필요는 없으니까요. 우리는 모두 자신이 원하는 모습이 될 수 있습니다. 우리가 해야 할 일은 매일 아침 한두 시간씩 시간을 내어 글을 쓰고, 차분하게 시간을 보내고, 운동하고, 기억해야 할 것들의 목록을 만들고, 삶에서 원하는 것을 구체화해 배우고, 성장하고, 매일 조금 더 나은 하루를 보내는 것뿐입니다. 정말이지 그게 다예요. 책은 일찍 일어나서 몇 가지 '건강한 활동'을 하면 상상도 못 했던 모습으로 성공을 이룬다고 했습니다.

놀랍게도 그 말은 가능성이 있어 보였습니다. 내가 원하는 모습이 되려면 지금까지의 평범한 일상은 멈춰야 했지요. 이 책을 읽고 나서, 평소에 9시로 맞춰 놓았던 알람시계를 7시로 바꿔 놓고 작업을 했습니다. 어쩌면 이미 잠이 든 상태였던 것 같기도 해요. 꿈속에서 아침 일찍 일어나 해야 할 일들이 떠오르는 환상을 보았습니다. 저는 30분짜리 코미디 각본을 쓰려고 했어요. '드디어 차분하게 아침 시간을 보내겠구나' 하고 생각하니 금방이라도 정신이 맑아지는 것 같았습니다. 자신이 무척 대견하게 느껴졌지요.

하지만 '아침 일찍 일어나기'는 생각처럼 순조롭지 않았습니다. 일찍 일어나려고 아무리 빨리 잠자리에 들어도, 남편은 아침마다 저를 깨우기 위해 침대에서 억지로 끌어내리려야 했습니다. 일찍 맞춰 놓은 알람이 시끄럽게 울려도 저는 꿋꿋이 잠을 잤거든요. 우여곡절 끝에 마침내 눈을 떠도, 그 뒤에 하는 모든 활동이 고문처럼 느껴졌습니다. 차분한 분위기에서 무언가에 집중하는 것은 어림도 없는 일이었지요. 아무리 노력해 봐도 끝없이 쏟아지는 잠을 뿌리칠 수가 없었습니다.

그러던 어느 아침, 고요한 공기 속에서 꾸벅꾸벅 졸기 시작한 저는 순식간에 머리카락이 불길에 휩싸였고, 깜짝 놀라 잠에서 깨어났습니다. 분위기를 내려고 촛불을 켜두고서는 기절하듯 잠이 들어 머리를 불 속에 처박았던 거지요. 다행히 큰일은 일어나지 않았습니다. 머리카락 끝부분이 불에 그슬려 버석거렸고, 탄내가 지독하게 난 정도였어요. 다친 곳은 없었지만 저 자신에게 심하게 실망했습니다. 머리카락 탄내와 함께한 아침에 새롭게 시작하는 기적

같은 기분은 들지 않았습니다.

일찍 일어나기를 실천했던 첫 주가 끝나갈 무렵, 제 상태는 그야 말로 엉망이었습니다. 깊은 잠을 자지 못한 탓인지 저는 일상의 모든 면에서 하나같이 저조한 성과를 거뒀거든요. 직장에서도, 침대에서도 흐리멍덩한 상태로 시간을 보냈지요. 결국 병이 나서 침대에 눕고 말았습니다. 그리고 책 내용대로 실천해 보는 것을 포기했지요.

저는 꼬박 일주일 동안 잠자고, 기침을 해대고, 쉼 없이 코를 푼 뒤에야 마침내 《미라클모닝》에 지배당했던 생활에서 벗어났습니다. 눈치채셨겠지만, 지금 전 이 책이 제게 별 도움이 되지 않았다고 말씀드리는 거예요. 많이 속상했습니다. 할 엘로드는 일찍 일어나기가 삶을 기본적으로 깔끔하게 정리해 주며, 더 생산적인 자세로 새 삶을 살게 하는 확실한 방법이라고 장담했거든요. 그리고 그는 그것이 마치 중력처럼 보편적으로 통용되는 진실인 것처럼 여겼습니다.

일찍 일어나는 것은 평소처럼 일어날 때보다 훨씬 더 저를 평범한 사람으로 만들었습니다. 그리고 비록 저처럼 아프지는 않았지만, 크리스틴 역시 일찍 일어나는 것을 힘겨워했습니다. 그는 이른 아침에 깨어 있으려고 갖은 애를 썼지만, 그런 그의 의지를 꺾기라도 하듯 많은 밤샘 작업과 야근을 해야 하는 상황이 닥쳤대요. 결국 크리스틴도 포기해야 했습니다. 하지만 그를 나무랄 생각은 없어요! 크리스틴은 제가 생각하는 완벽한 아침 일과를 이미 실천하고 있었거든요. 일찍 일어나기는 왜 우리의 완벽했던 일상을 망쳤을까요? 단언컨대 크리스틴은 저처럼 평범하지 않습니다. 그는 많은 일을 하고 있지요. 그러니 '건강한 활동'을 하기 위해 일찍 일어나는 것은 여러분이 꿈꾸는 성공적인 삶과는 관계가 없을지도 모릅니다.

우리는 우리 안에 내재된 시계와 맞설 수 없습니다. 저는 이 사실을 깨닫기가 쉽지 않았어요. 수면은 필수적이며, '아침 일찍 일어나는 생활이 바른 생활'이라는 전제하에 수면 시간을 마음대로 조절하거나 줄일 수 없다는 뜻입니다. 누구에게나 하루에 1시간이나 2시간쯤 각자의 '최고의 시간'이 있다고 생각해요. 최고의 능률을 내고 편안한 마음으로 깊은 생각을 할 수 있는 시간이지요. 아마 할 엘로드에게는 그 시간이 오전 6시 무렵일 거예요. 그래서 일찍 일어나는 것이 생산적인 방법이라고 여기는 거겠지요.

하지만 모두에게 똑같이 적용되는 최고의 시간이란 절대 존재하지 않습니다. 우리가 자정이면 자정, 정오면 정오, 아니면 오후 4시에 집중해서 일하거나 생산적인 활동을 한다고 해서 누가 뭐라고 하겠어요. 그게 몇 시인가는 중요하지 않습니다. 이제 아침 시간을 효율적으로 보내는 방법은 그만 고민하고 다시 잠자리에 들자고요.

크리스틴과 졸렌타에게,

두 분이 개인적으로 일찍 일어나기를 안 좋아한다는 점은 이해해요. 그렇지만 일찍 일어나는 것은 정말 능률적입니다. 일찍 일어날 마음만 있다면 말이죠! 왜 그렇게 많은 고등학교가 오전 8시에 일과를 시작한다고 생각하나요? 왜 그렇게 많은 체육관이 오전 6시에 수업을 할까요? 미 육군이 내세우는 '우리는 오전 9시 이전에 대부분 사람이 종일 하는 것보다 더 많은 일을 해낸다'라는 좌우명은 무슨 뜻이라고 생각합니까? 그건 바로, 일찍 하루를 시작하는 것이 더 많은 일을 하는 것을 의미하기 때문이에요! 매일 아침 5시에 일어나는 사람으로서 제 경험에 견주어 말해 봅니다.

ER

ER에게,

일찍 일어나기가 더 많은 일을 하는 데 효과적이라는 당신의 말을 전적으로 신뢰해요. 일단 당신에게 잘 맞는 것을 찾으셨다니 정말 잘되었네요! 그런데 불행히도 그건 저희와는 맞지 않습니다. 졸렌타와 저는 아침이라고 우리의 에너지 수준이 특별히 높지 않다는 것을 깨달았거든요. 일찍 일어났다고 해서 더 생산적인 활동을 하거나 많은 업무를 수행하지는 못했습니다. 오히려 평소보다 더 불만이 많았고 지치는 데다가 툭하면 병에 걸렸어요.

저희는 지금 일찍 일어나지 않아도 많은 일을 해내고 있습니다. 졸렌타와 저는 글을 쓰고 2개의 팟캐스트를 진행합니다. 거기에 졸렌타는 스탠드업 쇼와 스토리텔링 쇼도 하고 있고, 성우로서도 성공적인 경력을 쌓고 있습니다. 그리고 저는 처음 팟캐스트를 시작하거나 진행하려는 회사들을 대상으로 교육과 상담을 하지요. 작년까지는 팟캐스팅 회사의 전체 책임자를 맡기도 했었고요. 저희는 이렇듯 지금 많은 일을 하고 있고, 또 여태껏 많이 해 왔습니다. 그러고 보니 지금 이렇게 책도 쓰고 있어요!

하지만 왜 일찍 일어나는 사람이 더 많은 일을 한다고 말하는지 잘 이해합니다. 사실 ER님, 당신이 말했듯 세상은 그들에 맞춰 돌아가고 있습니다. 이 말인즉슨 일찍 일어나는 사람이 더 괜찮은 시간대에 학교와 체육관에 가는 장점이 있다는 뜻이죠. 이는 세상이 '지금이 생산적이어야 할 때'라고 말할 때, 그 말대로 그들이 생산적인 활동을 할 수 있다는 사실을 의미합니다(졸렌타와 제가 자주 원고 작업을 하는 밤 10시랑 비교되게요).

좋아하는 이른 아침 시간을 부디 만끽하시길 바랍니다, ER님! 당신에게 맞춰 돌아가는 세상이 당신을 위해 준비한 것들을 즐기세요! 하고 싶은 대로 하시면 됩니다! 우리는 오늘 밤 일이 늦게 끝날 것 같네요. 아마 당신이 잠들어 있을 때쯤일까요.

크리스틴

책대로 해 봤습니다

명상하기

크리스틴

사람들은 명상을 꼭 해야 한다고, 명상을 하지 않으면 최고의 잠재력을 발휘하지 못한다는 점이 과학적으로도 증명되어 있다고 말합니다. 하지만 그런 말을 하기 전에, 또 듣기 전에 제 말을 한번 들어 보셨으면 해요. 여러분은 충분히 명상을 즐길 자유가 있습니다. 그리고 저는 절대 여러분의 명상을 막으려는 것이 아닙니다. 명상이 좋다면 하시면 됩니다.

하지만 저는 하지 않을 거예요. 명상을 싫어하거든요. 가만히 앉아서 호흡에 집중하는 행위가 싫습니다. 눈을 감고 머릿속에 있는 모든 생각을 없애 버리고 싶지 않아요. 다른 사람이 시키는 대로 자세를 취하고, 조용히 마음을 비우고, 또 생각을 가라앉히기 싫다는 뜻입니다. 믿기지 않으시겠지만, 저도 노력했었습니다. 혼자서 해 보기도 하고, 수업을 들어본 적도 있으니까요. 졸렌타와 함께 여러 책을 읽으면서 시도해 보기도 했습니다. 이 중 가장 주목할 만한 책은 댄 해리스와 제프 워런, 칼리예 애들러가 공동으로 저술한 《안절부절못하는 회의론자를 위한 명상》이었습니다.

졸렌타는 이 책이 제게 딱 맞을 것이라고 했습니다. 《미라클모닝》과는 달리, 이 책은 명상을 위해 아침 일찍 일어나라고 하지 않았거든요. 그리고 우리가 읽은 다른 책들과 달리, 부를 쌓거나 더 너그러워지기 위해 명상을 하라고 하지 않았습니다(저는 전자에는 아예 믿음이 가지 않았고, 후자는 관심조차 가지 않더라고요). 게다가 저 같은 회의론자들을 위한 책이었으니, 사실 졸렌타의 생각처럼 제게 맞는 책이었어야 될 것 같았지요.

이런 예상은 보기 좋게 빗나갔습니다. 책을 읽는 2주 동안, 저는 더 행복해지지 않았거든요. 오히려 긴장감을 더 안겨 주었으면 안겨 주었지, 차분해지는 데 도움을 주지는 않았습니다. 모든 해야 할 일과 거리를 두게 하는 게 아니라 그것들을 끊임없이 상기시켰습니다. 또 이 책은 외골수에 판단하길 좋아하고 고집스럽게 저를 설득하려는 사람들을 알게 해 주었습니다.

명상 마니아들에게 명상을 별로 좋아하지 않는다고 말할 때마다, 그들은 제 명상 방법이 잘못되었다고 주장했습니다. 나는 명상과 맞지 않는다고 아무리 말해도 명상은 절대적으로 옳다고 외쳤지요. 몇 번이나 해 봤지만 별로였다는 제 말도, 그들에게는 그저 공허한 메아리로 들렸던 것 같습니다. 그런 말을 하기 전에 몇 번이고 더 해 봐야 한다고 했거든요. 그들은 이렇게 말했습니다.

"처음엔 다들 싫어해. 그렇지만 시간이 지나면 결국 네 마음에 평화가 찾아올 거야."

문제는 그게 아니었습니다. 저는 이미 충분히 평화로운 사람이었거든요. 제가 마음이 어지러워 목소리를 높일 때는 다른 사람이 곤경에 빠졌을 때, 아니면 누군가가 나를 상처 입힐 때뿐입니다. 그냥 부정적이거나 불안한 생각을 하는 경우는 거의 없지요. 그리고 저는 지금도 꽤 잘 살아가고 있습니다. 누군가 제가 길을 걸을 때 바로 옆에 있다면 아마 다람쥐들에게 건네는 제 혼잣말을 들을 수 있을 겁니다. 가끔 얼굴에 부는 바람을 느끼고 꽃향기를 맡기도 하면서 전 지금 이 순간들을 맘껏 즐기며 살고 있습니다.

그런데 명상을 할 때는 그렇지가 않거든요. 저는 그냥 여태껏 그랬던 것처럼 꽃향기를 맡으며, 또 다람쥐에게 말을 걸며 걷고 싶습니다. 그날 있었던 재미있는 일을 떠올리며 웃는 것도 좋고요. 아니면 아무것도 하지 않고 잠드는 것도 나쁘지 않습니다. 명상할 때 떠올려야 한다는 수많은 항목 중 그 어느 것에도 제 뇌는 반응하지 않습니다. 명상가들의 말처럼 뇌를 써 보는 일 자체도 흥미가 생기지 않고요.

제가 명상을 싫어하는 이유를 뒷받침할 몇 가지 이야기가 있습니다. 그중 하나는 친구 에릭 사슨과 관계가 있는데요. 그가 보기에는 제가 성격 좋은 태엽 인형처럼 산다고 합니다. 그의 표현에 의하면, 매일 아침 저는 태엽이 감긴 채로 일어나 수백 가지의 일을 할 준비를 합니다. 행복한 표정으로 자못 생산적인 활동을 펼치며 활기차게 쏘다니다가 날이 저물면 지는 해처럼 기력이 떨어져 그제야 동작을 멈춘다나요. 그리고 침대로 기어들어 지친 몸을 회복시키고 다음 날 아침 또 태엽이 완전히 감긴 채로 일어나는 거라고 합니다.

"자고 일어나 생활하고, 자고 일어나 생활하고, 또 자고 일어나 생활하고. 이런 식으로 반복되는 사이클에서 필요한 에너지와 회복할 힘을 얻는 거지. 그냥 네 사이클에 명상이란 게 없을 뿐이야."

친구는 나름대로 명쾌한 결론을 내려주었습니다.

또 하나는 명상이 어쩌면 규칙적인 생활에 맞는 게 아니라 조금 특별한 도전을 하고 목표를 성취하려는 사람들에게 더 적합할 수 있다는 겁니다. 예를 들어 댄 해리스는 불안감과 중독 문제를 치료하기 위해 명상을 시작했습니다. 그는 명상을 잘 활용하면 분노와 충동적인 감정을 조절할 때 수월하다고 말했지요. 아마 저도 제 인생에 저런 문제가 있었다면 명상을 좋아했을지 모릅니다. 그렇지만 저는 아니었으니까요. 그러니 명상이 마치 병도 없는데 하는 수술처럼 느껴지는 걸까요. 저희의 프로젝트〈책대로 살아보기〉를 기획한 카메론 드류스는 이런 말을 남겼습니다.

"크리스틴의 내면에 있는 '깨지지 않는 무언가'를 고치려는 시도 말고 그를 또 불행하게 만드는 게 있을까 싶네요."

명상을 싫어하는 이유를 뒷받침할 마지막 이야기는 제 정체성과 개인사로 이어집니다. 유색 인종 여성인 저는 살아오며 "가만히, 조용히 지나가는 게 좋을 거야"라는 말을 정말 자주 들었습니다. 절대 그런 말을 들을 상황이 아니었는데도 말이지요. 그리고 저는 자칭 전문가들이 제게 이래라저래라 하는 게 싫었습니다. 특히

그 전문가라는 사람들이 제가 읽어야 했던 책을 쓴 백인 남자일 때
더요. 살면서 가장 큰 힘이 된 것은 목소리를 내고 자리를 박차고
일어서는 거였습니다. 두려움을 덜어 주고 통제할 힘을 얻는 방법
은 그저 스스로 차분해지는 거였지요. 매 순간을 느끼고 즐길 수 있
게 해 주었던 것은 다름 아닌 제 머릿속에서 나왔고요.

이러한 이유들로 저는 명상을 좋아하지 않았습니다.

반면 졸렌타는 조금 다릅니다. 우리가 해리스의 책을 읽고 있을
때, 그의 삶은 진짜 더 나아졌으니까요. 그는 불안감이나 분노가 부
정적인 생각으로 번지려는 걸 깨닫는 순간, 잠시 멈춰 새로 외운 만
트라를 중얼거렸습니다. "천하의 내가 이런 생각 하나 못 멈출 리
가 없지." 이런 행동은 평소 졸렌타가 생각하는 패턴을 벗어나 새
롭게 마음을 가다듬게 해 주었습니다. 또 책에 실린 연습 문제들은
졸렌타가 좀 더 동정심을 가져야 할 때 제격이었지요. 편히 쉬고 싶
을 때는 책에서 시키는 대로 소파에 앉아 느긋하게 명상을 했습니
다. 그리고 그는 행복을 느꼈습니다.

책에 실린 몇몇 내용은 좌절감을 느끼게 하거나, 때로는 지루하
고 불편한 자세를 유도하기도 해요(몇몇 명상 자세들은 굉장히 경직된 자세
를 요구합니다). 졸렌타는 명상의 모든 것을 사랑하지는 않았습니다.

명상이 최고의 수단, 인류를 위한 최후의 해결책이라고도 생각하지 않았습니다. 아니면 명상이 세상 모든 문제를 다 해결한다며 끈질기게 주장하는 명상 광신도들의 말을 듣는 게 싫증이 났을지도 모르겠네요.

물론 여러분이 혹시 명상 광신도(혹은 명상 마니아)라면 저는 그저 이 말씀만 다시 드리겠습니다. 자유롭게 명상을 하시면 됩니다. 여러분이 명상을 하면서 기쁨을 느낀다면 저도 기쁠 것 같습니다. 하지만 저는 아니에요. 졸렌타는 가끔 맞는다고 했지만, 저는 명상과 맞지 않는 것 같습니다.

크리스틴과 졸렌타에게,

명상에 대해 잘못 알고 계시네요. 명상은 지나치게 스트레스를 받거나 마음이 불안정한 상황에서 사람들이 중심을 잡게 하는 진정 효과가 있습니다. 그래서 일부 학교나 병원, 교도소에서 도입하는 거고요. 폭력과 근심을 줄이는 데 명상만 한 것이 없습니다. 명상을 좋아하지 않다니, 당신은 과학을 좋아하지 않는 것이나 다름없게 느껴지네요.

KW

KW에게,

당신의 의견과 과학적 내용에 모두 동의합니다. 명상의 이점은 현실적인 면이 있다는 거죠. 그리고 당신에게 명상이 잘 맞는다니 참 멋지네요! 부럽습니다.

크리스틴과 저는 정서가 풍요로워지는 것과는 반대로 힘들고 좌절감을 느꼈거든요. 저희가 명상의 효과를 누리지 못하는 소수에 해당할 수 있지만, 그런 이유로 스트레스를 받지는 않습니다. 명상의 장점을 얻을 다른 방법을 발견했거든요.

크리스틴은 본격적으로 일을 시작하기 전에, 작업에 들어갈 컨디션을 만들기 위해 도시를 걷는 것을 좋아합니다. 저는 밤에 뜨개질을 하면서 마음을 다스립니다. 우리는 우리만의 방법을 터득했습니다. 혹시 그 방법들이 자리에 엉덩이를 붙이고 앉아 명상하는 것만큼 큰 효과가 없다고 해도, 저희가 효과를 봤으니 된 것 아닐까요.

만약 전문가의 의견을 듣고 싶으시다면 해당 주제를 다룬 청취자의 글을 참고하시기 바랍니다.

저는 명상을 연습하거나 가르치는 일을 하는 임상 심리학자입니다. 명상을 직접 해 본 결과, 과연 놀라운 장점이 있었습니다. 그러나 모든 사람에게 명상이 필요하다는 주장에는 의문을 느낍니다. 저는 사람이 살면서 지녀야 할 능력이 2가지 있다고 보는데요, 명상은 그 2가지를 얻게 도와주는 좋은 방법이기는 합니다. 하지만 그렇다고 유일한 방법은 아니라는 거지요.

첫 번째는 평소처럼 '하고 있다'라고 느끼는 것이 아니라, 그 순간, 바로 현재에 '존재하고 있다'라고 생각하는 능력입니다. '하고 있다'의 상태는 주의를 산만하게 하고, 쓸데없이 과장된 생각을 하게 하거나, 과거나 미래 혹은 일어나지 않은 일을 가정하여 걱정과 집착에 휩쓸리게 할 뿐 우리에게 별 도움이 되지 않습니다. '존재하고 있다'의 상태로 마음을 가다듬는 것이 현재를 충실히 하는 방법입니다.

두 번째는 생각과 감정을 떠나 현재 무슨 일이 일어나고 있는지 파악하고, 일의 발생 패턴과 자신에게 미치는 영향이 무엇인지 생각한 다음 휩쓸리지 않고 대응책을 결정하는 능력입니다. 어떤 사람들은 이 과정을 자연스럽게 거칩니다. 하지만 보통은 일기를 쓰거나 그림을 그리고, 도움을 줄 사람들과 대화하는 등의 방법으로 이 단계를 지나갑니다. 이때 대화하는 상대방은 "전에 겪었던 일이잖아. 신경 쓰지 마"등의 말을 해 주지요. 댄 해리스처럼 명상을 하기 위해 하루 2시간 정도를 할애할 수 없는 상황이라고 해도 '누구나 공짜로 효과를 보는데 나만 놓치는 건가?' 같은 생각 따위는 하지 않으면 좋겠네요. _청취자 E

졸렌타

자신이 거짓말쟁이라고 인정하기

졸렌타

난폭한 4살짜리 아이였던 저는 틈만 나면 거짓말을 하는 애이기도 했습니다. 유명한 아동복 브랜드인 오시코시 비고시를 차려입은 뻔뻔한 거짓말쟁이였지요. 유치원에서 어른들이 이름이 뭐냐고 물으면 '로라'라고 대답했습니다.

고작 4살밖에 되지 않았지만 그때도 제 이름이 특이하다는 것을 알았거든요. 자기소개를 할 때마다 사람들은 하나같이 "이름 진짜 특이하다"라고 했습니다. 어디 그것뿐인가요. 이런 말을 들은 적도 있습니다.

"잠깐만, 어떻게 발음해야 하는 거니?"

"우와, 이상한 이름이네."

이런 일을 겪고 얼마 뒤, 그 '특이한 이름'으로 불리는 상황을 끝내자고 마음먹었습니다. 80년대 후반에 흔히 사용되었고 예쁘게 느껴졌던 이름을 골라 모두에게 저를 로라라고 소개했지요. 거짓말이었습니다. 진실을 알고 있었지만 진실과는 거리가 먼 이름을 골랐고, 사람들에게 그 '진실과 거리가 먼 것'을 사실처럼 말했던 거지요.

맞아요. 거짓말입니다. 진실이 아니라는 것을 알면서도 다른 사람을 속이는 선택을 했어요. 거짓말하는 행위는 좋은 일이 아니고 가치도 없습니다. 진실이 밝혀지면 거짓말을 들은 사람은 배신감을 느끼거나 상처를 입으니까요. 그 거짓말이 깜짝 파티나 깜짝 선물과 관련된 것이 아니라면 말이죠.

하지만 제가 말했듯 '거짓말은 선택'입니다. 보통 거짓말은 모든 상황을 더 악화시킵니다. 저도 이름을 속였을 때, "이거 로라 건가요?"라고 우리 엄마에게 물었던 다른 어른들을 당황하게 했거든요. 더 안 좋은 상황이 생길 수도 있었습니다. 만일 제가 다치거나 위급한 상황에 처해서 우리 부모님께 긴급하게 연락을 해야 했을 때, 거짓말을 한 어린 졸렌타 때문에 비상 연락망에서 로라라는 이름을 찾기 위해 정신없이 뒤져야 했을 테니까요. 제가 무슨 말을 하는지 아시겠지요? 거짓말을 해서는 안 됩니다. 사랑하는 연인을 깜짝 놀라게 하려는 거짓말이 아니라면 할 가치가 없는 행동입니다.

왜 거짓말에 대해 불평을 늘어놓느냐고요? 왜냐하면 자기 계발서 저자들은 자신의 책을 열심히 읽는 독자들을 거짓말쟁이라고 종종 부르기 때문입니다. 이것이 가장 노골적으로 표현된 책이 〈책대로 살아보기〉 네 번째 시즌에서 읽었던 레이첼 홀리스의《나를 바꾸는 인생의 마법》이었습니다.

홀리스는 백인 노동자 계급으로 태어나서 배타적이고 복음주의적인 기독교 사회의 네 남매 중 막내로 자랐습니다. 책의 묘사에 따르면 그의 어린 시절은 트라우마로 가득했고, 그렇기에 그 시기를 빠져나오고 싶은 마음이 간절했다고 해요. 그래서 홀리스는 17살 때 고등학교를 일찍 졸업하고 할리우드에서 새로운 삶을 시작했습니다. 그곳에 정착한 지 2년 만에 미국의 영화 제작사이자 배급사인 미라맥스에 취직했고, 유명 인사들과 친분을 쌓았습니다. 그리고 훗날 남편이 될 남자와 교제도 했지요.

현재 레이첼 홀리스는 자신이 설립한 이벤트 기획사의 대표이

자 엄청난 성공을 거둔 블로거이며, 여러 권의 책을 펴낸 저자이기도 합니다. 《나를 바꾸는 인생의 마법》에서 홀리스는 우리가 마음 편히 행복해하고 우리 자신에게 거짓말하기를 멈춘다면 누구나 자신처럼 될 수 있다고 말합니다. 우리가 불행하다면 그것은 스스로 자초한 잘못이라고도 주장하지요.

홀리스는 이런 주장을 뒷받침하기 위해 장별로 자신에게 했던 20가지의 거짓말과, 그 거짓말들이 최고로 행복한 자신이 되는 길을 어떻게 가로막았는지 설명했습니다. 또한 그는 책에서 자신을 위해 '더 행복한 대본 다시 쓰는 법', 즉 더 큰 행복으로 가까워지는 여정도 다루었습니다. 그가 책에 나열했던 거짓말들을 몇 가지 소개할게요.

- 행복은 외부 요인에서 비롯된다.
- 나는 절대 잘될 리가 없다.
- 나는 항상 옳다.
- 내 연애는 자신의 가치를 정의한다.
- 나는 나쁜 엄마다.
- 나는 별로 똑똑하지 않다.
- 나는 섹시하지 않다.

- 내 몸이 적당한 사이즈가 될 때까지는 사랑받을 가치가 없다.
- 내 트라우마는 나를 정의한다.
- 나는 살기 위해 음주, 마약, 자해가 필요하다.
- 나는 나를 구해 줄 누군가가 필요하다.

이 목록들은 자해적인 정서로 가득 차 있습니다. 저는 확신합니다. 이렇듯 부정적인 믿음을 계속 지닌다면 분명 그 사람의 삶의 질이 하락한다는 것을요. 즐겁게 살아가며 자신을 미워하지 않으려면 이런 나쁜 정서를 믿거나 품어서는 안 됩니다.

하지만 한 가지 우리가 살펴보아야 할 것이 있습니다. 이 목록들은 분명 우리가 자신, 혹은 다른 사람에게 하려고 만들어 낸 거짓말이 아닙니다. 원래 이름이 졸렌타인데, 진짜 별 뜻 없이 로라라고 한 건 아니잖아요. 이렇듯 거짓되고 자신을 깎아내리는 믿음들이 뇌에 스며들어 재빨리 강한 규칙으로 자리 잡은 것은 우리 잘못이 아닙니다. 행복한 삶에 장애물이 될 이 거짓말들을 이유 없이 택한 게 아니란 뜻이죠. 자기 한정적인 신념을 택하는 것은 목초지를 거닐다가 눈에 들어온 아무 꽃이나 꺾는 행위와는 다른 이야기입니다. 훨씬 더 복잡해지니까요.

이 거짓말들은 사회의 영향을 받아 우리에게 주입됩니다. 우리의 문화적 가치 체계는 광고나 대기업, 소비주의에 의해 생겨나고, 우리 머릿속은 그들로 인해 자기 중심적 생각과 거짓된 진실들로 채워지지요. 그들은 단 한 가지 목적을 위해서 이런 일을 저지릅니다. 바로 우리의 불안감을 먹잇감으로 삼아서, 그들이 말하는 모든 문제를 해결할 수 있는 더 많은 것을 우리가 사도록 만들자는 것입니다.

여러분은 매일같이 여러분 자신을 깎아내리는 거짓말을 지어내지 않았습니다. 이 거짓말들은 권력자들의 손으로 진실인 양 되어버린 거지요. 그 거짓들을 받아들인다고 해서 어리석은 것이 아닙니다. 저는 어떤 책도 다른 사람에 의해 주입된 거짓말로 영향을 받은 누군가를 비난해서는 안 된다고 생각합니다. 다른 사람들이 지어낸 거짓을 우리가 진실로 용인하지 못하게 도와주는 책이 있을까요? 말 그대로 피해자 탓을 할 뿐이지요. 사회적 불평등과 편견에 책임이 있다고 말하는 것은 억압받은 사람들을 억제하는 또 다른 방법일 뿐, 절대 자기 관리에 도움이 되거나 행복한 삶으로 이어지게 할 수 없습니다. 매우 성의 없는 조언일 뿐이지요. 홀리스는 자신에게 효과가 있는 방법을 찾아낸 뒤, 그것을 일반화했습니다. 누구에게든 도움이 된다면서요. 제가 보기엔 백인이자 이성애자이고, 사회에서 흔히 매력적으로 여기는 여성이기에 마주치지 않는 장애물들이 '자기 제한적 사고'로 치부되는 것 같았습니다.

이 교활한 메시지는 다른 책에서도 찾아볼 수 있습니다.《미라클모닝》에 대해 이야기했을 때도 이 주제를 언급했던 것 같네요. 이 책은 여러분이 평범한 사람임을 인정하는 것이 자기 계발을 위한 첫걸음이라고 주장합니다.《신경 끄기의 기술》에서는 신경을 끄기 위해 해야 할 첫 단계가 바로 누구의 잘못이든 우리 삶에 일어난 모든 일에 책임을 지는 것이라고 말합니다.

맨슨의 이야기에 따르면 우리는 일어나는 일을 모두 통제하지는 못하지만, 그 일을 해석하는 방법과 반응하는 자세는 통제할 수 있다고 합니다. 정말 간단히요! 우리가 살면서 책임지기를 선택할수록 더 많은 소유권을 느낀다는 거였지요.

이런 생각은 하지 맙시다. 다른 사람의 행동과 믿음 때문에 자신을 비난하는 것은 우리를 우울하게 하고, 크리스틴과 저도 느꼈듯 그것은 상당히 자기 파괴적인 생각입니다.

우리는 돈 미겔 루이스가 쓴《네 가지 약속》을 읽을 때 이 비난받아 마땅한 자기 계발 주제를 둘러싸고 정면으로 맞섰습니다. 이 책에서 루이스는 지켜야 할 4가지 규칙인 '약속'을 제시합니다. 이 약속들은 기쁨을 앗아가고 자유와 행복, 사랑을 밀어내는 자기 제한적 믿음을 살펴보게 하지요.

루이스가 우리에게 추천하는 두 번째 약속은 바로 어떤 것도 나 자신, 개인의 탓으로 받아들이지 말라는 것입니다. 다른 사람의 행위는 우리가 원인이 아니라 바로 그들 자신이 이유라는 거지요. 만약 그들이 여러분을 세상에서 가장 반짝거리는 마법 같은 존재라고 생각하거나, 혹은 쓰레기 중에서도 가장 냄새가 지독한 폐기물이라고 여긴대도 그런 생각이 절대 여러분에게 중요하지 않다는 말입니다. 사람들의 반응도 중요하지 않습니다. 만약 우리가 살면서 누군가에게 "당신 때문에 상처받았어!"라는 말을 듣는다면 그것은 그들의 책임입니다. 왜냐하면 그들에게 상처를 주는 사람은 그들 자신이기 때문입니다.

뭐든 내 탓으로 받아들이는 성향이었던 저는 이 책을 읽고 저자의 주장에 크게 동의했습니다. 뭐든 개인의 탓으로 받아들이는 것은 좋지 않아요. 그것은 단지 잘못된 의사소통에서 생기는 오류일지 모르니까요.

하지만 이 단계에서 크리스틴이 상처 입는 모습을 지켜보기 힘

책대로 해 봤습니다

들었습니다. 크리스틴은 수많은 책이 해 준 그 어떤 조언보다도 이 조언을 싫어했습니다. 그는 명랑하고 완벽해 보이는 사람이지만, 마음속으로 어린 시절 자신이 겪었던 모든 고통이 자신의 잘못 때문이 아니라는 것을 이해하려고 부단히 노력하고 있었습니다. 그런데 이 단계에서 자신이 겪었던 그 아픔을 돌이켜보고 내가 무력한 아이였기 때문에 고통받은 거라며 다시 자책했습니다. 어린 자신이 결코 학대를 원한 것이 아닌데도 말이지요.

건강한 삶을 위해서라는 명목으로 이런 조언을 하다니, 얼마나 잔인한 일입니까.

저는 개인의 탓을 해야 하는 잘못도 있다고 생각합니다. 사실 그것은 개인적인 것들이기도 하기 때문이지요. 그들은 의도한 일이 아니라고 하지만, 진실은 알 수 없으니까요. 세상에는 가해자가 의도했든 아니든 피해가 계속 발생하고 있습니다. "그건 어쩌다 보니 일어난 일일 뿐입니다"라는 이 모든 거짓말에 분노하는 것도 질립니다. 모든 사람에게는 감정이 있습니다. 그래서 가끔은 감정적으로 받아들이기도 하지요. 만일 그런 감정 때문에 자신을 책망하는 데 쓴 시간을 더 유용한 곳에 쓸 수 있다면 어떨까요? 어쩌면 그 에너지가 내면의 치유나 다른 사람들을 돌보는 데 쓰일 수도 있지 않을까요. 저는 내가 받은 상처는 나 때문이라고 자신을 탓하기보다 그 고통에서 무언가를 배우고, 다른 사람들이 비슷한 고통을 느끼지 않도록 노력할 거예요.

《네 가지 약속》을 읽는 동안 저는 고등학생 때 제 몸을 더듬어 괴롭혔던 체육 교사를 떠올렸습니다. 그 일은 다분히 개인적인 영역으로 느껴졌고, 분명 제게 영향을 미쳤습니다. 그리고 저는 제가 원하는 대로 그 사실을 받아들일 권리가 있습니다. 힘을 가진 자가 힘없는 아이에게 쓰레기를 던졌을 때 아무 말도 하지 않은 자신이 바보였다고 책망하는 대신 힘을 가진 자를 탓하는 제 생각은 자유롭게 말할 수 있는 거잖아요.

당신의 잘못이라는 조언은 당신의 가치와 장점을 속이는 말입니다. 고통을 준 가족이나 권력을 지닌 자들에게 자신이 겪은 과거의 트라우마와 학대의 무게를 지게 하려고 애써온 크리스틴 같은 사람들에게 이 조언은 또 다른 상처가 될 수도 있으니까요.

우리가 《네 가지 약속》을 읽는 동안 크리스틴은 이렇게 말했습니다.

"오래된 상처를 다시 끄집어내서 '그건 나를 학대한 그의 잘못이 아니야. 그도 그렇게 하고 싶지 않았을 거야'라고 말하라니, 그건 미친 짓이야."

우리를 상처 입히거나 비하하는 기준을 허락도 없이 우리 머릿속에 주입한 것은 우리가 통제할 수 없는 일로 절대 우리가 비난받을 거리가 아닙니다. 불평등과 인종 차별, 외모 비판, 성차별적인 미의 기준 그리고 사회 및 경제 구조를 유지하기 위해 시행된 다른 장애물들이 비난받아야 하지요. 이러한 거짓말의 대부분은 몇 세대를 걸쳐 특정한 형태로 항상 존재해 왔습니다. 그러니 어떤 책도 독자들에게 이 지루하고 오래된 거짓말에 대한 책임을 지라고 조언해서는 안 됩니다.

더 많은 책이 다른 사람의 잘못 때문에 우리 자신을 탓하지 말고 우리를 막아서는 자기 제한적 요소들의 근원을 찾는 데 도움을 주길 바랍니다. 그러면 그 거짓말의 진짜 뿌리를 찾아내고, 제대로 된 분노를 터뜨릴 수 있을 테니까요. 그리고 우리는 마침내 보기 흉한 잡초를 뽑아내듯 그 거짓도 끄집어낼 수 있겠지요.

그런데, 어쨌거나 거짓말은 하지 않기로 해요.

크리스틴과 졸렌타에게,

저는 레이첼 홀리스와 같은 작가들이 복음주의 기독교적 배경에 기반을 둔다는 점을 말하고 싶습니다. 복음주의 기독교에서는 우리 자신의 죄와 잘못 그리고 거짓을 인정하는 것이

필수거든요. 그것이 더 나은 사람이 되기 위한 첫걸음이라고
도 하고요. 회개는 신앙의 핵심입니다.

EC

EC에게,

우리는 절대 회개를 반대하지 않습니다. 우리는 모두 다른 사
람이 느낀 감정과 우리 자신의 책임으로 잘못을 저지르니까
요. 어제, 저는 남편한테 화를 냈습니다. 남편이 절 기분 나쁘
게 해서가 아니라, 그냥 제가 배가 고프고 심술이 나서요. 물
론 사과는 했지요. 좋지 않은 행동을 했을 때는 꼭 뉘우쳐야
하기 때문입니다. 여기에 대해 더 자세한 내용은 이 책의 '제
대로 사과하기'에서 다루고 있습니다.

　졸렌타와 저는 잘못을 저질렀을 때 더 유리한 상황으로 만
들기 위해 "나는 살찐 거짓말쟁이야"라고 말하는 것과, 순순
히 뉘우치는 것에는 차이가 있다고 봅니다. 이런 건 비난받아
야 한다고 생각해요. 너무 심술궂으니까요. 그리고 우리가 사
물을 바라보는 시각에 따라 사실이 아닐 가능성도 높고요. 기
독교인이든 아니든 간에 많은 자기 계발서 작가들이 택하는
방식이지요. 작가들이 그렇게 말할 때마다 저는 그들이 우리

　　　　　　　　　　　　　　책대로 해 봤습니다

를 부정적으로 만든다고 생각됩니다. 그들이 우리를 다시 일으켜 세우려는 목적으로 무너뜨리나 싶습니다. 그리고 그렇게 무너진 우리에게 수많은 값비싼 온라인 수업과 인생 코칭 같은 콘텐츠를 판매하는 거지요. 그 과정에서 혹시 종교를 강요하는 작가가 있다면 그 종교를 믿는 사람들에게까지 불경한 마음이 들고 약한 자를 이용하는 듯한 느낌마저 들지 않을까요.

물론 그들 중에서도 몇몇은 진심으로 자신을 거짓말쟁이라고 여기고, 또 천국에 가려면 그런 사실을 인정해야 한다는 절대적 믿음을 지녔을 수도 있습니다. 우리는 그들의 그런 종교까지 빼앗고 싶지는 않아요. 그리고 EC님, 마찬가지로 당신의 종교도 빼앗을 마음이 없습니다. 하지만 아시다시피 졸렌타와 저는 당신과 같은 신앙 공동체 안에 있지 않으니까요. 우리는 앞으로도 우리를 거짓말쟁이라고 말하며 다니지는 않을 겁니다.

크리스틴

다이어트하기

크리스틴

100퍼센트 진실이라고 믿고 있지만, 실은 완전히 비과학적인 말을 한마디 하겠습니다. 만약 다이어트가 정말로 사람을 행복하게 했다면 모든 여자는 합법적으로 술을 마실 나이가 되기 전에 몇 번이고 행복한 기분을 맛보았을 거예요. 우리 중 반드시 누군가는 다이어트를 하고 있거나, 다이어트를 하라는 말을 듣거나, 정보를 흡수할 나이부터 다른 사람에게 다이어트에 관한 설명을 듣고 또 반복적으로 그와 관련된 광고를 접했을 테니까요.

저도 자라면서 끊임없이 그 말을 들었습니다. 그것도 특히 저를 아꼈던 사람들에게요. 엄마와 이모들은 쉬지 않고 현재 유행하는

책대로 해 봤습니다

다이어트를 섭렵했습니다. 자몽 다이어트에서 양배추 수프 다이어트, 백미 다이어트, 유명 브랜드에서 출시한 포장 식품 다이어트 등 그 종류는 셀 수 없을 정도였고요. 겨우 몇 킬로그램만 몸무게가 줄어도 그들은 축하 파티를 열었습니다. 그러나 몸무게가 제자리로 돌아왔을 때는 한숨으로 하루를 채웠지요.

할머니는 과학적인 방법으로 다이어트를 하는 사람은 아니었습니다. 하지만 자신의 몸무게와 다른 사람의 몸무게에 매우 민감했어요. 그는 매일 아침 체중계에 올라갔습니다. 어른이 되고 나서도 계속 같은 사이즈의 옷을 입었다고 자랑스러워하기도 했고요. 할머니는 TV에 나오거나 식료품 가게에서 마주치는 모든 사람의 몸매와 '문제가 되는 그들의 신체 부위'를 끊임없이 언급했습니다. 우리 가족 중 여자 구성원들은 다이어트에 관한 이야기를 매일 들어야 했지요. "너 정말 그거 다 먹을 거야?" 이런 말을 수십 번 듣고 나서야 일주일이 흘렀습니다.

저와 비슷한 가정환경에서 자란 사람들은 다 그럴 것 같지만, 저는 아주 일찍부터 제 몸무게에 변화를 주어야 한다는 점을 깨달았습니다. 잡지와 TV 같은 모든 대중 매체가 그렇게 말했지요. 저는 제 몸매를 싫어할 수밖에 없었습니다. 그리고 형편없는 몸매를 예쁘게 만들기 위해 다이어트를 해야 할 운명이었습니다. 몸매를 예쁘게 만드는 방법은 다름 아닌 먹을 것을 제한하는 것이었습니다. 하지만 늘 그랬던 것처럼 실패를 거듭했고, 몇 번이고 다시 시작해야 했어요.

제가 잘 해냈는지 궁금하시겠지요? 3학년 때부터 저는 제가 먹은 것을 추적해 칼로리를 체크했습니다. 마른 언니를 포함해서, 저와 유전적인 관련이 없어 현실적으로 비교 대상에 해당되지 않는 다른 여자들과도 비교를 계속했습니다. 배가 고파서 머릿속이 빙빙 도는 경험을 하거나 심지어 구토를 하기도 했지요. 식사를 하는 대신 담배를 피우기도 했습니다. 하루에 적어도 3번은 몸무게를 쟀어요. 고등학생이던 어느 해 봄, 저는 제 몸무게의 25퍼센트에 가까운 약 13킬로그램을 감량했습니다. 우리 집 여자들 모두 감격했지요. 물론 저도 감격스럽기는 마찬가지였습니다.

먹는 것과 몸매에 관한 관심은 대학을 다니는 내내 계속되었습니다. 몸무게 그래프는 들쑥날쑥 요동쳤지요. 배고파하다가 어지러워하고, 그러다가 구토하는 날들이 이어졌습니다. 약을 포함해서 다이어트와 관련해 손에 넣을 수 있는 것은 모조리 다 먹었습니다.

하지만 대학을 졸업한 뒤, 미네소타에서 뉴욕으로 이사하면서

책대로 해 봤습니다

부터 조금씩 살을 빼려는 노력이 줄어들었던 것 같아요. 아마 쉼 없이 몸무게 이야기를 해대는 우리 집 여자들과 멀리 떨어져서일지 모르겠습니다. 아니면 다이어트를 하라고 소리 지르는 TV를 집에 두지 않아서, 또 다이어트 권유 문구로 가득한 잡지를 구독하지 않아서 일지도요. 자신의 몸을 사랑하고 아름답다고 여기는 다양한 친구들을 사귄 덕분일 수도 있습니다.

어쩌면 뉴욕으로 오기 전에 다이어트에 집착하는 이유에 관해 상담사와 긴 대화를 나눴기 때문일 수도 있습니다. 또 단순히 무엇이든지 될 가능성으로 가득 찬, 새 삶을 시작할 새로운 곳에 도착한 것이 너무 흥분되었기 때문일 수도 있습니다. 흥분 속에는 체중계에 나타나는 숫자들보다 훨씬 더 재미있는 것들이 포함되어 있었거든요. 또 뉴욕은 도시의 풍경을 즐기는 것만큼이나 제 몸매를 있는 그대로 기쁘게 생각할 기회를 주었습니다. 매일같이 지하철로 향하는 수백 개의 계단과 도시의 인도를 뛰어다녀야 했거든요.

이 중 과연 어떤 것이 제 다이어트와 현기증 그리고 몸매에 관한 끝없는 집착을 멈추게 했는지 모르겠습니다. 그 원인은 한 가지가 아닐 수도 있고요. 하지만 몸무게에 신경 쓰지 않으면 훨씬 더 행복해진다는 사실은 분명합니다. 칼로리에 신경 쓰지 않을 때, 머릿속에 더 많은 여유 공간이 생겨났지요. 허벅지 굵기보다 세상에 더 많은 관심을 쏟았을 때, 세상 모든 것이 더 크고 풍요롭게 느껴졌습니다. 그리고 무엇보다도, 영원할 것 같았던 실패의 쳇바퀴에서 벗어난 것에 대해 안도감을 느꼈습니다.

저에게 다이어트는 실패의 쳇바퀴를 도는 일처럼 느껴졌습니다. 다이어트는 우리를 목적지로 데려다주지 않습니다. 그냥 똑같은 사이클에 머물게 할 뿐이지요. 내 몸매가 싫어지고, 살을 빼기로 결심하고, 다이어트를 하고, 다른 사람이 식단에 의문을 제기하면 그것이 다이어트인 동시에 '내 생활 스타일'이라며 상대방의 말을 부정하고, 그러다가 살이 조금 빠지고, 다이어트 식단대로 생활하기에 한계가 오면 다시 살이 찌고, 자신이 패배자처럼 느껴지고, 또다시 다이어트를 시작하는 사이클에 머무르는 겁니다.

여기서 다이어트에 관한 거짓말을 유심히 생각해 봅시다. 우리는 다이어트가 효과가 없다는 사실을 알고 있기 때문에 다이어트를 하고 있다고 말하지 않는 것 같아요. 태어날 때부터 말랐으면 좋았을 것 같다고요? 마른 게 더 낫다고 말씀하시는 건가요? 마르면 똑똑하다는 뜻인가요? 마르면 더 사랑받을 가치가 있는 건가요?

사실 마른 몸을 가진 여자의 내면에 존재하는 가치 같은 것은

책대로 해 봤습니다

없습니다. 저는 이 사실을 잘 알고 있어요. 졸렌타도 마찬가지고요. 그리고 대부분의 사람들도 알고 있을 겁니다. 하지만 곳곳에 다이어트 관련 책들이 널려 있는 것도 사실입니다. 우리는 한때 베스트셀러에 오른 온갖 다이어트 책을 읽으며 그 몸을 우리 것으로 만들려고 애쓴 적이 있습니다. 미레유 길리아노가 쓴 《프랑스 여자는 살찌지 않는다》라는 책이 있습니다. 세계적인 베스트셀러로 사랑받은 책이니까 그 책은 최소한의 해로움만 지녔을 것 같았습니다. 소개 글에 따르면, 이 책은 칼로리를 따지지 않고 먹는 즐거움을 자연스럽게 받아들인다는 내용이었습니다. 모든 먹을거리를 통째로 없애는 것보다 맛있고 몸에 좋은 것들을 음미하자고도 말합니다. 무엇보다도 다이어트에 관해 다루고 있지 않았습니다!

그래서 우리가 〈책대로 살아보기〉 첫 번째 시즌 중 둘 다 몸무게가 조금 늘었던 연휴 기간 때, 이 책을 읽어 보기로 했던 거예요. 사람들이 저희가 다이어트 책을 읽고 실천해 보길 바란다는 점도 알고 있었습니다. 2주 안에 어떤 해로운 일이 일어났을까요?

결과적으로는 아주 많은, 해로운 일이 일어났습니다.

우리는 무엇을 먹었는지 체크하는 일부터 시작했습니다. 입에 들어간 모든 식사와 간식 그리고 모든 음료가 그 대상이었지요. 책은 우리에게 음식의 칼로리보다는 무게를 재라고 했습니다. 그런데 저는 모르는 사이에 오래된 습관대로 하고 있는 자신을 발견했지요. 목구멍을 넘어가는 모든 음식의 칼로리와 종류를 계산하기 시작한 겁니다. 방금 것은 탄수화물이었던가? 아니면 단백질인가? 이렇게요. 음식을 체크하는 행위는 곧 제가 어떤 활동을 하는지 체크하는 행위로 바뀌어 갔습니다. 나는 하루에 몇 칼로리를 소모했지? 내가 칼로리를 충분히 태운 건가? 5킬로미터만 더 걸으면 어떨까? 그렇게 자신을 체중계 위에 올려놓았던 겁니다.

이 책은 체중계의 노예가 되지 말라고 했습니다. 하지만 우리는 청취자들이 이 책을 읽기 시작한 순간부터 마지막 순간까지 우리가 잰 무언가를 알고 싶어 할 거라 생각했습니다. 그래서 무게를 쟀지요. 그리고 숫자가 맞는지 확인하기 위해 또다시 체중계에 올라갔습니다. 그 뒤로도 몇 번이나요. 며칠도 안 돼 저는 하루에도 수십 번씩 몸무게를 재고 있었습니다. 심지어 친구 집 욕실에서 저울을 몰래 찾아내 잰 적도 있었어요. 물론 이것은 강박적이었고, 책은 이런 행동을 하지 말라고 했습니다. 하지만 내 몸무게를 재는 것과 내가 먹은 음식의 무게를 재는 것이 정말 그렇게 다를까요?

미레유 길리아노가 말한 소위 '고된 주말'에서도 그것은 계속됐습니다. 책은 졸렌타와 제게 부추를 삶은 물을 마시라고 권했습니다. 만약 우리가 정말 배가 고팠다면 삶은 부추를 꺼내 먹었을 겁니다. 배고파 죽을 지경이었다면 삶은 부추 위에 올리브 오일을 살짝 뿌렸을지도 모르겠어요.

저는 부추와 오일 따위에 무릎을 꿇고 싶지 않았습니다. 강해지고 싶었거든요. 하지만 '고된 주말'이 반쯤 지나갈 무렵, 결국 한계가 찾아왔습니다. 저는 부추와 오일을 먹는 대신 상추와 피클 두 조각을 먹으며 나 자신을 속였습니다. 눈물이 나왔습니다. 책 내용을 힘겹게 해냈다고 생각하자마자 곧바로 실패한 것 같아서요.

마침내 '고된 주말'이 끝나고, 우리는 다시 제대로 된 식사를 할 수 있었습니다. 다이어트 식단은 기름기 있는 음식과 유제품, 고기로 가득 차 있었지요. 제가 별로 좋아하지 않는 바로 그 3가지로요.

책은 제가 평소 식사를 하지 않는 시간에 음식물을 섭취하고, 보통 식사를 하는 시간에 음식물을 자제하라고 했습니다. 구체적으로는 아침, 점심, 저녁 식사를 하고 자기 전 먹는 간식을 포기하라고 했지요. 전 아침 식사를 하지 않습니다. 먹어 본 적도 없고요. 아주 어릴 때부터 가능한 한 늦게 자고 아침에 헐레벌떡 집을 나와 식욕이 생기면 점심을 먹는 패턴을 선호했습니다. 저녁에는 저녁 식사를 하고, 자기 전에는 브로콜리나 팝콘, 아니면 바삭한 간식거리를 먹었지요.

그 책의 말대로라면 저는 모든 식사 시간을 앞당겨야 했습니다. 갑작스럽게 더 일찍 일어나야 했고, 배가 고프지 않아도 억지로 음식을 입에 밀어 넣어야 했지요. 그렇게 무리하며 억지로 먹기 시작하자 입맛이 이상해졌습니다. 온종일 배가 고팠습니다. 그리고 계속 먹을거리에만 신경이 쓰였습니다. 무엇을 먹었는지, 언제 그것을 먹었는지를 생각했죠. 이 행동들이 제게 수시로 저 자신을 저울질하게 만들었습니다.

책 내용대로 실천했던 첫 주 내내, 저는 아침 식사에 대한 절망감 때문에 울면서 졸렌타에게 전화했습니다. 그는 규칙을 무시하거나 조금 고치면 된다고 말했습니다.

"점심 식사, 저녁 식사, 잠들기 전에 먹는 간식을 그냥 아침, 점심, 저녁이라고 이름만 바꾸면 될 것 같은데?"

저는 졸렌타가 시킨 대로 했습니다. 하지만 여전히 미칠 것 같았어요. 입 밖으로 내뱉는 것과 머릿속에 떠올리는 것은 온통 음식뿐이었습니다. 저는 누가 보면 미친 것 같다고 말할 것 같은 눈빛으로 지냈습니다. 급기야 먹을 수 있는 것과 먹을 수 없는 것을 중심으로

책대로 해 봤습니다

제 삶을 개편하기 시작했습니다. 첫 번째 주말이 끝날 무렵 남편이 제발 그만두라고 말했습니다. 책이 제게 몹시 나쁜 영향을 미치고 있다는 것을 깨달은 거죠.

한참 눈물 파티를 연 뒤 우리는 합의점을 찾아냈습니다. 그가 실제로 동의한 건 아니었지만요. 저는 최대한 느슨하게 책의 내용을 실천하기로 했습니다. 물론 부분적이긴 했지만, 이왕 시작한 거 끝까지 해야겠다는 일종의 의무감을 느꼈거든요. 그래야 우리 청취자들에게 가장 '건강한' 식사 계획조차 얼마나 해로울 수 있는지 보여 줄 수 있다고 생각했습니다. 저는 저렇듯 참담한 지경에 이를 정도로 열성적으로 임했습니다.

졸렌타는 저에 비해서는 수월한 시간을 보냈습니다. 그는 치즈 크래커 한 상자를 한 번에 다 먹어 치우는 버릇이 있었다고 해요. 책을 읽으면서 졸렌타는 언제 정말 배가 고픈지, 진짜 먹고 싶은 음식이 무엇인지를 신경 쓰면서 자신의 몸을 더 세밀하게 체크했습니다. 하지만 전반적인 과정 자체가 그에게 불필요한 고문이었던 것 같았습니다. 특히 '고된 주말'이 끝날 때면 삶은 부추에 올리브 오일을 몇 방울 떨어뜨리며 기쁨의 눈물을 흘렸습니다.

2주가 지나고 우리는 몸무게가 조금 줄었다는 것을 알았습니다.

몇 가지 장점을 경험하긴 했지만, 졸렌타는 여전히 이 다이어트가 몸에 좋지 않다고 느꼈습니다. 그리고 저 역시 그 뒤로 몇 주 동안이나 트라우마가 계속됐습니다. 저는 계속해서 먹는 음식을 체크하고 하루에 50번씩 몸무게를 쟀습니다. 가끔은 그저 몸무게를 재려고 한밤중에 잠에서 깨어났지요.

이런 갖가지 강박관념에도 불구하고 몸무게는 다시 돌아왔습니다. 몇 주 뒤 저는 다이어트를 시작하기 전보다 더 살이 쪘습니다. 그리고 저 자신이 끔찍하게 느껴졌지요.

"너 정말 그거 다 먹을 거야?"

머릿속에서는 몇 년 동안 잠잠했던 그 목소리가 들려왔습니다. 도대체 내가 무슨 짓을 한 걸까 후회했습니다.

크리스틴과 졸렌타에게,

건강해지고 싶은 사람도 있고, 멋진 몸매를 원하는 사람도 있습니다. 작은 치수의 청바지가 맞는 몸이 되고 싶은 사람도 있고요. 또 건강을 1순위로 생각할 때 더 자신의 몸에 자신감을 느끼는 사람도 있습니다!

GK

책대로 해 봤습니다

GK에게,

그것이 당신의 몸과 건강을 위한 것이고, 또 그것으로 삶이 더 윤택해진다면 당신의 방식을 전적으로 존중해요. 하던 대로 하시면 됩니다.

제가 존중하지 않는 건 불공평한 방식으로 몸매가 활용되고, 가끔 성차별, 인종차별의 기준으로 '몸매 가꾸기'라는 말이 사용되는 것입니다. 몸매 가꾸기와 다이어트가 동의어로 여겨지지 않는다면 제가 몸매 가꾸는 것을 안 좋게 생각할 이유가 없습니다. 오히려 좋아한다고 봐도 돼요. 단순히 마른 체형을 추구하지 않는 몸매 가꾸기는 진정한 의미의 몸매 가꾸기이며, 몸무게가 도덕적인 실패나 성격을 반영하지 않는다는 점도 잘 알고 있습니다. 삶도 윤택하게 만들어 주고요!

하지만 사회가 예쁘다고 말하는 사이즈에 몸을 맞추거나, 혹은 사회가 권하는 특정한 방식으로 몸매를 가꾸는 것은 싫습니다. 건강한 조언이 아니니까요. 그건 제가 요청하지 않은 짜증스러운 의견일 뿐입니다.

졸렌타

성 역할 고정하기

졸렌타

저는 단 한 번도 제가 인간관계에 능숙하다고 생각한 적이 없습니다. 사귀었던 남자는 유일하게 남편뿐이거든요. 그를 만나기 전까지는 성적인 관계로 만난 각양각색의 파트너들이 길고 짧게 제 인생을 지나갈 뿐이었습니다.

남편 브래드와 만나기로 마음먹었을 때도 여전히 사람들과 관계 맺는 일에 서툴렀습니다. 저는 예의 없게 행동하거나 공격 성향을 보이는가 하면 경솔하기까지 한 모습을 자주 내비쳤지요. 그래서 어떨 때는 그와 제가 반려자로 함께 일생을 살아가기로 했다는 사실이 참 신기하기도 합니다.

책대로 해 봤습니다

여기에 사람들과 관계를 맺으면서 했던 행동들을 적어 보았는데, 부디 이 글을 읽는 여러분은 이렇게 하지 말았으면 해요.

- 상대방과 1년 동안 가끔 성적인 관계를 맺는 파트너로 관계 형성하기.
- 가벼운 스킨십을 하고 이야기를 나눈 상대방을 새벽 4시에 집에서 내쫓기. 그리고 이렇게 말하기. "내 룸메이트가 당신을 안 봤으면 좋겠어. 창피하거든."
- 연애를 시작하면서 그가 전에 만난 연인과 어떤 말을 주고받았는지 알아내기 위해 그의 휴대폰을 맘대로 훔쳐보기.
- 추수감사절 저녁 식사를 준비하면서 상대방과 다투기. 그리고 불같이 화를 내며 만들던 요리를 모두 난로 위로 던져 버리기.
- 수술이 끝난 뒤 마취에서 깨어나는 동안에만 용기 내어 상대방과 동거하기로 마음먹기.
- 그가 침대 옆 테이블에 몰래 숨겨 둔 약혼반지를 꺼내 크기를 확인하고 너무 작다는 것을 알게 된 나. 청혼하기 전에 내 손가락 크기에 대해 자그마치 10억 개에 달하는 힌트를 그에게 쏟아내기.

두말할 필요 없이 우리가 인간관계에서의 의사소통을 다룬 베스트셀러를 읽기로 했을 때 저는 한껏 신이 났습니다.

존 그레이가 쓴 《화성에서 온 남자 금성에서 온 여자》는 지금껏 출간된, 인간관계를 다루는 책 중에서 가장 높은 판매량을 올린 책입니다. 이 책은 제가 6살이었던 1990년대 초반에 출간되었습니다. 그리고 《화성에서 온 남자 금성에서 온 여자》는 셀 수 없을 정도로 많은 책꽂이와 커피 테이블 그리고 세상 모든 부모님의 욕실에서 발견되었지요. 제게 이 책은 마치 진정한 성년기의 상징과도 같았습니다.

일단 이 책을 읽고 나면 진정 어른스러운 인간관계를 이해하는, '진짜 어른'이 되리라 생각했으니까요. 그리고 앞서 언급했듯, 저는 파트너와 더 성숙하고 제대로 된 의사소통을 하기 위해서라면 어떤 도움이라도 받을 작정이었습니다. 하지만 아쉽게도 이 책은 별 도움이 되지 못했습니다.

마지막 책장을 덮자마자 망연자실했거든요. 화가 나서 남편 브래드에게 달려간 저는 그와 이런 대화를 나눴습니다.

졸렌타　이 책은 "그냥 받아들여. 남자들은 화성에서 왔으니까. 그들은 그냥 화성인이야"라고 말하는 것 같아. 나는 우리 둘에게서 공통적이고 인간적인 무언가를 발견하길 기대했는데. 그리고 나는 내가 책 내용처럼 그런 것 같지는 않아.

브래드 비합리적인 것 같지 않다고?

졸렌타 비합리적이지도 않고 일방적으로 한쪽에 치우쳐 있지도 않아. 성인으로서의 삶을 네게 기대하는, 그런 금성인의 면모도 그렇게 크지 않고. 이 책은 이렇게만 말하잖아. "은밀하게 이런 방법을 쓰세요. 그리고 그가 스스로 알아차리게 하세요. 때가 되면 잘할 겁니다"라고. 그런데 '그'는 내 남편이잖아. 내 아이가 아니라고. 화성인도 아니고. 이 책은 남자들을 그냥 봐주고 있어. "그래요. 여자가 자신의 말이 타당함을 인정받았다고 느끼도록 들어 주는 척하세요." 책이 꼭 이렇게 말하는 것 같단 말이야. 이 말은 실제로 여자의 말이 타당하다고 인정하라는 뜻이 아니잖아. 절대 그런 뜻이 아니던걸. 그냥 당신은 여자에게 타당하다고 인정하는 듯한 느낌을 주고, 하던 대로 하라고 쓰여 있어. 나 같은 여자는! 절대 그런 느낌 따위는! 받지 않을 거야! 무슨 말인지 알겠어?

브래드 응.

졸렌타 내가 화난 것 같아? 아니면 널 가르치는 것 같아?

브래드 나는 아무 말도 못 하겠어.

졸렌타 왜? 난 이 책 때문에 화가 난 거지, 너한테 화난 게 아니야!

브래드 네가 이 책에서 얻은 건 '브래드는 틀렸고 내가 옳다' 같아서.

졸렌타 무슨 소리를 하는 거야! 내가 이 책에서 읽은 건 여자들이 항상 잘못하고 있다는 거야(목소리가 떨리기 시작했습니다). 그리고 내가 무엇을 하든(눈물이 나왔습니다) 남자들을 만족시켜야 하고(울음이 터져 나왔지요) 남자들의 방식을 따라야 한다는 내용인데? 내 모든 것을 바꿔야 한다는 거였어(제 눈에서는 여전히 눈물이 흐르고 있었습니다).

브래드 모든 걸 바꿔야 한다고?

졸렌타 응, 마치 "당신이 의사소통하는 방식은 잘못되었습니다. 당신은 고압적으로 구는 나쁜 여자니까 당연히 원하는 것을 얻지 못할 겁니다"라고 말하는 것처럼 들린다고. "졸렌타, 당신은 틀렸습니다"라고 하는 것 같아. 이 책, 정말이지 너무 실망스러워. 나는 우리 관계에서 일어나는 모든 다툼이 각자의 의견을 듣고 서로가 존중받기 위해 거치는 과정이라고 느낄 때도 있어. 그런데 이 책이 끼어들어서 이런 내 생각을 짓밟아. 욕구가 충족되길 바라는 나 자신이 제정신이 아니라고 하는 것 같다고.

책대로 해 봤습니다

브래드 그건 맞는 말이네. 여자들을 충분히 믿지 않는 것 같긴 해.

저의 욕구와 바라는 것, 두려움, 아니면 상대방에 대한 감정이나 분노를 다스리는 방법에 대해 정확한 답을 내려주는 기발한 조언 대신, 이 책은 남자와 여자가 완전히 다른 종류의 사람(책에서는 아예 다른 두 행성에서 온 외계인들로 묘사되었지요)이라는 생각에 기반한 극도의 성차별적 관점들로 가득했습니다. 끊임없이 남자들을 용서하라는 내용이 이어지니까요. 책은 말합니다. 그들은 원래부터 폐쇄적이고 대화를 싫어하니까 감정을 발전시키거나 표현하는 것 자체를 기대하면 안 된다고요.

저는 이런 식의 일반화가 별로 도움이 되지 않는다고 생각합니다. 제게는 모든 사람이 성별(어쨌든 사회 구조상으로는요)을 불문하고 고유한 특성을 지닌다는 사실이나, 일반적으로 대중을 하찮은 존재로 만드는 데 이용된 특정 개념을 풍부한 상상력으로 얼버무린, 아슬아슬한 이론으로 읽힙니다. "이상한데? 왜 감정을 제대로 활용하는 것을 약점으로 여기도록 우리 인구의 절반을 사회화하는 거지? 성숙에 대한 이런 낮은 기대감은 주변 사람들에게 상처를 입히는 것 같은데"라고 말하는 것보다 "우리는 원래 이렇게 태어났어!"라고 말하는 게 더 쉽기는 하지요.

저는 제가 살면서 인간관계를 통해 직면한 문제들을 더 자세히 알아보고 싶습니다. 이 문제들이 성차별적 신념들로 합리화되길 원하지 않습니다. 그리고 또 놀라운 사실은 성차별적 조언이 인간관계를 다룬 책에서만 출현하지 않는다는 점인데요. 《픽 쓰리》에서 랜디 저커버그는 '모두 다 가진 것처럼 행동하면서, 실제로는 뒤에서 그 모든 과도한 것의 균형을 전략적으로 잡아가는 것만이 여자들이 성취감을 얻는 정공법이다'라는 이론을 내세웁니다. 크리스틴과 저는 '모두 다 가진 것'이라는 부당한 기대가 어디서 생겨났는지를 제대로 다루지 않은 이 책에 실망했지요.

왜 사회가 보통, 여자에게 더 많은 것을 기대한다는 점을 인정하지 않을까요? 여자는 완벽한 가정주부가 되어야 하고 배우자에게는 더할 나위 없는 지원을 해 주어야 합니다. 그것뿐인가요? 부모의 역할도 수행해야 하고, 집에서 기다리는 사람이 없는 것처럼 일에 몰두해야 합니다. 이 모든 것을 통제할 수 있는 '불가능한 방법'에 관한 조언은 진짜 문제를 더 악화시킬 뿐입니다. 이런 생각을 하는 제가 순진해 보일지도 모르겠어요. 아무렴 어때요. 저는 저런 조언이 가진 힘 이상으로 자신을 키울 수 있는, 그런 자기 계발을 하고 싶습니다.

책대로 해 봤습니다

크리스틴과 졸렌타에게,

저는 베이비붐 세대 여자입니다. 우리 세대만 그럴 수도 있긴
한데요, 남자와 여자는 정말 다릅니다. 우리는 다른 성장 과
정을 거쳤고, 의사소통하는 방법도 다르게 배웠습니다. 또 다
른 사회적 기대와 함께 자랐고요. 태어난 첫날부터 다른 역할
을 하도록 훈련받아온 셈이죠. 이런 모든 것을 고려할 때, 적
어도 우리 세대에서 남자와 여자는 본질적으로 다르다고 할
수 있지 않을까요?

OP

OP에게,

우리는 모두 우리를 둘러싼 환경과 시대의 산물입니다. 맞습
니다. 당신이 자라난 시대에는 어떤 사람이 진짜 남자고 여자
인지에 대한 엄밀한 규칙으로 가득 차 있었어요. 이 역할 중
몇몇은 빠르게 변하긴 힘들겠죠. 어떤 것은 너무 깊이 스며들
어 있어서 무엇이 내재된 성향이고 무엇이 사회적으로 만들
어진 것인지 구분하기조차 힘듭니다. 게다가 당신과 함께 커
져 온 성 역할을 그냥 간과하고 싶어도, 주변 사람들은 그렇
지 않을 수도 있고요. 그들은 있는 그대로의 당신의 모습을

선호할 수도 있고, 그들 역시 그들 자신의 모습대로 존재하길 원할 수도 있습니다.

사람들은 항상 변하고 사회 역시 변합니다. 우리가 멈춰 있고 세상 또한 움직이지 않는다고 해도 그렇지 않습니다. 아마 OP님, 당신은 여학생들이 항상 치마를 입고 바지는 절대 입지 않았던 학교에 다녔을 겁니다. 하지만 지금은 여학생들도 편한 바지를 입고 다니잖아요. 당신에게 어쩌면 요리는 여자의 몫이라는 생각을 하면서 자라난 또래의 남자 지인이 있을 수도 있겠네요. 그랬던 그도 이젠 맛있는 볶음 요리를 하는 것을 제일 좋아할지 모릅니다. 변화는 보통 매우 더디게 찾아오기 때문에 변해 가는 모습이 눈에 잘 보이지 않습니다. 그러나 실제로는 확실히 무언가 변해 가지요.

마지막으로 한 가지만 더 말씀드리고 싶어요. 세상은 성별을 애초부터 정해진 것으로 취급하지만, 그렇지 않습니다. 물론 태어날 때 각각의 성기를 지닌 채 태어나기 하지요. 하지만 그렇다고 그 성기들이 우리가 특정한 성으로 자동으로 식별되는 것을 의미하지는 않습니다. 고환이 있는 어떤 사람들의 정체성은 여자일 때도 있으니까요. 질이 있는 사람도 여자, 남자 그 어느 쪽도 아닌 정체성을 지녔다고 밝혀지기도

책대로 해 봤습니다

합니다. 성과 성 역할은 그리 간단한 문제가 아닙니다. 그리
고 만일 복잡하다고 해도, 절대 내재적인 문제는 아닙니다.

크리스틴

용서하기

크리스틴

우리가 여태껏 읽은 수많은 책이 용서하는 행위가 행복하고 평화로운 삶을 위해 필수라고 했습니다. 용서는 우리에게 잘못을 한 사람이 아닌 '우리 자신을 위해 하는 거'라고 하더군요. 상대방을 용서함으로써 더는 그들을 신경 쓰지 않게 되고 또 과거의 족쇄에서 해방된다는 게 그 이유였습니다.

그 책들에 따르면 용서는 다양한 형태로 나타납니다. 많은 경우에 용서는 학대받을 때 느꼈던 분노의 감정과 고통을 잊게 해 주는데요. 어떻게 보면 면죄부를 쥐여 주는 행동이라고 볼 수 있지요. 용서를 감사와 동일시하는 사람들도 있습니다. 지금의 우리를 만드는 역할을 했기 때문에, 상처를 준 그들에게 감사한다나 봐요.

돈 미겔 루이스가 쓴 《네 가지 약속》에서는, 학대자는 잘못된 양육의 희생자이며, 그 희생자에게 잘못이 없다는 것을 인정하고 학대하는 사람들의 관점에서 상황을 보려고 노력합니다.

제가 이 부분에 대해 말할 수 있는 것은 '절대 아니다'라는 겁니다. 고통과 분노부터 차근차근 살펴볼게요. 좋지 않은 일이 일어나면 사람들은 응당 고통과 분노를 느껴야 합니다. 희생자들은 꼭 그래야 하며, 그들을 사랑하는 사람들도 마찬가지입니다. 고통과 분노는 상처받은 사람에게 일어나는 자연스러운 반응이거든요. 감정적으로나 육체적으로나 말이죠. 그리고 이런 감정을 느끼지 않는 것처럼 행동할 때, 잘 되어 봐야 '부인하는 상태'가 되고 최악의 경우에는 소시오패스가 되는 상황이 펼쳐집니다.

제가 볼 때 분노는 안 좋은 평가를 받는 것 같아요. 하지만 분노가 정당한 상황들도 많습니다. 인종 평등을 위해 싸우게 하거나 여성에게 불리한 법을 폐지하게 하거나, 아이들을 보호하기 위해 더 열심히 활동하게 하거나, 끔찍한 행동을 저지르는 사람들로부터 멀리 벗어나게 하는 등 여러 상황에서 분노는 더 큰 목소리를 내도록 격려해 주니까요.

제가 말하려는 것은 비이성적인 폭력 행위에서 나타나는 수준의 분노가 아닙니다. 대부분의 상황에서 떠올리는, 대단한 수준의 분노에 대해 말하는 것도 아니고요. 대부분 자기 계발서에서는 분노의 크기가 어느 정도든지 그저 위험하다고 말합니다. 심지어 겉으로 드러나지 않고 거의 마음속 깊이 머무르는, 아주 낮은 수준의 분노도 위험 대상이라고 말하지요. 분노는 우리를 집어삼키며 최고의 모습을 끌어내는 데 방해가 된다고도 말합니다.

건방지게 들릴지 모르지만, 저는 지금 제 모습이 꽤 괜찮은 수준이라고 생각해요. 그리고 졸렌타도 자신이 끌어낼 수 있는 최고의 모습을 지니고 있고요. 그런 우리는 둘 다 약간의 분노를 느끼고 있습니다. 몇 년 전, 제 애인에게 접근해 친해지려고 했던 제 친구에게 지금도 분노를 느낍니다. 졸렌타는 고등학교 시절 내내 자신을 괴롭혔던 체육 교사에 대한 분노를 간직하고 있습니다. 그리고 저는 유년기에 온갖 난폭하고 끔찍한 짓을 한 아빠와, 그런 아빠와 재혼한 여자에게 분명 분노하고 있고요. 이런 종류의 분노는 우리가 몇 주간, 혹은 몇 달간 느끼는 분노가 아닙니다. 이와 같은 상황에서 다른 사람이 상처 입는 모습을 볼 때, 또 우리 자신이 위험에 처할 때 확실히 느끼지요.

책대로 해 봤습니다

면죄부를 준다고도 하는 용서를 살펴보기로 할까요. 저는 일상적인 상호 작용에서 이런 용서를 하는 것은 좋다고 생각합니다. 예를 들어 볼게요. 지하철에서 누군가 실수로 내 발을 밟은 것을 사과해 온다면 저는 당연하게 "괜찮습니다" 또는 "신경 쓰지 마세요"라고 말할 겁니다. 다른 사람이 제 이름을 잘못 부르거나 약속 시간보다 5분 늦게 나타나고 와인 잔을 깨뜨리는 등 본의 아닌 실수를 저지를 때도 마찬가지입니다. 사람은 모두 실수를 하며 살아가니까요. 전혀 상관없습니다.

하지만 엄청나게 큰 잘못을 저질렀다면 아까처럼 괜찮다거나 신경 쓰지 말라고 하지는 않을 거예요. 여러분이 만약 고의로 저나 제가 사랑하는 사람에게 감정적, 육체적 상처를 입힌다면 절대 괜찮지 않습니다. 성별이나 인종 때문에 제 권리를 빼앗는 상황도 그냥 넘어갈 수 없고요. 저나 다른 사람들을 인간적으로 대하지 않을 때도 그렇습니다. 더군다나 여러분이 제 존재 가치에 대해 언급하며 근심거리를 안겨 준다면 "괜찮습니다"라고 말할 수 없지요. 여러분이 혹시 제가 삶을 가장 잘 일구어 나간 시기에 제 가치가 쓸모없었다며 계속해서 말하는 사람이라면 여러분에게 "괜찮습니다"라고 말할 일은 절대 없을 겁니다.

용서의 형태에 대한 몇 가지 주장을 소개하겠습니다. "용서할 게"라든지, "괜찮아", "신경 안 써도 돼"라는 말을 하면 자신도 진짜 괜찮은 것 같은 생각이 들고, 더는 걱정이 뇌리를 맴돌지 않으리라 여기는 사람들이 있습니다. 또 하나는 가해자들을 용서하는 것이 그들의 새 출발을 위한 친절한 행위라는 겁니다. 용서가 그 일과 관련된 모든 사람이 그 일을 깨끗이 잊을 수 있게 한다고 믿는 사람도 있습니다.

확실히 말씀드리지만 저는 이런 주장에 동의하지 않습니다. 입에 담고 싶지도 않은 끔찍한 일이 일어났다고 해 봅시다. 그런 상황에서 "괜찮아"라고 말한다고 그 일이 없었던 일이 되는 건 아니잖아요. 그리고 저는 가해자들이 산뜻하게 새로 출발하는 것을 원하지 않습니다. 그들이 자신의 잘못을 매일같이 오랜 시간을 들여 반성하고 자책했으면 좋겠어요. 졸렌타는 이 부분에 있어서 저보다 훨씬 더 격렬한 동의 의사를 표하더군요.

이번엔 감사의 형태로 나타나는 용서에 대해 살펴보겠습니다. 오늘의 우리를 만든 모든 것에 감사해야 할까요? 이 주장을 지지하는 사람들은 그래야 한다고 말합니다. 힘든 일을 겪었다는 것은, 또 다른 힘든 일을 겪은 사람들과 관계를 맺을 수 있다는 뜻이기 때문

책대로 해 봤습니다

이라고 합니다. 또는 우리가 내면의 더 복잡한 부분에 다가간다는 것을 의미한다나요. 하지만 제 의견은 다릅니다. 이 주장에는 한계가 있습니다. 특정한 역경이 공감성을 더 높여 주고 사고방식에 변화를 가져다줄 수는 있겠지요. 그런데 그 역경이 어느 정도까지 고되어야 하는 걸까요? 정말 힘든 일을 겪으면 우리가 더 나은 사람이 되는 걸까요? 오히려 그 반대는 아닐까요?

저는 누군가 때문에 겪어야 했던 어떤 학대도 원하지 않았습니다. 그 당시 저는 어렸었기 때문에 더요. 전혀 고맙게 느껴지지 않는 역경이었습니다. 용서를 지지하는 사람들은 제게 일어났던 좋은 변화를 구실 삼아 제가 겪었던 안 좋은 일들, 즉 건전한 사랑을 표현하는 방법에 대한 혼란에서부터 제 존재의 가치에 관해 늘어놓은 제정신이 아닌 생각들에 이르기까지 제가 수년에 걸쳐 상담을 받게 한 것들에 허물 좋은 이름 수십 개를 붙일 거예요. 졸렌타역시 자신이 당한 학대에 감사의 감정 따위 느끼지 않습니다.

마지막으로 이해에 관해 이야기해 보겠습니다. 우리에게 잘못을 저지른 사람들을 이해하려고 노력한다면 우리는 더 행복해질까요? 만약 우리가 그들의 악행을 그들이 겪은 나쁜 일 때문에 벌어진 결과로 여긴다면 그런 생각이 우리를 평화롭게 할까요?

때에 따라서는 이 말이 맞을 수도 있겠지요. 굶주린 누군가가 제 가게에서 빵 한 조각을 훔쳐 간다고 가정해 볼게요. 저는 그를 이해하고 용서할 수 있습니다. 돈 관리에 대한 이해도가 전혀 없이 자란 사람이 소액의 부도 수표 몇 장을 발행한다면 저는 그것을 용서할 수 있습니다. 또 누군가가 저지른 위법행위가 폭력에 해당하지 않는다면 보통은 이해해 보려고 노력합니다.

하지만 여기까지입니다. 강간 피해자가 가해자의 관점을 이해하려 애쓰는 것은 절대 제 이해의 범위에 들어오지 않습니다. 어떤 사람은 강간 피해자도 가해자를 이해해 보려 노력해야 한다지만, 그것은 너무 잔인한 요구입니다. 제가 어린이를 괴롭힌 사람을 이해하려고 하지 않듯, 만약 제가 그 괴롭힌 사람이었다면 다른 사람이 그런 저를 이해할 거라고 기대하지도 않았을 거라고요. "저 여자는 학대받고 자랐어. 저런 짓을 할 수밖에 없었다고"라는 말 따위는 듣고 싶지 않을 겁니다. 열악한 환경에서 자랐다고 해서 그 사람이 자신의 아픔을 상쇄시킬 권리를 주장해도 되는 것은 아닙니다. 자신이 받았던 학대를 또 다른 누군가에게 저지르는 사람도 있지만, 대부분은 그렇지 않습니다. 악행의 순환을 잇는 행위는 절대 피할 수 없는 일이 아니라는 거죠.

책대로 해 봤습니다

지금 이 시점에서 여러분은 이런 생각을 하실지도 모르겠네요. '크리스틴은 찔러도 피 한 방울 나오지 않을 냉혈한'이라고요. '분명 마음에 남아 있는 쓰라린 기억 때문에 행복하지 않겠지'라고요. 제 말을 듣고 놀라지 마세요. 저는 진짜 너무 행복합니다. 제 마음에는 노래가 흐르고 발걸음에서는 기쁨의 샘이 솟아납니다. 얼굴에는 즐거운 미소가 떠올라 있고요. 제겐 졸렌타처럼 친한 친구들과 사랑하는 가족 그리고 남편이 있는걸요. 그들은 언제든 저를 위해 자신들의 모든 것을 버릴 수 있는 사람들입니다. 저는 매일같이 세상의 아름다움을 느낍니다. '쓰라리다'는 개념과는 정반대로 살고 있다는 거죠.

성가신 짐 같은 과거의 아픔 따위 짊어지고 있지 않습니다. 분노가 서린 사슬을 끌고 다니지도 않고요. 과거의 트라우마에 인질로 잡혀 있다고도 느끼지 않습니다. 어떤 일이나 어떤 사람을 용서하는 데 거리낌도 없습니다.

제 친구이자 〈책대로 살아보기〉를 기획한 카메론 드류스는 언젠가 이런 현명한 말을 남겼습니다.

"무조건적인 용서와 짐스러운 불행 사이에는 많은 선택이 존재합니다. 굳이 둘 중 하나를 고를 필요는 없어요."

그의 말대로입니다. 우리는 우리에게 잘못을 저지르고 행복하게 사는 사람이 어떠한 행복도 누리지 않길 바랄 수 있습니다. 상처를 준 사람들에게 감사하는 대신, 현재의 삶에 감사하는 것을 선택할 수도 있고요. 우리를 학대했지만 여전히 즐겁게 사는 사람들을 향해 마음속으로 약간의 분노를 터뜨릴 수도 있겠네요.

세상은 어느 한쪽으로 단정 짓지 못하는 것들로 가득합니다. 솔직히 말하면 저는 우리가 우리 자신을 극단적인 상황으로 몰아가지 않을 때, 삶이 더 즐거워지리라 믿습니다. 용서하고 싶다면 하면 돼요. 제가 하고 싶지 않을 뿐입니다. 그리고 제가 용서하지 않는 마음 같은 것들에서 편안함을 느낀다는 것도 알려드리고 싶어요.

크리스틴과 졸렌타에게,

상대방을 용서하지 않으면 자신을 벌 줄 뿐입니다. 두 분께 부탁드릴게요. 자신을 위해 뭐든 용서하세요.

RH

RH에게,

미안하지만, 저는 당신과 생각이 달라요. 저도 순수한 용서의 길을 따르려고 해 봤습니다. 이는 작은 것들에 효과가 있었지요. 대부분은 제가 믿는 사람들과의 관계에서 잘 적용되었습니다. 그들과 저는 사랑과 정직한 소통을 바탕으로 견고하게 관계를 맺은 사이기에 무슨 일이 있어도 저를 지지해 줍니다. 하지만 누군가가 악의적이거나 맹목적, 혹은 이기적인 의도로 제게 상처를 준다고 생각되면, 또 그들이 나와 나누려는 것이 오직 그들에게만 좋은 것이라면 저의 저 믿음은 적용되지 않습니다.

아마 저는 당신처럼 관대하지 못할 것 같군요. 저는 제 생각을 말하고, 그 생각을 저만의 용어로 정의한 다음, 제가 어떤 사람이나 상황에 의해 어떤 상처를 받았는지 확인하고, 되도록 구체적으로 생각해 보는 행동들이 가끔 분노로 변하는 감정을 떨치는 데 좋다는 것을 깨달았지요.

저는 그렇습니다. 저만의 목소리를 찾아내고, 그 목소리로 사건을 다시 저 자신에게 말해 보고, 고통의 시간을 어떻게 견뎌 왔는지 곰곰이 생각해 보는 행동이 '착하게 행동해야 한다'는 의무감을 느낄 때보다 훨씬 더 제 마음을 잘 치유해 주었습니다. 착하게 굴어야 한다는 생각이 들지 않을 때도요.

졸렌타

'모두 해내는 것'을 목표로 삼기

졸렌타

저에게 가장 기본적인 사항이 뭐냐고 묻는다면 단연 결혼일 거예요. 서류상 '모두 해낸 것'처럼 보인 것은 살아 온 인생을 통틀어 그때 딱 한 번뿐이었거든요. 하지만 장담할 수 있습니다. 실은 그렇지 않았다고요. 왜냐하면 진짜 모두 해낸 게 아니었거든요.

제 결혼식은 정말 마법 같지만 헛바람이 든 동화의 한 장면 같았습니다. 너무 이상적이어서 마치 이미지 공유 플랫폼 '핀터레스트 Pinterest' 속 이미지들이 현실화되어 세상을 돌아다니는 것 같았죠.

"모든 꽃다발 속에는 다육 식물이 있어야 해!"

"옛날 사람처럼 보이도록 신랑 들러리들은 가죽 멜빵끈을 달아야 해!"

이런 이상한 관습을 고집했습니다. 그리고 개인적으로 좋아하는, "링 베어러*는 신부가 어릴 때부터 키운 늙은 개여야 해!"라는 것도요.

언뜻 보면 겉으로는 정말 끝내줬던 것 같습니다. 저는 결혼식 계획 짜기에 미친 듯 몰두했습니다. 한편으로는 혼란스럽기도 했지요. 계획을 짤수록 웨딩업계에 환멸을 느꼈거든요. 결혼식은 인생의 짝을 발견했다는 생각을 자본으로 치환해서 엄청난 이익을 얻는 일종의 제도처럼 느껴졌습니다. 열정적인 페미니스트는 되기 힘들었어요. 저는 여전히 나무 그루터기로 만들어진 촛대가 어떻게 생겼는지에 더 관심이 있는 여자였습니다.

페미니스트가 되는 것은 매우 힘든 일이었고, '평생 한 사람만을 사랑하겠다고 공개적으로 선언하기 위해' 부모님에게 수천 달러를 쓰라고 이야기하는 것 또한 그랬습니다. 하지만 전 그 모든 걸 해내고 싶었습니다. 이는 공주처럼 예쁘게 차려입고서 한 남자에게 영원의 약속을 하는 것을 의미했지요.

●　　결혼식에서 반지를 들고 입장하는 사람.

섹시한 공주가 되는 것이 얼마나 힘든지 상상도 못 하실 거예요. 정말 힘듭니다. 공주가 되기 위해 저는 제 품위를 손상해야 했습니다. 제 돈을 주고 여자들이 잔뜩 모인 지하실 방수포 위에서 벌거벗은 채 서 있어야 했거든요. 몸 구석구석을 태닝하면서요. 또 2시간 동안 앉은 채로 어떤 여자가 제 눈에 가짜 속눈썹을 한 올 한 올 다 붙이기를 기다렸습니다. 무엇보다도 6개월 동안 탄수화물을 억지로 끊어야 했습니다.

정말 큰 실수였지요. 위가 이렇게 말하는 것 같더라고요.

"너 나한테 무슨 짓을 하는 거야? 탄수화물 없이 내가 무슨 의미가 있겠어? 설사나 계속 해! 널 저주할 거야!"

만약 여러분이 '무탄수화물로 사는 삶'과 '설사'를 구글에서 검색한다면 "지극히 정상입니다"라고 떠드는 수많은 포럼 게시물을 발견할 거예요. 건강하게 먹자며 액체화된 똥을 감내하는 건 안 될 말입니다.

하지만 저는 제 결혼식 날 '다 해내고' 싶었습니다. 엉덩이만 잠깐 힘들면 되는 거였으니까요. 모두 해낸다는 개념이 시대에 뒤떨어진 계급주의적 이상으로 정의되더라도 그럴 가치가 있었습니다. 제가 왜 그렇게 혼란스러웠는지 이해하실 수 있을까요. 이런 종류의 일은 그냥 체념하고 받아들이기가 힘듭니다.

책대로 해 봤습니다

제가 블로그에 올릴 '가치 있는 결혼식'을 하기로 결심한 이유 중 하나는, 바로 저와 브래드에게 동화 같은 이야기가 없기 때문이었습니다. 우리는 '난잡한' 커플이었거든요. 그와 저는 1년간 서로가 필요할 때만 가끔 친구로 보는 사이였습니다. 정식으로 사귀기 시작한 뒤에도 난잡한 모습은 여전했습니다.

　약혼 기간이었던 어느 날이었습니다. 저녁 식사를 하던 제가 브래드의 목에서 이미 곪을 대로 곪은 거대한 여드름을 발견한 겁니다. 전 여드름을 짜는 것에 집착했고 그의 목에 솟아난 그 나쁜 녀석을 없애고 싶었습니다. 그 여드름은 제 손길이 필요했지만 안타깝게도 그것은 허락되지 않았습니다. 브래드가 자신의 몸에 손을 못 대게 했거든요. 그는 제가 하려는 행동이 자신을 아프게 하며 '무례하게' 생각된다고 했습니다. 그래도 그 못된 여드름을 어떻게든 하고 싶었습니다. 그 여드름은 크기도 크고 아주 잘 곪은, 완벽한 샘플이었거든요. 그것을 터뜨리는 상상만 해도 너무 만족스러웠습니다. 상상만 해도 좋은데 실제는 얼마나 더 좋을까 싶었지요.

　저는 최대한 다정하게 물었습니다. "자기야, 자기 목에 난 여드름 진짜 아파 보여. 내가 짜면 안 될까?"

　"안 돼." 그는 차갑게 대답했습니다.

　"짜게 해 주면 내가 설거지할게." 저는 평소에 그가 하던 집안일을 대신하겠다고 제안했습니다.

"그래도 안 돼." 브래드는 여전히 눈길을 식탁 위에 둔 채로 다시 대답했습니다.

"내가 설거지한다니까?"

"아니, 그래도 안 돼."

급기야 저는 비장의 무기를 썼습니다. 야릇한 시선을 보내며 그에게 말했지요. "내가 기분 좋게 해 줄게."

브래드가 조용히 식사를 멈추더니, 천천히 고개를 숙이며 제가 여드름을 짤 수 있게 목을 내밀었습니다. 저는 기다렸다는 듯 신나게 그 여드름을 짰습니다. 여드름을 다 짜자마자 그가 벌떡 일어나더니 식탁 위 접시들을 죄다 쓸어 떨어뜨렸습니다. 그리고 제가 제안한 거래를 성실히 마쳤다는, 그런 이야기입니다.

우리는 여드름 짜는 조건으로 구강성교를 제안하는 커플이었습니다. 식장에서 결혼 서약을 하기 불과 몇 달 전까지만 해도 그런 난잡한 연인이었습니다. 숲을 테마로 한 최신 트렌드의 결혼식과 예쁜 공주 차림이 저 자신에게 드리워진 거짓된 베일처럼 느껴진 것도 무리는 아닙니다.

제가 그리던 완벽한 결혼식은 핀터레스트로 삼은 기준점과 설사로 탄력을 받았습니다. 멋지긴 했지만 그게 우리가 어떤 사람인지 제대로 표현하지 못한 것 같았어요. 그런 이유로 우리의 결혼식은 제 생각보다 더 공허하고 덜 특별하게 느껴졌습니다.

지금껏 늘어놓은 결혼식 이야기가 '모두 해내기'에 대한 제 생각과 이론을 설명해 줍니다. 저는 지금도 외적으로 완벽해 보이는 것이 실제로 꿈을 이룬 것에 비하면 아무것도 아니라는 점을 배워 나가고 있습니다. 그러니 모든 것을 해내는 방법에 대해 구체적인 방향을 제시하는 책이라면 아마 허풍으로 가득할 거라는 거죠.

바깥세상에는 이런 책들이 많습니다. 크리스틴과 저는 그런 책들을 무수히 읽어 왔고, 또 책을 읽으며 우리가 불만족스럽고 불충분한 존재라고 느끼게 되었습니다. 《나를 바꾸는 인생의 마법》에서 레이첼 홀리스는 말합니다. '모든 것을 해내는 것'은 부유한 사람들과 함께 일하고, 명품 지갑에 돈을 두둑이 넣어 다니고, 서른이 될 때까지 결혼해서 아이가 있는 전형적인 보통 가정을 이루는 것으로 정의된다고요. 이런 아주 기본적인 이념은 크리스틴과 제게 '자신을 위해 살아가라'는 실망스러울 정도로 간단한 조언으로 이어졌습니다. 하지만 저는 힘을 얻는 대신, 내 목표가 항상 나를 향한 사회의 기대와 일치하지 않는다는 사실을 상기시켜 주는 조언을 따라 살아가고 있다는 것이 실망스러웠습니다.

우리가 읽은 또 다른 책, 랜디 저커버그의 《픽 쓰리》는 '모든 것을 해내기'에 초점을 맞추고 있습니다. 페이스북 설립자 마크 저커버그의 누나인 랜디는 하버드대 출신입니다. 그는 페이스북에서 커뮤니케이션 부서의 디렉터로 일했고, 독립 미디어 회사를 창립했습니다. 가정을 꾸리고 책을 썼으며, 심지어 브로드웨이 연극에 출연한 경력도 있었지요.

저커버그는 자신의 책에 살면서 가장 힘들었던 순간에 대해 써 놓았습니다. 그것은 다재다능한 학생이 아닌 '연극 광'이었던 자신이 하버드대에 입학한 후에 우선순위를 어떻게 편중시켜야 모든 것을 이룰 수 있는지 알게 된 순간이라고 합니다. 와 닿으시나요?

저커버그는 자신이 하나에 집중하는 경향을 지녔기에 큰 성공을 거두었다고 믿었습니다. 모든 것을 다 해내려고 노력하기보다는 매일 집중할 분야 딱 3가지만 선택하고, 자신이 가진 최고의 능력을 발휘하여 그 분야들에 임하는 거지요. 그렇게 하면 '모든 것을 해낸다(항상 그런 건 아니지만요)'는 겁니다.

이 조언을 따르다가 크리스틴과 저는 미치는 줄 알았습니다. 특히 크리스틴은 주변 사람들을 친구 또는 가족으로 분류하라는 저

책대로 해 봤습니다

커버그의 조언을 신경 썼습니다. 또 저커버그는 내 시간을 쏠 사람을 전략적으로 선택해야 한다고 했습니다. 친구들을 가족처럼 여기는 우리가 어떻게 그들을 A팀과 B팀으로 나눌 수 있겠어요?

크리스틴은 저커버그가 잠을 하나의 범주에 넣었을 때도 고민을 거듭했습니다. 그 고민은 심지어 그가 매일 집중할 3가지를 꼽을 때 들어가더군요. 만약 수면이 우리에게 주어진 많은 선택지 중 하나라면 크리스틴은 절대 매일 잠을 자지 않을 겁니다. 1주일에 몇 번만 수면이 우선순위가 된다고요? 그게 멋지다고요? 그게 건강에 좋을까요? 크리스틴은 둘 다 아니라고 단언할 겁니다.

저는 여러분의 생각이 어떤지 잘 모릅니다. 하지만 적어도 저는 유명 기업의 직원이 되고 싶지 않습니다. 33살이 되기 전에 성공한 것처럼 보이기 위한 4명의 아이는 더더욱 필요하지 않고요. 저는 수많은 책이 여자들에게 '가족에 100퍼센트 헌신하는 모습을 보이는 것과 직업에 100퍼센트 헌신하는 것 사이에서 균형을 맞추는 부담을 이겨내라'고 강요한다는 것을 알고 크게 낙담했습니다. 이건 정말이지 불가능한 일 아닙니까?

더 많은 책이 이야기해 주길 바랍니다. 모든 것을 해낸다는 개념이 어떤 식으로 여자를 우울하게 만드는지를요. 또 이 개념이 기대감과 의무감의 면에서 '모두 해내야지'라고 결심하지 않은 여성을 다른 여성들에 비해 2배로 더 슬프게 한다는 점에 대해서도 말입니다. 삶에서 완벽한 균형을 잡는 것에 대한 환상은 여러분이 제도화된 시스템 아래 있을 때 생기는 불만을 결코 완화하지 못할 겁니다.

모두 해내기, 다 가지기, 결혼식 날 예쁜 공주님 되기. 이 모호한 목표들을 탐구할수록 이것들이 마치, 결코 충족하지 못할 불가능한 기준에 나를 맞추라고 조언함으로써 '모두 가질' 능력이 없는 우리의 주의를 다른 곳으로 돌리기 위해 존재하는 것 같더라고요. 이런 함정을 이상적으로 묘사한 책과는 영원히 작별할 수밖에 없습니다. 만약 여러분이 책을 재미있게 읽다가 이런 조언을 하는 문장을 발견한다면 그냥 책을 내려놓으세요. 기억합시다. 여러분의 에너지는 다른 사람에게 보여 주기 위한 '모든 것'을 목표로 삼을 때보다 나를 위한 '모든 것'이 무엇인지 살필 때 훨씬 더 효과적으로 쓰인다는 것을요.

크리스틴과 졸렌타에게,

다른 사람들이 '모두 해내기'를 목표로 해야 한다는 것은 아니지만, 저 개인적으로는 그러고 싶어요. 사랑하는 배우자와

책대로 해 봤습니다

귀여운 아이들, 성취감이 느껴지는 직업, 든든한 친구들, 좋은 집과 멋진 몸매 같은 걸 원하거든요. 이런 제 생각이 그렇게 잘못된 걸까요?

GM

GM에게,

원하는 것을 마음껏 목표로 삼으세요. 당신을 막을 생각은 없습니다. 하지만 목표로 한 모든 것을 얻지 못하거나, 오랜 노력과 좌절 끝에 간신히 얻었다고 해서 그것이 당신의 잘못이라고 느끼지 않았으면 해요.

사실 성취감을 느끼게 하는 커리어는 하루아침에 이뤄지지 않습니다. 연인 사이의 관계나 든든한 친구들과의 관계도 마찬가지고요. 이 모든 것은 시간과 노력, 희생, 때로는 좌절이 필요합니다.

당신이 나열한 다른 항목들은 돈이 필요한 것들이네요. 좋은 집을 마련하려면 돈이 필요하지요. 귀여운 아이들을 입히고 먹이려고 해도 역시 돈이 들고요. 만약 앞에서 말한 것처럼 성취감을 느끼게 하는 커리어를 쌓으며 계속 일하길 원한다면 아이들을 돌볼 때 역시 비용이 들어갈 겁니다.

그런 갖가지 장애물을 극복하고 당신이 정말 원하던 대로 모두 해내는 데 성공한다면 정말 기쁜 마음으로 축하드릴게요. 그리고 한 가지만 부탁드릴게요. 당신이 이룬 것을 얻지 못한 다른 사람을 얕보지 말아 주세요. 극히 소수의 사람들만이 부유하고 사회와 원만한 관계를 유지하며 원하는 때에 원하는 모든 것을 이룹니다. 실제로 당신이 이룬 것을 성취하지 않은 다른 사람은 아예 그것들을 성취할 생각이 없었을지도 모르고요. 그들은 그저 당신과 다른 꿈을 꾸었을 가능성이 큽니다.

크리스틴

책대로 해 봤습니다

'생각대로 된다' 법칙

크리스틴

아주 오래전에 우주비행사를 꿈꾸던 소년이 있었습니다. 소년은 병으로 만든 로켓을 쏘아 올리거나 우주 왕복선 그림을 그리고, 또 모형 비행기를 만들며 놀았습니다. 우주 탐사 이야기가 담긴 책을 읽고 외계 행성에서 일어난 일을 다룬 영화를 보기도 했지요. 친구들과 외계가 배경인 게임을 하기도 했습니다.

더 자란 소년은 항공학과 물리학 수업을 듣고 항공 우주 박물관을 찾아갔습니다. 집에서나 교실에서나 어디서든 혼자서 과학 실험을 했지요. 비행기 조종도 배웠습니다. 한평생 소년은 많은 정신에너지를 우주에 대한 환상에 쏟았습니다. 다른 행성의 생명체를 떠올리며 상상의 나래를 펼쳤지요. 그 행성들을 탐험하는 자신의 모습을 떠올리며 잠이 들기도 했습니다. 우주에 가 보고 싶다고 주변 사람들에게 이야기하기도 했고요.

하루하루를, 또 한해 한해를 소년은 몸과 마음을 다해 우주 비행사의 꿈을 키워 갔습니다. 소년만큼 우주여행에 열과 성의를 다하는 아이는 없었을 거예요.

여러분은 아마 이 이야기의 결말을 알아도 별로 놀라지 않으실 겁니다. 평생 우주에 가는 꿈을 꿨던 어린 소년은 결국, 자라서 컴퓨터 프로그램을 다루는 직업을 갖게 되었습니다. 그 소년은 지금 제 남편입니다. 그는 우주 비행사가 아니지만, 자기 일과 삶을 사랑합니다.

'생각대로 된다' 법칙에 따르면 이 법칙은 제 남편에게 지금 이 시점에서 반드시 우주 비행사가 돼야 했었다고 단정 지을 겁니다. 이 법칙의 논리에 따르면 생각은 필연적으로 사물이 된다고 해요. 간단히 표현하자면 좋은 생각을 하면 그것이 실현된다는 거죠. 또 나쁜 생각을 하면 그것 또한 실현되고요.

'생각대로 된다' 법칙을 조금 더 자세히 설명하면 다음과 같습니다. 첫째, 사람과 사람의 생각은 에너지로 이루어져 있습니다. 둘째, 에너지는 다른 에너지를 끌어당깁니다. 셋째, 따라서 만약 우리가 부정적인 생각을 우주에 퍼뜨린다면 그 생각이 부정적인 무언가를 끌어당깁니다. 우주에 퍼뜨린 긍정적인 생각은 긍정적인 무언가를 끌어당기게 되는 거죠.

이 법칙대로라면 부자가 될 수 있다고 생각하면 부자가 되고, 암이 완치된다고 생각하면 암은 완치될 겁니다. 만약 TV에 나오는 스타가 될 수 있고, 섹시한 엉덩이를 가질 수 있고, 아주 유명해질 거라고 생각한다면 여러분은 킴 카다시안이 되는 거지요.

반대의 상황도 생각할 수 있습니다. 같은 논리로 '생각대로 된다' 법칙은 가난한 생각을 했기 때문에 가난을 자초한 거라고 단정짓습니다. 암에 걸린 것은 암에 걸리는 생각을 해서 그 병을 끌어온 거라는 거죠. 만약 여러분의 할아버지가 홀로코스트*에서 돌아가셨다면 그는 부정적인 마음을 가져서 그런 죽음을 자초한 것이 됩니다.

대체로 논리적인 사고를 하는 졸렌타와 저는 분명 이 '법칙'을 말도 안 되는 개념이라고 생각합니다. 하지만 만약 이 법칙이 사실

* 1930~40년대 나치에 의한 유대인 대학살.

이라면요. 왜 미국에서 흑인 남자가 백인 남자보다 21배나 더 경찰들의 폭력에 피해를 볼 가능성이 클까요? 모든 흑인 남자가 우연히도 동시에 부정적인 생각을 하고 있기 때문일까요? '나는 정말 경찰에게 맞을 만하고 또 맞고 싶다'라는 생각을요? 어쩌면 그럴 가능성이 있을지도 모르겠습니다. 우리는 400년에 걸친 노예 제도와 흑인 차별 정책, 부당한 집단 감금, 제도화된 인종차별주의 그리고 흑인들을 부정적으로 묘사하는 언론의 나라에 살고 있으니까요.

그러면 그 반대편은 어떨까요. 우리 사회의 공직과 지도부의 대부분을 차지하고 있는, 지독하게도 부자인 백인 남자들을 살펴봅시다. 이 남자들이 우연히 지난 400년간 돈과 권력을 동시에 그리고 그 누구보다 강렬하게 상상했기 때문에 현재 권력자의 위치에 이르렀을까요? 이들은 윗세대에게 물려받은 재산, 사회 자본 그리고 좀 전에 말한 흑인들에게 상처를 입히는 제도의 수혜를 입었습니다.

그럼에도 불구하고 수많은 책이, '생각대로 된다' 법칙이 마치 중력의 법칙처럼 사실인 양 주장합니다. 《사는 게 귀찮다고 죽을 수는 없잖아요?》를 쓴 젠 신체로부터 《시크릿》의 론다 번에 이르기까지 그들이 인생에서 쌓아 올린 업적들은 한 마디로, 부를 창출하고 건강을 염원했던 생각들 덕분에 이루어졌다고 주장합니다.

책대로 해 봤습니다

분명히 말씀드릴게요. 기분이 좋아지는 생각을 하는 습관은 좋습니다. 저는 일이 뜻대로 되지 않을 때 세상에는 감사해야 할 것들이 많다는 점을 떠올리려고 노력하거든요. 졸렌타는 힘든 순간들이 다가오면 재미있는 이야기를 떠올린대요. 이렇게 저희 둘 다 낙관론을 삶에 좋게 활용하기 위해 최선을 다합니다.

하지만 이런 행복한 생각이 저의 건강 악화와 실직을 막았나요? 졸렌타가 떠올린 재미있는 이야기들이 그가 성희롱당하지 않게 막아 주었나요? 가까운 사람과 가장 소중한 사람이 너무 일찍 세상을 떠나지 않도록 해 주었나요? 아니었습니다. 우리에게는 끔찍한 일들이 참 많이도 일어났어요. 제가 행복한 생각을 하려고 노력했고 졸렌타 역시 멋진 이야기를 떠올리려 애를 썼는데도 말이죠.

정확히 말씀드리겠습니다. '생각대로 된다' 법칙은 순 엉터리입니다.

그런데도 자기 계발서나 대중문화 그리고 부유하고 성공한 사람들의 회고록에 줄기차게 그 법칙이 등장합니다. 그럴 만한 이유도 있지요. 자기 계발서로 베스트셀러를 기록한 저자들을 포함해서 최고의 자리에 오른 사람들에게 '생각대로 된다' 법칙은 자신들이 그 위치에 있어야 마땅하다는 확신을 주니까요. 또 승자들이

"나는 최고의 승리를 거둘 태도를 지녔기 때문에 승리했다"고 말할 수 있는 우주의 법칙을 만들어 주고요. '생각대로 된다' 법칙은 삶에서 유리한 고지를 점령한 사람들이 자신의 장점을 완전히 간과하고 단지 의지의 힘으로만 모든 것을 이루었다고 믿게 합니다. 그리고 성공한 사람들이 그들보다 덜 성공한 다른 사람의 실패를 당당히 비난할 수 있게 하지요.

많은 예를 떠올려 봤을 때 '생각대로 된다' 법칙이 만약 진짜라면 우리가 사는 이 세상은 환상적인 곳이 될 것입니다. 죄 없는 아이들은 굶어 죽을 일이 없습니다. 졸렌타와 저는 좋은 남자를 만나지 못했겠지요. 제 남편은 우주비행사가 되었을 거고요.

하지만 그렇지 않잖아요. '생각대로 된다' 법칙은 거짓입니다. 사람들이 계속 이 가짜 '법칙'에 모든 희망을 거는 한 그들은 안 좋은 일들이 끊임없이 일어나게 만드는 현실의 방식과, 좋은 것들의 더 공평한 분배를 위해 행해지는 고된 일들을 그저 못 본 척하는 상황을 자초할 겁니다.

크리스틴과 졸렌타에게,

'생각대로 된다' 법칙은 긍정적인 사고의 힘을 다시 정의한 것뿐입니다. 그리고 그게 나쁜 일은 아니잖아요. 전 긍정적으로 생각할 때 더 나은 삶을 살 수 있다고 생각해요. 당신이 감사와 긍정적인 자기 대화를 주제로 이야기할 때 항상 웃음을 터뜨리는 것도 그에 해당하는 것 아닐까요?

CF

CF에게,

긍정 좋죠! 최고라고 생각합니다. 저는 긍정적인 자기 대화나 감사할 대상 찾기, 또 사랑을 널리 전파하는 행동을 적극적으로 추천해요. 그런데 한 가지만 여쭤보겠습니다. 과학적인 법칙의 좋은 면을 보아 얻는 이익이 긍정과 같은 거라고 생각하시나요? 생각으로 돈이 생긴다고 믿거나 아플 때 자신을 비난해야(왜냐하면 제가 분명 우주에 나쁜 기운을 퍼뜨려서 아픈 걸 테니까요) 한다는, 중력 같은 초자연적인 법칙이 존재한다고 믿는 건 긍정적인 시각을 가지려고 노력하는 것과는 전혀 다릅니다. 그렇지 않나요?

졸렌타

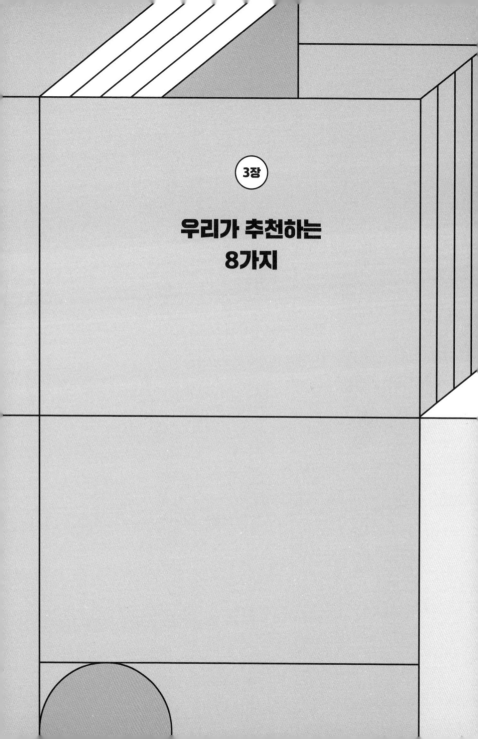

3장

우리가 추천하는
8가지

다른 사람과 비교하지 않기

크리스틴

10살도 되지 않은 어린 여자애였을 때 동네의 다른 여자아이들과 화장 놀이를 했던 것이 기억납니다. 밝은 핑크빛 블러셔를 뺨에 바르고, 우리 모두 너무 예쁘다며 서로를 칭찬했지요. 작은 입술에 반짝이는 립스틱을 발랐습니다. 너무 예뻤어요! 모두가 기대했던, 선명한 파란색 아이섀도를 바를 시간이 다가왔습니다. 우리는 교대로 아이섀도를 바르고 서로를 바라봤습니다. 그때 백인 친구들이 제 여동생과 제 얼굴에 바른 섀도가 왜 저렇게 이상해 보이냐며 묻더군요. 제 여동생과 저는 백인이 아니었거든요.

분명히 밝혀 두겠습니다. 우리가 다르다는 점을 알아차리는 것이 잘못된 건 아니에요. 그들과 다른 걸 나쁘게 생각하지 않거든요! 오히려 인종차별을 하지 않는다고 주장하면서 '세상은 인류라는 인종 딱 하나만 존재한다!'고 외치는 행동들이 우리의 고유함을 존중하기보다 존재를 지워 버리는 데 많은 기여를 합니다.

다른 점을 '이상하다'라고 지적하는 것은 아이나 어른 모두에게 정말 실망스럽게 느껴질 수 있습니다. 사실 사람들은 선천적으로 좋고 나쁜 신체적 특성 같은 것이 아닌 경우에도 차이점을 찾아내고 좋고 나쁜 가치를 적용하거든요. 그것은 오직 사회 분위기와 시대에 기초한 특성으로 예상한 주관적이고 사회적인 가치입니다.

제 백인 친구들 역시 그들의 제한적인 어휘력과 세계관의 영향을 받아 우리가 자신들과 다르다는 점을 그저 이상하게만 여겼습니다. 어떻게 안 그럴 수 있겠어요. 우리가 영유하는 문화의 모든 측면, 예를 들어 아이들이 읽는 그림책부터 TV 속 배우들, 잡지의 모델들 그리고 가공식품 포장에 이르기까지 거의 모든 것에서 무엇이 '정상'이고 무엇이 '아름다움'인지 하나의 이미지만을 제시하고 있는데요.

아름다움을 상징하는 것은 쌍꺼풀이 없는 아시아 여자들과 대조적으로 쌍꺼풀이 짙은 백인 여자였습니다. 동질적인 백인 문화에 푹 빠지면서 어린 그 친구들이 저와 여동생을 이상하게 보지 않기는 힘들었습니다. 그리고 별안간 저도 그러기 시작했습니다. 제 신체적 특성을 주변의 다른 사람들과 비교하기 시작했고, 그들과 다른 점을 안 좋게 생각했습니다. 가끔씩 그러다가 점점 더 그 빈도가 잦아졌던 것 같아요. 저는 제 다리가 짧고 근육질인 것을 알아차렸습니다. 백인 친구들은 몸의 비율이 전부 저와 반대더군요. 그 친구들에게 딱 맞는 옷이 저에게 맞지 않는다는 점도 깨달았습니다. 몰랐는데, 제 피부는 제가 아는 모든 사람보다 더 어둡더라고요.

남과의 비교에서 생겨나는 고뇌는 단지 인종에 국한되지 않았습니다. 백인인 졸렌타는 성장 과정에서 스스로 그 고뇌에 자신을 빠트렸대요. 어린 시절 내내 그는 부유층 자제들이 다니는 학교에서 가장 가난한 사람이 자신이라는 사실을 고통스럽게 인식해야 했습니다. 그는 와스프*와 작고 둥근 코를 지닌 요정 같은 외모의 소유자들 천지인 그곳에서 가장 키가 크고 몸집이 거대하며 육중한 몸매를 지닌 소녀였습니다. 그때문에 졸렌타는 같은 반 여자 친구들과 똑같은 옷을 입을 때 혐오스러운 체육 교사에게 '부적절하

•   앵글로 색슨계 백인 신교도. 미국 사회의 주류를 이루는 지배 계급으로 여겨진다.

다'라는 말을 들어야 했지요.

우리는 비교하는 마음과 절망감에서 쉽게 벗어나지 못했습니다. 특히 저희처럼 어린 나이에 그런 것들을 깨달았을 때는 더 그랬지요. 그리고 솔직히 말씀드리자면 여태껏 읽은 책 중에 우리가 왜 그렇게 행동했어야 했는지 심오하고 철저하게 설명한 책은 단 한 권도 떠오르지 않습니다. 뭐든지 그들은 간접적으로 접근했고, 때로는 비교하는 것이 더 나은 삶을 위한 일종의 수단이라며 직접적으로 다가왔습니다. 《사는 게 귀찮다고 죽을 수는 없잖아요?》에서 젠 신체로는 우리보다 더 성공한 사람들과 그들의 위대함이 우리에게 영향을 줄 거라는 생각이 주변에 만연하다고 말합니다. 하지만 그러기 위해서는 우선 자신을 주변 사람들과 비교해야 하니까요. 즉, "누가 나보다 더 잘하고 있지?", "누가 더 못하고 있어?", "그들은 모두 어떻게 비교되는 거지?", "그들과 나를 어떻게 비교해야 하지?"라고 묻는 과정이 필요하다는 거지요.

그러나 이런 사고방식에는 결점이 있습니다. 더 많은 것 대 더 적은 것, 좋은 것 대 나쁜 것, 부유한 것 대 가난한 것, 성공하는 것 대 실패하는 것 등에 관해 단 하나의 정의만 존재한다는 가정이 바로 그것입니다. 하지만 이는 사실이 아닙니다.

제가 꿈꾸는 삶은 멋진 친구들과 재미있는 모험들, 사랑하는 남편 그리고 어떤 형태로든지 스토리텔링 일에 초점을 맞추는 삶입니다. 그리고 졸렌타가 꿈꾸는 삶에는 방금 제가 말한 것들에 더해 반려견 프랭크와 남편, 아늑한 브루클린 아파트에서 보내는 충분한 휴식 시간이 존재하고요.

한편 주류가 되는 대중문화는 우리에게 크고 화려한 집과 넓은 잔디밭, 스포츠카, 아이비리그 학위, 값비싼 보석 그리고 2미터에 가까운 키의 아이들을 광고합니다. 촌스러운 옛 방식으로 비교하는 사람이라면 저와 졸렌타가 꿈꾸는 삶이 크고 화려한 집에서 펼쳐지는 삶보다 더 낫지는 않다고 결론 내릴지도 모르겠네요. 하지만 저희는 그들의 결론이 잘못되었다고 생각합니다. 그까짓 비교 그리고 그런 비교 끝에 나온 결론이 저런 거라니요!

현실적으로 보면 저런 비교법은 잘못된 경향이 있습니다. 외모는 속임수일 수도 있고, 우리가 원하는 삶을 사는 것처럼 보이는 누군가도 실상은 그렇지 않을 수도 있어요. 설사 그렇다 해도 그들이 그런 삶을 얻기 위해 끔찍한 일들을 겪었을 수도 있고요. 아니면 그런 삶을 위해 자신의 모든 것을 그 삶에 바쳤을지도 모릅니다. 어쨌든 그들은 저와 같은 삶을 살 필요는 없었습니다. 만약에 저와 같은 삶을 살았다면 지금 그 자리에 있었을까요? 글쎄요, 전 아니라고 생각합니다.

저는 '꿈꾸는 삶'을 얻은 많은 사람이 늘 행복하지는 않을 거라고 생각합니다. 심지어 외모가 뛰어난 사람들도 가끔은 그들 자신을 좋지 않게 생각하니까요. 모두 다 가진 것처럼 보이는 사람들의 삶도 부정행위를 하는 배우자, 채권자 그리고 자신의 삶이 어디로 향하고 있는지 몰라 생기는 절망감으로 귀결되기도 하고요. 친구들이 했던 말, "네 내면을 다른 사람의 외관과 비교하지 마"를 소피아 아모루소의 만트라 "당신의 허세를 그들의 하이라이트와 비교하지 말라(특히 겉으로 보이는 것들로 인스타그램과 페이스북 피드를 받아들이는 사람이라면 유용할 말입니다)"에 덧붙여 봅니다.

저 개인적으로는 다른 사람과 비교하지 않을 때 가장 큰 행복을 느낍니다. 시어도어 루스벨트는 '비교는 인생의 기쁨을 훔쳐 가는 도둑이다'라는 유명한 말을 남겼습니다. 왜 스스로 인생의 기쁨을 없애나요? 그 대신 삶의 특별한 기쁨을 받아들여 누릴 수도 있잖아요! 가끔 어쩔 수 없는 불행이 닥쳐오면 나를 다른 사람과 비교하는 것보다 어떻게 하면 다시 일어날지에 집중하면 되잖아요. 치료사를 만나거나 친구들과 대화를 할 수도 있고요. 아니면 산책을 하거나 가 보고 싶은 곳의 리스트를 작성해 보고 좋은 책을 읽는 것

처럼 다른 건설적인 일을 하는 게 낫지 않을까요? 이 중 그 어떤 것
도 비교하고 절망하는 것보다 낫습니다.

'너 자신을 다른 사람과 비교하지 말라'고 말하는 것은 그것을
진짜 실천에 옮기는 것보다 하기 쉽지요. 세상 모든 논리와 행동 들
은 가끔 우리를 비교하는 고통에서 벗어나게 하기에는 부족해 보
입니다. 만일 언젠가 그런 일이 생길 때를 대비해서 생각해 놓은 최
후의 수단이 있습니다.

먼저 어린 시절의 저를 떠올립니다. 그리고 그 파란 아이섀도(혹
은 줄무늬 수영복이나 백인 피부색의 반창고 같은 것) 때문에 이상해 보인다거
나 정상이 아니라는 말을 듣는 세상의 모든 아이를 떠올릴 겁니다.
또 10대의 졸렌타를 떠올릴 거예요. 그의 몸매가, 특정 교사가 생
각하는 이상적인 기준에 맞지 않는다는 이유로 입은 옷이 부적절
하다는 말을 듣는 졸렌타를 생각할 겁니다. 저는 우리 젊은 세대가
들어왔던 '좋은 거 아니면 나쁜 거'를 생각합니다. 한쪽에는 날씬하
고 부자인 백인이 있고 다른 한쪽에는 뚱뚱하고 유색 인종인 가난
뱅이가 위치합니다. 그리고 이렇게 떠올린 생각을 머릿속에서 단
호하게 잘라 버립니다.

저는 괜찮은 사람입니다. 여러분도 그렇고요. 우리는 다른 사람

과 우리 자신을 비교할 필요가 없습니다. 모두 아름답고 존재 그 자체로도 사랑받을 가치가 있으니까요.

크리스틴과 졸렌타에게,

당신은 이성애자 백인을 싫어하는 건가요? 주기적으로 당신은 이성애자 백인이 모든 걸 쉽게 얻는다고 말씀하시더군요. 하지만 그렇게 쉽지만은 않아요. 저는 블루칼라 가정에서 자랐습니다. 그리고 세상 모든 문제가 제 잘못도 아니고요.

AZ

AZ에게,

저희는 모든 이성애자를 미워하지 않습니다. 사실 크리스틴과 저는 둘 다 백인 남자랑 결혼했어요. 그만큼 자연스럽게 생각한다는 말입니다. 하지만 저희는 여자와 소수 집단에 자신들 같은 삶을 살라는 책을 쓰는 이성애자 백인 남자들을 매우 싫어합니다. 사실 그 삶은 자신들이 그저 이성애자 백인 남자였기에 누렸던 거니까요.

짜증스럽게도 많은 자기 계발서 저자가 백인, 남자, 이성애자의 카테고리에 해당합니다. 그들은 많은 경우에 모든 사람

책대로 해 봤습니다

이 마치 자신들의 방식대로 세상을 경험하는 듯 글을 씁니다. 사회 권력 구조의 꼭대기에서 말이지요.

저자들이 사회적 불평등을 설명하고, 성차별과 인종차별 그리고 불평등을 조장하는 다른 개념들이 어떤 한 사람이나 아침 감사 일기도 해결할 수 없는 실질적인 힘이라고 인정한다면, 저희는 그 누구에게도 호의적일 겁니다. 하지만 자신들이 연관되지 않는 삶의 방식을 설명하려 하지 않는 사람들에게는 호의적일 수 없어요. 그런 사람들 대부분이 이성애자에 하얀 피부색을 가진, 그런 친구들이더군요.

졸렌타

내 감정 들여다보기

졸렌타

여러분께 살짝 알려드릴 비밀이 있습니다. 연기 학교들은 대부분 제정신이 아닌 것 같아요. 진지하게 말씀드리자면 그들은 지극히 추종적인 분위기를 가지고 있습니다. 여러분이 생각하고 믿는 모든 것은 거짓이라며 여러분을 무너뜨린 다음, 자신들의 논리로 여러분을 재구성합니다. 그들은 말할 겁니다. 이제야 비로소 진정한 길에 발을 들여놓았기에 더는 전처럼 가족이나 친구와 시간을 보낼 수 없다고요. 또 여러분이 걷는 길이 진정한 예술의 길이라고도 크게 강조할지 모릅니다.

책대로 해 봤습니다

대학을 갓 졸업한 2008년에 경제 위기가 다시 찾아왔습니다. 저는 직장을 구하는 대신, 주식으로 잃지 않은 저축 예금을 챙겨 샌프란시스코에서 뉴욕으로 건너갔지요. 연기 수업을 듣기 위해서였습니다. 저는 연기 학교에 딱 맞는 완벽한 지원자였습니다. 연극을 좋아하지만 실제로 발휘할 만한 연기적 기교는 없었고, 또 자신이 누구인지 모르는 사람이었거든요.

이런 자질들을 지녔기에 연기 지도에 취약할 수밖에 없었고, 또 누구보다 절실했습니다. 어디로 가야 할지 모르는 어린 여자애 같은 마음에 길을 알려 줄 누군가가 필요했습니다. 뉴욕의 어느 이름 있는 연기 학교에 다니기로 한 저는 완전히 세뇌당할 준비가 되어 있었습니다. 운이 좋게도 '좋은 조언'으로 세뇌될 참이었지요.

연기 학교에서 가장 좋았고 효과적인 조언은 바로 피드백이었습니다. 기본적으로 우리는 각자 특정 장면을 연습해서 반 친구들과 강사들 앞에서 공연한 다음, 모든 사람에게 비평으로 맹렬히 난도질당했습니다. 처음에 피드백은 간단하게 시작됩니다. 제 연기가 끝난 뒤 강사는 "자세가 엉망진창이에요"라고 말했습니다. 반 친구 한 명이 끼어들어 "넌 착 달라붙지 못한 걸 보니 자존감이 정말 낮을 것 같아"라고 덧붙였습니다.

2년 동안 제가 받은 피드백은 기본적으로 같았습니다. 저는 제

공간을 소유하지 않았고 '착 달라붙지도' 못했습니다(아직도 이 말이 무엇을 의미하는지 모르겠어요). 또 제가 가진 힘을 제대로 활용하지 못하고 있었지요. 저는 이 말들을 대충 이렇게 해석했습니다. "너는 너 자신을 미워하는, 착 달라붙지 못한 여자애고 눈물도 못 흘려." 연기 학교에서 눈물을 흘리는 것은 놀랄 만큼 중요합니다. 연기 학교에 가본 사람이라면 누구나 공감할 거예요. 단번에 눈물을 흘리지 못하는 한 여러분은 기본적으로 실패자인 겁니다.

종종 감정의 폭발로 이어졌던(아직 정체도 밝혀지지 않았던) 주의력결핍 과잉행동장애와, 다른 사람과 공감하는 것에 어려움을 겪었던 아빠와의 어린 시절을 통해 저는 소위 '말하기를 봉인하는 법'을 배웠습니다. 제 감정은 혼자 추스르기에는 너무 거대했고 오해도 잦았기 때문에, 감정적으로 반응하는 데 많은 시간을 보냈지요. 무슨 일이 있을 때마다 자신이 어떻게 느끼는지 생각하는 대신, 그저 감정을 묵살하거나 무시하려고 노력했던 거예요. 저는 감정을 억누르며 자신이 비이성적이라고 되뇌었습니다.

말을 봉인하는 것은 훌륭한 방어 장치였지만, 그 때문에 제 눈물 샘도 봉인되어 버린 셈이었습니다. 그런데 연기 학교에 완벽히 스며들려면 울어야 하더군요.

책대로 해 봤습니다

발성 수업을 들으며 한숨을 돌리던 어느 날이었습니다. 이 수업에서는 그냥 요가 자세를 취하고 호흡을 가다듬기만 하면 되었습니다(이 수업에서도 종종 우는 사람이 있긴 했는데, 꼭 울어야 하는 것은 아니었습니다. 적어도 울지 않는다며 실패자 취급받는 일은 없었어요).

그날 우리는 '피츠모리스 워크'라고 불리는 보이스 요가를 하고 있었습니다. 강렬한 오르가슴을 느끼는 것처럼 몸이 떨리고 경련이 일어날 때까지 여러 요가 자세를 취하며 연습을 거듭해야 했지요. 몸이 이런 작업을 수행하는 동안, 호흡은 완벽하게 해방됩니다.

이 수업에서 저는 '낙타 자세'를 취하고 있었습니다. 그때 갑자기 발성 수업 강사가 다가왔습니다. 선한 분위기의 그 여자 강사는 굉장한 이력을 자랑하는 전직 댄서이기도 했습니다. 그는 제 목소리가 '해방'되도록 몸의 이곳저곳을 만지라고 했습니다.

"무릎에 호흡을 불어넣으세요. 어깨에도 불어넣고요."

그가 제 흉골에 가볍게 손을 대자 신기한 일이 일어났습니다. 마치 뜨거운 용암 덩어리가 가슴속에 맺히는 것 같더니 이내 폭발했지요. 그 폭발은 온몸에 마그마로 된 파도를 일으켰고, 저는 급기야 울음을 터뜨렸습니다.

한번 터져 나온 울음은 좀처럼 멈추지 않았고, 그날 종일 저는 눈물을 흘렸습니다. 밥 먹으면서도 울고, 샤워하면서도 울고, 잠이

들 때도 울었습니다.

울 때마다 여러 추억이 머릿속을 스쳐 지나갔습니다. 그럴 때마다 자신이 너무 예민하다는 생각에 부끄러웠고, 가슴이 찢어질 듯 아플 때마다 상실감이 들어 무너질 것 같았습니다. 저는 그렇게 애써 봉인했던 모든 눈물을 흘렸습니다. 울음은 몇 주가 지나서야 멈췄습니다. 분명 메워야 할 마음속 공간이 많았던 것이겠지요.

마침내 새롭게 모든 것이 차올랐을 때, 다시 태어난 기분이 들었습니다. 저는 가벼워지고 밝아졌으며 더 커져 있었던 거예요. 그리고 전체적으로는 훨씬 더 나은 배우이자 사람이 되었습니다. 일단 한번 감정이 숨겨진 곳에 접근하기만 하면 그 감정을 살피고 다른 사람에게 전달할 수 있었던 거죠!

발성 수업에서 있었던 일과 감정을 되찾아 준, 우스꽝스러운 요가 자세에 앞으로도 쭉 고마움을 느낄 것 같습니다. 감정은 매우 중요합니다. 우리가 느끼는 감정은 상황이 우리의 요구를 얼마나 잘 충족시키고 있는지 보여 주는 지표와도 같습니다. 감정 지표가 삐걱거리기 시작할 때 우리는 잠시 멈춰서 우리의 요구를 더 잘 충족시키기 위해 필요한 것이 무엇인지 찾아냅니다.

책대로 해 봤습니다

많은 책과 크리스틴 그리고 저는 형편없는 사람보다 긍정적인 감정을 선택할 수 있는 사람이 되기 위해 부단히 애를 쓰며 살아왔습니다. 우리의 최종 목표는 부정적인 감정에서 자유로워지는 삶입니다. 앞에서 언급한 《신경 끄기의 기술》이 바로 이 내용을 설명하는 완벽한 예지요. 저자 마크 맨슨은, 최고의 삶을 위한 첫 번째 단계는 바로 누구의 잘못이든 상관없이 자신의 삶에서 일어나는 모든 일에 책임을 지는 것이라고 주장합니다.

이 책은 비록 뜻대로 되지 않는 것들이 많지만, 우리는 항상 우리가 어떻게 반응하고 그 상황을 읽어내야 할지 통제할 능력이 있기 때문에 그렇게 해야 한다고 말합니다. 이론상으로는 훌륭한 말입니다. 하지만 감정은 자연스럽고, 그것이 우리가 다른 사람들과 소통하기 위해 사용하는 인간의 반응이라는 점을 고려하면 통제를 행동으로 옮기기는 쉽지 않습니다. 그러니 감정을 무시하거나 부정하면 역효과가 나는 겁니다.

저희가 〈책대로 살아보기〉를 진행하며 읽었던 책 대부분은 자신이 행복한지 알기 위해 감정을 살펴야 하고, 왜 화가 났는지 알아야 한다는 사실을 다루지 않았습니다. 도움이 많이 되는데도 말이지요.

여러분이 자신의 감정을 자연스럽게 흘려보내는 법과 그 감정에 귀 기울이는 법을 찾을 수만 있다면 어떤 식으로 감정을 표출하는지는 크게 중요하지 않습니다. 제게는 그 방법이 그날의 발성 수업과 피츠모리스 워크였습니다. 굳이 저와 같은 과정을 겪지 않고 알게 되면 더 좋겠지만요.

지난 몇 년 동안 저는 삶이 부여하는 과제들에 대한 감정적 반응을 바꾸려고 노력할 때 에너지를 덜 낭비할수록 만족감이 높아진다는 점을 알게 되었습니다. 그리고 덧붙이자면 저는 감정적인 상황을 헤쳐갈 수 있는 에너지를 많이 가지고 있습니다. 창문 밖의 새들을 보고, 맨해튼을 산책하는 방법을 통해서요. 공예, 수영, 아니면 치료처럼 자신의 감정을 살피고, 또 그 감정을 존중할 수 있는 좋은 수단과 방법들은 많습니다. 전직 현대 무용수가 제 흉골을 건드리고 제가 2주 동안 계속 울거나 내가 느끼는 감정이 진짜가 아니라며 스스로 납득하려 애쓰는 것보다는 그런 방법들을 시도해 보고 싶습니다.

책대로 해 봤습니다

덩어리 전략 활용하기

크리스틴

저도 여러분께 털어놓을 것이 하나 있습니다. 사실 전 둘째가라면 서러울 정도로 '미루기를 좋아하는' 사람입니다. 중학생 때부터 바로 지금 이 순간까지도 항상 할 일을 미루고, 나중에 하겠다며 당장 해야 할 일 말고 다른 일을 할 핑계를 생각했습니다.

'각본을 내일까지 써야 하네? 그럼 오늘은 작년에 산 그 봄옷이 지금도 잘 맞는지 입어 봐야지. 아예 봄옷들을 다 입어 봐야겠다.' 이런 식이지요. '오늘 오후에 있을 회의 준비를 해야 하네? 그럼 지금부터 1시간 동안은 SNS 관련 작업을 해야지.' '큰 프로젝트의 마무리를 집에서 해야 하네? 짜증스러운 프로젝트 따위, 생각도 안

할 거야. 종일 TV를 보면서 콘칩을 먹어야지. 밤을 새워야 하는 그 날까지.'

그렇다고 마감 시한을 지키지 않는 건 아닙니다. 저는 자부심을 가질 만큼 제 일을 좋아해요. 하지만 다음과 같은 몇 가지 전략 없이는 일을 끝까지 질질 끄는 경향이 있다는 거죠.

우선 저를 믿어 주는 사람들과 제가 제 몫을 해내지 않았을 때 실망할 사람들을 생각합니다. 이렇게 책임감과 죄책감을 느끼면 일을 완수하는 데 도움이 되더라고요. 두 번째로는 일단 뭐든지 시작하는 것이 완벽하게 해내는 것보다 낫다고 상기하는 겁니다. 노벨상을 탈 만한 송장을 쓰거나 인생 최고의 메모를 할 필요가 없다는 점을 인지하는 것은 완벽주의자가 빠지기 쉬운 미루기의 함정을 피하게 도와줍니다. 물론 이 두 가지 전략 모두 직접적인 행동보다는 마음가짐에 관한 것입니다. 그래서 행동과 관련된 저의 아주 큰 규칙 하나를 소개하겠습니다. 그것은 큰 그림보다 큼직큼직한 덩어리로 일을 쪼개서 하는 겁니다.

이 말이 시중의 많은 자기 계발서가 하는 주장과 정반대라는 것을 알고 있습니다. 졸렌타와 제가 읽은 책 대부분은 우리에게 큰 그림을 보고, 부분보다는 전체를 생각하고, 장기적인 목표에 초점을 맞춰서 10년 단위 계획을 세우라고 조언했습니다. 전체를 생각해야 동기부여가 되고, 크게 보아야 일을 균형감 있게 할 수 있다는 주장이었지요. 하지만 이 조언은 일상생활과 일 처리 방식에 관한 한 동기부여보다 오히려 무력함을 안겨 주는 데 큰 역할을 했습니다. 큼직한 덩어리로 일을 쪼개서 하는 것은 그 반대입니다.

일을 덩어리로 처리하는 방법 중 한 가지는 바로 시간제한을 설정하는 거예요. 예를 들면 이런 겁니다. "3분만 빨래를 개면 된다." 이렇게 혼잣말을 해요. 언제까지고 계속할 필요는 없으니까요. 빨랫감을 들고 풀썩 앉는 그 순간만 잘 극복하면 3분 이상 갤 수 있습니다. 이렇게 하면 보통은 빨래 바구니에 든 모든 빨랫감을 갭니다. 관성이 그렇게 만들거든요. 하지만 다 개지 않는다고 해도 애초에 3분이라는 시간제한이 없었다면 훨씬 더 적게 갤 겁니다.

데이비드 앨런이 쓴 《쏟아지는 일 완벽하게 해내는 법》은 이와 비슷한 전략을 소개하는, 몇 안 되는 책 중 하나입니다. 책 속에 '2분 법칙'이라고 부르는 규칙이 등장하는데, 이것은 다음과 같습니다. 완료하는 데 2분이 걸리지 않는 작업은 즉시 수행합니다. 해야 할 일 리스트에 넣지 마세요. 그 일들을 내일까지 미루지 않고 당장 하세요.

시간제한 전략이 업무와 관련해서만 적용되는 건 아닙니다. 저는 아는 사람이 거의 없는 파티에 참석하거나 새로운 동료들과 행사에 갈 때, 인터넷으로 알게 된 사람과 만날 때 등 새로운 사회적 상황에서 이 전략을 사용합니다. 저는 이것을 '75분 룰'이라고 부릅니다. 어떤 행사든 1시간은 머무는 것이 예의라고 생각합니다. 그렇지만 너무 시간을 정해 놓은 것처럼 보이지 않도록 1시간을 약간 초과해 머무는 것이 좋다는 생각에서 나온 규칙이지요. 제가 경험한 바로는 소심한 모습을 벗어나기에 충분한 시간이 '75분'이더라고요. 부담이 가지 않는 적당한 시간이기도 하고요. 저와 친구가 된 뒤에 졸렌타도 이 규칙을 적용하기 시작했습니다. 졸렌타 말로는 이 규칙이 제가 생각해 낸 최고의 아이디어인 것 같대요.

덩어리로 처리하는 방식이 특히 유용한 또 다른 상황은 바로 지금 제가 하고 있는 작업입니다. 책을 쓰는 일이지요. 훌륭한 출판사에 제출할 200쪽 가까운 분량의 책을 쓰는 일 자체가 큰 영광이긴 합니다. 하지만 그와 동시에 벅찬 과제이기도 하지요. 이 거대한 작업을 생각하면 이불 속으로 기어 들어가 남은 시간 동안 재미있는 영상이나 보고 싶어집니다. 바로 이럴 때 덩어리 전략을 도입하면 작업이 훨씬 다루기 쉬워져요.

책대로 해 봤습니다

제가 쓴 책 《팟캐스트를 시작하려는 당신에게》의 작업 기간에 이를 직접 체험했습니다. 이 책은 팟캐스트를 시작할 때 어떻게 해야 할지 방법을 알려 주는 안내서인 동시에, 개인의 목소리에 담긴 힘과 이야기가 왜 중요한지를 다룬 일종의 선언문이기도 합니다. 작업 기간 내내 어떻게 하면 이 모든 내용을 200쪽이 넘는 책에 잘 엮을지 고민이 컸지요.

우선 책임감에 대한 정신적인 트릭을 설정했습니다. 에이전트와 편집자, 또 저를 믿고 있는 사람이라면 누구나 그 대상이 되었지요. 그다음, 마음속으로 주문을 외웠습니다. 일단 시작하는 것이 완벽하게 해내는 것보다 낫다는 주문입니다. 말도 안 되는 의식의 흐름대로 글을 썼다고 해도, 아예 아무것도 쓰지 않는 것보다 나았거든요. 마지막으로, 적극적으로 덩어리 전략을 활용했습니다.

가장 쉬운 부분이나 제일 재미있는 부분을 먼저 하는 거죠. 졸렌타는 이 분야의 전문가입니다. 그리고 저도 꽤 잘하고요. 예를 들면 손톱을 깎을 때 오른손잡이는 오른손으로 손톱깎이를 다루는 것이 편하기 때문에 항상 왼손 손톱을 먼저 깎는 식입니다. 그렇게 왼손 손톱을 다 깎고 나면 왼손으로 손톱깎이를 다루는, 재미없는 일에 착수하지요.

제가 쓴 팟캐스트 책의 경우에는 독자들에게 러브 레터를 쓰는 일이 가장 쉽고 재미있게 물꼬를 트는 일이었습니다. 사람들에게 사랑을 표현하는 것은 제게 참 쉬운 일이거든요. 그들이 특별하고 아름다우며 가치 있는 존재라는 점을 상기시키는 행위는 제 마음을 기쁨으로 가득 채웁니다. 누군가를 응원하는 일을 제일 좋아하기도 하고요. 저는 일단 자리에 앉아 제 책을 읽기 위해 시간을 내준 독자들을 향해 사랑의 글을 써 내려갔습니다. 제가 훌륭한 이야기를 해드리겠다고 말했지요. 원하는 방식으로 목소리를 내고 싶을 때 필요한 도구를 알려 주겠다고도 장담했습니다. 글을 쓰는 것 자체도 재미있었던 데다가, 독자들을 향한 러브 레터는 책의 전체적인 분위기를 결정해 주었습니다. 러브 레터를 통해 제 책이 방법을 다룬 안내서이자 응원의 말을 담은, 2가지 콘셉트를 가졌다는 것을 알렸지요. 이 러브 레터는 곧 책의 서문이 되었습니다.

그 뒤에 팟캐스트를 만들고, 유통하고, 홍보할 때 필요한 모든 단계별 작업을 적었지요. 몇 개를 삭제하고 추가한 끝에 총 37개의 단계별 작업이 만들어졌습니다. 그리고 7개의 세부 제목 아래 모든 단계를 최종적으로 정리했지요. 7개의 세부 제목은 다음과 같습니다. '꿈꿔라, 적어라, 주최하라, 캐스팅하라, 만들어라, 공유하라, 성장시켜라.'

그때부터 제 책이 비명을 질렀습니다. "덩어리로 쓰란 말이야! 나 잘게 조각난 것 좀 봐." 그리고 다행히 그 덩어리들은 다루기 쉬운 편이었습니다. 37단계와 채워야 하는 전체 200쪽의 분량을 계산해 보니 각 장은 5쪽이나 6쪽 정도로 써야 하더군요. 6쪽 정도의 분량에서 각 단계를 설명할 수 있을까? 가능할 것 같았습니다. 그리고 실행에 옮기기 시작했지요. 매일 잠에서 깨면 자신에게 말했습니다.

　"단계 하나만 쓰면 돼. 그것보다 더 쓰면 정말 좋고. 만약 목표량을 못 채워도 어제보다는 원고가 더 많이 완성된 거니까 괜찮아."

　어떤 날은 겨우 문장 몇 개밖에 쓰지 못했습니다. 3쪽만 쓴 날도 있었지요. 장별로 나누어 쓰는 덩어리 전략과 다른 덩어리 전략을 조합하는 방식으로 책을 완성해 갔습니다. 만일 쓰고 있는 장이 별로 재미있게 느껴지지 않는다면 더 재미있게 느껴지는 다른 장으로 넘어갔지요(즐거움을 위한 덩어리 전략!). 종일 글을 써야 한다고 생각하는 것조차 너무 고통스러울 때는 자신에게 이렇게 말했습니다. 힘내자, 2시간 반만 쓰면 돼(시간제한을 위한 덩어리 전략!).

　쉽지는 않았습니다. 늘 재미있지도 않았고요. 하지만 이렇게 해서 작업이 완료되자 알 수 있었습니다. 덩어리 전략이 단 2달 만에 초안을 완성하는 데 큰 도움이 되었다는 걸요.

아직 소개하지 않은 덩어리 전략이 또 있습니다. 가장 쉽게 시작하는 방법 중 하나가 바로 투 두 리스트인 작업 목록을 작성하는 거예요. 매일 저는 추가할 것들과 재점검이 필요한 작업을 담은 '실행 작업 리스트'를 컴퓨터에 저장해 놓습니다(졸렌타는 그냥 리스트보다 훨씬 더 아기자기한 '불렛저널Bullet Journal'*을 사용한다고 해요). 리스트에 있는 항목들은 다음과 같습니다. 프리랜서로서의 모든 업무, 집안일, 심부름, 사회생활에 따라오는 각종 약속, 사적인 만남 약속, 보내야할 이메일들, 연락할 사람들의 이름 등이지요. '다음 주에 점심을 같이 먹을 건지 아미르에게 문자 메시지 보내기'처럼 어떤 사항들은 매우 사소합니다. 몇 개는 '다음 각본 쓰기'처럼 더 중요한 비중을 차지하고요. 하지만 무슨 일이 있어도 리스트에 적힌 일들을 해치웁니다. 성취감이 들거든요.

집안일이나 업무 관련 일을 수행하는 것 말고도, 우울할 때도 '투 두 리스트 덩어리 전략'은 효과적이었습니다. 다들 그렇듯 저희 역시 직업을 잃거나 때로는 이별을 겪으며 인생의 어려운 전환기를 헤쳐 왔습니다. 가끔은 도무지 원인을 알 수 없는 것들로 슬퍼하기도 했지요. 완벽한 어른의 모습으로 세상을 사는 것이 불가능하

---

* 아이콘 등을 사용해서 간결하고 명확하게 정보와 일정을 기록하는 일정관리법.

책대로 해 봤습니다

게 느껴질 때도 있었습니다. 그럴 때 졸렌타와 저는 애매하게 집중하려 애쓰지 않고 일상생활의 모든 일을 작은 덩어리로 쪼개 버렸습니다.

"크리스틴, 침대에서 일어나. 잘했어, 크리스틴!", "졸렌타, 화장실로 가서 얼굴에 물을 묻혀. 옳지!", "크리스틴, 옷 입어. 잘하고 있어!", "졸렌타, 문밖으로 나가. 그렇지, 그렇지!"

물론 덩어리 전략이 완벽하지는 않습니다. 앞서 말했듯 최선을 다해도 가끔은 원하는 만큼 해내지 못하거든요. 일이나 인생을 어떻게 덩어리로 쪼개야 할지 알기 어려울 때도 있고요.

결혼 생활을 바로잡는 것 같은 감정적인 일을 처리할 때도 마찬가지입니다. 혼자 생활할 수 없는 사람을 돌보거나 학대 가정에서 자라면서 생긴 마음의 상처를 치유하는 일도 그렇고요.

덩어리 전략이 모든 걸 해결할 수는 없습니다. 인생에는 구분하거나 쪼개기 어려운 일들이 수도 없이 많아요. 어떤 일은 느리고 꾸준하게 해야 하는가 하면 또 어떤 일은 잠깐 내버려 두었다가 한꺼번에 해야 하기도 하지요.

그러나 집안일부터 아침에 현관문을 열고 나가는 데 필요한 단계까지, 이처럼 더 구체적이고 명백한 작업에서 덩어리 전략은 유용합니다. 어떤 경우에 이 전략은 일이나 상황을 더 재미있게 만듭니다. 무엇보다도 덩어리 전략은 할 일에 과도한 부담을 느끼는 바람에 거뜬히 해낼 수 있는데도 일에 집중하기 힘든, 그런 안타까운 상황을 막아줍니다.

사실 한 자리에서 원고를 200쪽 이상은 쓸 수 없거든요. 하루 만에 집 전체를 청소할 수도 없는 일이고요. 하지만 러브 레터를 쓰는 일은 가능합니다. 3분 동안 양말을 개는 것도 할 수 있지요. 왼손 손톱도 깎을 수 있고요.

때로는 이런 것들만으로도 충분합니다. 며칠, 아니면 몇 달 뒤에 이 덩어리들이 모여서 완전한 큰 그림으로 완성된다는 점을 잊지 마세요.

책대로 해 봤습니다

내 몸과 친해지기

졸렌타

1400년대 바다를 항해하던 선원들이 바다소*를 보고 인어로 착각했다는 이야기를 알고 계시나요?

저는 늘 이 이야기가 머릿속에 맴돕니다. 재미있는 옛날이야기라서가 아니라 우리의 미적 기준이 세월의 흐름에 따라 어떻게 변해 왔는지를 보여 주는, 두드러진 사례이기 때문이에요. 시간이 흘러서 바다소라고 불리게 된 이 동물이 먼 옛날 사람들의 눈에는 당당한 체격의 바다 아가씨로 보였던 거지요.

• 소처럼 풀을 먹는 해양 포유류의 일종.

저는 15살이 될 때까지 제 몸에 대해 별생각이 없었습니다. 그런데 15살이 되자 고작 하루 사이에 가슴이 모기에 물린 것 같은 사이즈에서 D컵보다 더 큰 사이즈로 변하더군요!

자연적으로 큰 가슴은 인간이 만든 인위적인 큰 가슴과 매우 다르다는 점을 알려드리고 싶습니다. 큰 가슴은 무거울 뿐만 아니라 고통스럽습니다. 누우면 거대한 납작 팬케이크로 변하기도 하고요. 15살 때는 큰 가슴이 별로 좋게 느껴지지도 않았습니다. 단점이 너무 많아서 어떤 점이 제일 싫었는지 고르기도 힘들었지요. 새로 생긴 신체 부위를 짊어져야 했던 어깨와 등에 육체적 고통이 따라왔습니다. 가슴이 큰 사람들에게 맞는 옷이 별로 없어서 쇼핑할 때도 어려웠고요. 전혀 모르는 낯선 사람부터 모욕적으로 저를 대한 체육 교사에 이르기까지 온갖 남자들의 원치 않는 관심을 견뎌야 했습니다.

사춘기의 바람이 불어 닥친 뒤, 저는 제멋대로 커져 버린 가슴 때문에 성인으로 오해받은 채 세상을 살아가야 했습니다. 제가 아직 법적으로 운전을 할 나이가 되지 않았다는 것을 모르는 사람에게 저는 가슴 큰 성인 여성으로 보였으니까요. 저는 이것이 엄청나게 불공평하게 느껴졌습니다. 욕망의 대상이 되려는 생각은 없었

책대로 해 봤습니다

습니다. 섹스할 준비가 된 것처럼 보이는, 성숙한 육체를 갖고 싶지도 않았고요.

제 생각과는 다르게 제멋대로 구는 몸의 소유권을 되찾고 싶었던 저는 새로운 자신의 모습을 받아들이려 애를 썼습니다. 그래서 나 자신을 표현할 옷을 사러 갔습니다. 다른 평범한 10대들처럼 옷 가게에 가서 브라렛이 내장된 연 노란색 홀터 탑을 골랐습니다. 앞가슴이 지나치게 파이지도 않았고, 제게 잘 어울리는 색깔의 옷이었죠. 완벽했습니다. 빨리 입고 싶어 죽을 지경이었지요.

그 해 첫 봄날에 드디어 새 옷을 입을 기회가 찾아왔습니다. 그날 저는 점심을 먹으면서도 자신에 관한 생각으로 머릿속이 가득했습니다. 그때 건너편에 있는 체육 교사가 보였고, 저는 그를 바라보았습니다. 그는 제 몸에 관해 의견이 많았던 사람이었습니다. 그 교사는 제가 과체중이며 절대 데이트를 하지 못할 거라고 했습니다. 자신이 그런 저를 어떻게 '도울 수 있는지'에 대해 말하기를 즐겼습니다. 저를 끊임없이 만져대면서요. 그가 수학 교사와 이야기하면서 저를 바라보는 것을 알고 기분이 좋지 않았습니다. 어느새 수학 교사가 저를 향해 달려오더니 이렇게 말했습니다.

"졸렌타, 지금 당장 위에 뭐라도 걸쳐라. 네가 지금 입은 옷은 학교에서 입기에 부적절해."

가슴이 철렁 내려앉았습니다. 뜨거운 수치심이 온몸을 휩쓸고 지나가는 것 같았지요. 저는 그 교사에게 사과하고 주섬주섬 재킷을 입었습니다. 그렇게 이상하게 보일지 전혀 몰랐거든요. 그때였습니다. 그 교사가 제 친구인 에밀리를 스쳐 지나가는 모습이 보였습니다. 에밀리는 작고 마른 체형의 친구였습니다. 아마 A컵을 입었을 것 같고요. 중요한 건 이게 아닙니다. 아니, 에밀리가 하필이면 저랑 색까지 완전히 똑같은 상의를 입고 있었던 거예요!

무슨 일이 일어났는지 상상이나 하시겠어요? 수학 교사가 완벽한 10대 여자의 표본처럼 입고 있던 에밀리를 지나가며 어떻게 했는지 아세요? 부적절하다거나 무언가 옷을 걸쳐야 한다는 말을 아예 하지도 않았습니다. 그는 에밀리를 알아차리지도 못한 것 같았어요.

그날로 명백해졌습니다. 제 교육을 책임지는 이 어른의 기분을 상하게 만든 것은 제가 입은 홀터 탑이 아니라 바로 저라는 것이요. 저와 제 괴물 같은 가슴이 딸도 하나 있고 마흔이 다 되어 가는 남자가 굳이 제게 달려올 만큼 불편한 기분이 들게 만들었던 거예요.

2016년에 트럼프 대통령이 당선된 뒤에 마침내 미투 운동이 불

책대로 해 봤습니다

붙었고, 그제야 저는 그동안 제가 불필요하게 모욕적인 대접을 받았다는 걸 알게 되었습니다. 여태껏 남자들과 조금 다른 몸을 지니고 있기 때문에 여자들이 겪는 수치스러운 일들이 머릿속을 맴돌았고, 그 모든 게 그냥 당연한 일이라고 생각했었거든요.

때로는 자기 계발서가 이런 문제점을 일부분 제공하기도 합니다. 대부분의 자기 계발서는 우리처럼 여성으로 판명된 사람들이 사회적 기준에 의해 입는 피해를 꼼꼼히 살펴보라고 말하지 않습니다. 우리가 읽은 거의 모든 책이 우리가 우리 몸에 친숙해지는 것조차 바라지 않았습니다. 그들은 뚱뚱하다고 핀잔을 주고 충족시키지 못할 아름다움의 기준을 건강한 삶을 사는 방식이라며 베일을 씌웁니다. 이런 삶의 방식이 궁극적으로는 계속 유지될 수 없다는 것이 증명될 때(이에 관련해서는 다이어트를 다룬 크리스틴의 글을 참고하면 좋을 것 같아요) 우리는 자기 계발을 하도록 자신을 자극하던 수치심과 절망에 빠져들게 되고, 그렇게 악순환이 계속됩니다. 역효과로 보이지 않나요? 만약 여러분의 최종 목표가 자신을 사랑하는 것이라면요. 하지만 사람들에게 더 많은 자기 계발서와 건강 제품을 사게 만드는 것이 최종 목표라면 이야기가 다르겠지만요.

우리가 읽은 많은 책이 성희롱과 학대에 관해서도 다루지 않았습니다. 심지어 노력하지 않아 상처 입는 것은 피해자 본인들의 잘못이라고도 했습니다. 독자들에게 자신의 몸을 있는 그대로 받아들이라고 권하지도 않았고요. 전형적인 이야기를 하는 책들은 모두 '건강(a.k.a 마름)'을 얻어서 자신의 몸을 책임지라며 그를 위한 조언이나 팁, 가이드라인을 소개했습니다. 그들은 매일같이 바람직하지 않다고 말해대는 사회적 인식은 무시하고, 건강을 위해 노력하지 않는다며 비난하지요. 이 책들이 다루지 않는 것은 현재 우리 사회가 섹시하다고 여기는, 왜곡되고 성차별적인 기준입니다.

저자들은 또한 문제가 있는 고정관념이나 이룰 수 없는 목표, 개인이 손댈 수 없는 범위의 문제 때문에 우리가 끊임없이 자책하도록 유도합니다. 이 때문에 우리는 계속 실패했다는 느낌에 사로잡히고, '사랑받지 못하는 몸'을 고치기 위해 더 많은 상품을 구입하게 되는 거지요.

언젠가는 우리 모두가 여태껏 각자의 신체적 특징에 얼마나 그릇된 방식으로 가치를 부여해 왔는지 깨닫고 웃을 수 있기를 바랍니다. 하지만 언제가 될지 모르는 그날이 올 때까지 자신의 몸을 사랑할 우리만의 방법을 찾아야 합니다. 저 역시 끝없이 제 몸과 사투를 벌였고 저 자신을 미워하기도 했습니다. 이런 피곤한 삶의 방식이 죽는 날까지 저를 괴롭힐 것 같았지요. 다행히 〈책대로 해 봤어기〉를 진행하면서 크리스틴과 저는 좋은 흐름을 발견했습니다.

있는 그대로의 자신을 받아들이는 것과 자신의 몸을 긍정하는 내용을 다룬, 여자 저자들의 책이 점점 더 많이 등장하고 있었던 겁니다. 소냐 르네 테일러가 쓴《몸은 사과할 필요가 없다》와 같은 책들은 '자기 의심self-doubt'과 소비지상주의라는 빠른 해결책을 계속해서 유지시키는, 은밀한 사회적 관점을 밝히는 데 도움이 됩니다. 이런 책을 통해 독자들은 자신이 불충분하다고 느끼지만 사실은 100퍼센트 정상이라는 점과, 그렇게 느끼도록 만드는 완벽한 구조적 장치가 마련되어 있는 사실을 깨닫는 거지요.

우연히 알게 되었는데, 제게는 통제력을 되찾는 방법이 도움이 되었습니다. 아누슈카 리스의《내 옷장 속의 미니멀리즘》의 내용을 실천하면서 옷을 통해 내 성격을 최대한 정확하게 표현하는 법을 연구함으로써 자신이 어떤 사람인지 알아내는 감각을 더 크게 일깨울 수 있었습니다.《몸은 사과할 필요가 없다》는 저를 불필요한 쓰레기처럼 느끼게 하는 SNS에서 탈퇴하는 것같이 간단한 행동이 제게 통제권을 되돌려 준다는 점을 알려 주었고요.

노란색 홀터 탑 대참사로부터 1년이 지난 뒤, 저는 거의 매일 브래지어를 2개씩 하고 셔츠를 겹겹이 입었고, 학교를 결석하기 시작했습니다. 부모님이 "널 학교로 돌아가게 하려면 어떻게 해야 하니"라고 물으시더군요. '내 교육을 담당하는 성차별적인 늙은이들이 날 객관화하는 게 너무 불편해'라는 속마음을 표현할 말이 떠오르지 않았습니다. 그 대신 저는 가슴 축소 수술을 하고 싶다고 간절히 말했습니다. 저는 걸어 다니는 거대한 두 개의 가슴이 아닌, 진정한 자신을 느낄 수 있는 몸을 가지고 싶었습니다. 16살이 되던 해의 어느 이른 여름날 아침, 결국 원하던 수술을 받았습니다.

약 기운에 취해 있어서 기억이 뚜렷하지는 않았지만 잠에서 깨어나 붕대를 감은 몸을 내려다보며 마냥 행복해했던 것은 기억합니다. 수술은 완벽했어요. 마치 제 가슴에서 무게를 덜어낸 것 같았습니다.

이 이야기를 들은 다른 사람들은 고작 16살밖에 되지 않은 아이에게 성형 수술을 받게 한 우리 부모님이 완전히 미쳤다고 말했습니다. 그런 그들의 반응은 신경 쓰지 않았습니다. 수술 뒤에 비로소 진정한 제 몸을 찾은 느낌이었거든요. 삶을 앗아갔던 가슴이 드디어 제 통제 범위에 들어갔고, 저는 마침내 새로운 성인 여자의 몸에 익숙해질 수 있었습니다.

성형수술은 극단적인 방법에 속하며 모두에게 필요한 것은 아닙니다. 하지만 저는 성형수술을 한 덕분에 제 몸의 소유권을 온전히 느낄 수 있었으니까요. 적어도 제게는 할 만한 가치가 있었습니다. 수술을 한 저는 성적이 올랐고 우울증이 나아진 데다가 심지어 테니스팀에서 활동했습니다. 몸을 이용해서 즐거움을 느끼는 법, 몸을 진지하게 탐구하는 법 그리고 뇌나 성격처럼 몸을 나의 일부분으로 여기는 법을 익혔던 거지요.

이제는 몸을 제대로 인지하고 예뻐하는 방법을 찾을수록 전반적인 삶의 가치가 향상된다는 것을 압니다. 요가를 하거나 오르가슴을 느낀 날에는 훨씬 더 행복한 기분이 들었고 일의 능률도 높았습니다. 재미있는 사실을 하나 알려드릴게요. 우리가 몸과 친해진다는 것은 원하는 건 무엇이든지 될 수 있다는 것을 의미합니다.

개인적으로 저는 목표 정신을 가지고 몸을 움직임으로써 저 자신이 생각하는 것보다 제가 훨씬 더 큰 존재라는 것을 되새길 수 있었습니다. 얼굴에 팩을 붙여 피부를 관리하거나 요가에서 물구나무서기 자세를 통해 균형을 잡는 등의 사소한 일을 할 때 저 자신이 중심이 되고 즐거움까지 느껴졌거든요. 자아를 느끼고 자신을 사랑하는 순간인 거지요.

그렇다고 모두가 똑같을 거라는 생각은 금물입니다. 제가 말한 사소한 육체적 연결의 순간들이 어쩌면 여러분께는 전혀 매력적이지 않을지도 모르니까요. 크리스틴은 도시 이곳저곳을 걸을 때나 맛있는 음식을 먹을 때, 또 친구들과 함께 햇볕을 쬐며 소풍을 갈 때 자신과 자신의 몸이 연결되는 순간을 즐깁니다. 그의 남편 딘은 매일 아침 달리기를 하며 자신의 몸과 친해지죠. 그리고 딘은 크리스틴의 발을 마사지해 주며 응석을 받아줍니다. 제 남편 브래드는 수다스러운 생각을 가라앉히고 자신의 몸의 주도권을 쥐기 위해 암벽을 등반하거나 자전거를 타고 맨해튼 주변을 달리는 등 여러 재미있는 활동을 합니다.

우리의 몸과 친해지는 법을 배울 때 좋은 점은 여분의 시간과 에너지가 주어진다는 점입니다. '자기혐오self-loathing'는 어쨌거나 에너지를 쓰는 수고스러운 일이고, 자신을 미워하는 데 시간을 보내지 않을 때는 혐오 메시지를 발송하는 내면의 시스템 해체에 집중하게 되니까요. 소냐 르네 테일러의 《몸은 사과할 필요가 없다》에 이런 면이 잘 묘사되어 있습니다. 책에 따르면 인종주의, 성차별주의, 능력주의, 호모·트랜스포비아, 나이 차별주의, 비만 공포증은 자신의 몸과 평화 전선을 구축하려는 인간의 투쟁에서 비롯된 알고리즘입니다.

우리 몸과 친해질 방법들이 또 뭐가 있을지 찾아봅시다. 그리고

책대로 해 봤습니다

부정적인 생각들은 좀 미뤄둡시다.

크리스틴과 졸렌타에게,

늘씬하고 몸매 좋은 백인 여자 졸렌타가 "자신의 몸과 이제 화해하라"고 말하는 것은 정말 쉬울 거예요. 그렇지만 저를 포함한 많은 사람은 세상이 선호하지 않는 몸을 가지고 있어요. 검은 몸, 뚱뚱한 몸, 휠체어를 탄 몸처럼요. 세상은 우리에게 매일같이 "자신을 미워하라"고 말합니다. 저같이 생각하는 사람에게는 무슨 말을 해 주실 수 있나요?

JL

JL에게,

맞아요, 세상은 잔인합니다. 우리의 몸이 그 잔인한 세상의 기준에 미치지 않기 때문에 사랑받을 가치가 없다며 끊임없이 몰아세운다는 당신의 말은 틀린 것이 없습니다. 그리고 이 메시지는, 제가 저와 같은 기능을 할 수 없는 몸을 지닌 누군가를 결코 헤아리지 못한다는 결론으로 악화되거나 확대될 수도 있을 것 같아요.

제가 드릴 수 있는 말은 전 '하얗게 불태우는' 타입의 여자라는 것뿐입니다. 세상이 어떤 것을 적대시한다면 그것을 반역 행위처럼 여기면서 증오하기보다 좋게 만들 수 있도록 노력하는 편입니다. 세상에 의해 피어오르는 증오에 굴하지 않고 자신의 몸을 사랑할 만큼 용감한 반군들은 주변 사람들도 반기를 들도록 고무시킬 수 있을지 모릅니다. 머지않은 미래에 어쩌면 우리 손에도 자기 사랑을 주장하는 날것의 혁명기가 쥐어질지도 모르고요. 영혼이 빠져나간 것처럼 두서없이 늘어놓았지만 제 말뜻을 이해해 주시리라 믿습니다.

졸렌타

책대로 해 봤습니다

첫 경험에 얽매이지 않기

크리스틴

로맨스 소설, 로맨틱 코미디, 시트콤, 종교 그리고 많은 사회 시스템이 소녀들에게 '처녀성을 잃는 것은 특별한 경험'이라며 각자의 방식으로 말을 합니다. 이 메시지를 좀 더 순화한다면 '첫 순간을 되돌아볼 때 애틋하게 생각될, 그런 사랑하는 이에게만 처녀성을 허락하라'가 되겠지요. 극단적으로 말하자면 '아무도 씹은 껌을 원하지 않아. 네 처녀성은 껌이야. 네 미래의 남편은 새 껌을 씹을 자격이 있다고' 정도가 될까요?

그래서 많은 사람은 자신의 처녀성을 우상 숭배에 가까울 정도로 매우 높이 평가하며 청춘을 살아갑니다. 우리는 자신이 누구와 성관계를 할 것인지 '제대로 선택하지 못한' 소녀들에 대한 여성 혐오적 메시지를 받아들이고 가끔은 그에 동의하기도 합니다. 첫 만남이 아름답고 멋지며 신성하기까지 할 거라는 부푼 희망과 진지한 기대를 품기도 하고요.

어렸을 때 이 점을 확실히 느꼈습니다. 저는 사랑을 갈망했습니다. 남자 친구를 사귀고 싶었거든요. 꿈에 그리던 상상 속 남자 친구와 섹스를 해 보고 싶었습니다. 제 첫 경험은 물론 완벽할 거였지요. 둘 다 절정에 다다를 거였고요. 그리고 그 뒤에 둘은 서로를 떠나지 못할 것만 같았습니다. 그러다 나중에 결혼도 할지 모른다고 생각했죠. 어쨌든 나를 사랑하지 않는 평범한 남자랑 일생일대에 단 한 번뿐일 첫 경험을 하고 싶지는 않았습니다.

하지만 인생은 제 뜻대로 흘러가지 않더군요. 처음 성관계를 했던 장소는 차 안이었습니다. 상대는 상사였고요. 그때 저는 고등학교 3학년생이었습니다. 그 나이가 될 때까지 단 한 명의 남자도 제게 수작을 걸거나, 외모를 칭찬하거나, 아니면 데이트하자고 말조차 걸어오지 않았습니다. 가끔가다 드물게 남자들이 웃으면서 다가올 때는 있었지요. 저보다 더 예뻤던 제 친구를 소개해달라는 목적이었지만요.

책대로 해 봤습니다

그 당시 저는 근처 레스토랑에서 아르바이트를 하고 있었습니다. 음식도 맛있었고 일하는 것도 즐거웠어요. 무엇보다도 같이 일하는 동료들이 좋았습니다. 우리는 대부분 10대 아니면 20대였고, 그중에 몇 명만 30대였습니다. 모두 사이좋게 지냈는데, 특히 그중 한 명이 저를 포함한 동료들과 시시덕거리는 것을 즐겼습니다. 수석 웨이터였던 그는 주간 스케줄을 짜는 업무를 했습니다. 그래서 우리는 일을 하루 쉬어야 하거나 교대 시간이 필요할 때 그에게 말을 걸었지요. 그전까지 저는 남자에게 예쁘다는 말을 듣는 기분이 어떤 건지 알지 못했어요. 업무 사항을 보고해야 하는 위치의 10살이나 많고 다른 사람들과 시시덕거리기를 좋아하는 남자가, 본인이 내킬 때만 제게 말을 거는 것이 부적절해 보였지만 다 받아 주었습니다.

레스토랑에서 일한 지 몇 달이 지난 어느 날, 상사가 저를 집까지 태워 주겠다고 했습니다. 저는 걸어서 15분이면 도착하는 집에 살았지만, 그의 제안을 받아들였습니다. 우리에게 무언가 좋은 기회가 될 것 같았거든요. 그때까지 어떤 남자와도 그런 경험을 해 보지 못했기에 흥분되었습니다.

그가 시골 흙길에 차를 세우고 제게 키스하려고 몸을 굽혔을 때는 황홀하기까지 했지요. 감격스럽기도 했습니다. 그러고 나서 무슨 일이 일어나고 있는지 제가 미처 깨닫기도 전에 우리는 섹스를 하고 있었습니다. 콘돔 이야기는 나오지도 않았습니다. 로맨틱하지도 않았고요. 게다가 아팠습니다. 그리고 지금도 싫어하는 팝송 한 곡이 채 다 끝나기도 전에 우리의 섹스는 끝나 버렸습니다. 너무 혼란스러웠지요. 왜 이렇게 상황이 흘러가도록 내버려 둔 거지? 가장 피하고 싶었던 방식으로 첫 경험을 해 버린 거 아닐까?

그날 이후 저는 이 혼란스러움을 합리화시키려고 최선을 다했습니다. 상사가 두 번이나 더 만나자고 했을 때, 이 불쾌한 상황이 진짜 데이트일 거라고 자신을 다독이며 그의 데이트 신청을 받아들였습니다. 첫 경험을 떠올릴 때 '데이트'를 했으니 '우리는 분명히 사귀었다'라고 생각했던 거죠.

우리 가족은 제가 고등학교 3학년이 되던 해에 이사를 가게 되었습니다. 떠나기 전 상사에게 전화번호와 주소를 알려 주었어요. 그렇게 하면 그가 제게 전화를 걸거나 편지를 보낼 거라고 생각했거든요. 그가 그래 줬으면 좋겠다는 마음에 기도도 했습니다. 어쩌면 우리가 장거리에서 로맨스를 싹틔우지 않을까 싶었지요. 하지만 그에게서 두 번 다시 연락은 오지 않았습니다.

책대로 해 봤습니다

그 일이 있고 나서 몇 년 동안 누군가 첫 경험에 관해 물으면 애써 그 끔찍한 경험을 작게 축소해서 이야기했습니다. 그럴 만한 가치가 없는 사람과 제 특별한 경험을 공유했던 것이 수치스러웠어요. 만일 그때로 다시 돌아간다면 상황을 다르게 바꿔 보고 싶었던 간절한 마음마저도 수치스러웠습니다.

그로부터 수십 년이 지난 지금 제 생각은 이렇습니다. 어떻게 첫 경험을 했는지는 중요하지 않습니다. 기억 속에서 옛 상사를 지워 버리려고 이렇게 말하는 게 아니에요. 저는 그가 제게 했던 짓이 기본적인 인간의 존엄성을 훼손하고 많은 노동법을 위반했다고 확신합니다. 세상의 모든 다른 여자와 소녀 들을 위해 그의 고환을 자르고 싶다고까지 생각했으니까요.

제가 말하고 싶은 것은, 섹스라는 하나의 행동이 저를 규정하지 않는다는 거예요. 그것은 저를 망가뜨리지 않았습니다. 미래에 제가 할 모든 섹스의 기본 틀이 되지 못했다는 겁니다. 첫 경험의 악몽 때문에 미래에 저랑 관계를 가질 남자들이 싫어진 것도 아니에요. 두고두고 돌이켜볼 기억으로 각인되지도 않았고요. 시골 흙길에서 상사의 세단을 타고 있었던 고작 3분 때문에, 혹은 살면서 겪은 다른 성적 행동 때문에 제가 지닌 아름다움이 훼손되거나 더해

진다고 생각하지 않습니다.

그때 이런 사실을 깨달았다면 참 좋았을 것 같아요. 하지만 그때의 저는 이해의 폭이 좁았던 걸 테지요. 그 일 하나가 무척이나 크게 느껴졌거든요. 그리고 세상은 그때까지도 처녀성을 잃는 것이 젊은 시절에 하는, 가장 기념할 만한 실수라고 떠들어댔으니까요.

슬프지만 지금도 그런 의미를 담은 메시지가 많이 존재합니다. 레이첼 홀리스의 《나를 바꾸는 인생의 마법》과 같은 베스트셀러들은 소녀가 처녀성을 잃을 때 옳고 그른 방법이 존재한다는 점을 분명히 하고 있습니다. 특히 홀리스는, '착한 기독교 소녀들'은 남편과 혼인 서약을 주고받은 뒤에야 성관계를 맺으며, 결혼하기 전에 남편과 성관계를 한 경우 그 사실에 죄의식을 느낀다고 지적합니다. 하지만 처음이자 유일하게 사귄 남자와 결혼까지 한 그 여자가 결혼하기 전에 처녀성을 잃은 것 때문에 죄책감에 시달린다면, 포악한 누군가에게 처녀성을 빼앗긴 사람은 어떻게 되는 걸까 하는 의문이 들었습니다. 그의 지적대로라면 십자가와 함께 평생토록 수치심을 느끼려나요.

그런데 꼭 이렇게 될 필요는 없습니다. 첫 경험과 섹스는 해서 없어지는 것이 아니니까요. 씹고 버리는 껌 같은 것도 아니고요. 처음 할 때 끔찍했거나 잊어버리고 싶은 상대와 했다고 해서 여러분이 그 상대처럼 끔찍하거나 잊어버리고 싶은 존재가 되는 건 아니니까요. 그리고 이 말은 하고 지나가야겠습니다. 보통 첫 경험은 그 누구와 하든 간에 별로 안 좋은 편입니다. 불편하거나 어색하고, 흔히들 말하는 오르가슴의 향연도 그리 흔한 일이 아니에요. 상대방의 몸을 파악하고, 그와 어떻게 할 때 내 기분이 좋은지 알게 되기까지 시간이 걸리거든요. 그가 생애 첫 상대든 이번 주의 첫 상대든 간에 말이죠.

졸렌타와 제가 읽은 자기 계발서 중에 유일하게 언급하기 귀찮았던 책이 있습니다. 스태시 슈로더가 쓴 《넥스트 레벨 베이직》이란 책인데요. 졸란타는 이 책을 좋아했지만, 저는 그렇게 좋은 책은 아니라고 생각합니다. 이 책은 독자가 금발의 백인이며 부자라고 가정하는 동시에, 그런 금발 백인 부자의 문제를 비슷하게 가지고 있다고 생각하거든요. 반면 몇 가지는 제대로 이해하고 있습니다. 그중 하나가 바로 첫 경험이 과대평가된다는 점입니다. 슈로더는 자신의 첫 경험에 대해 솔직하게 말합니다. 자신의 몸을 어떻게 다뤄야 할지 몰랐던 것부터 전에 만났거나 현재 만나고 있거나 또 나중에 만나게 될 남자들에게 어떤 말을 해야 할지 모르겠다는 것까지요. 그다음은 자신이 꺼낸 모든 주제를 최선을 다해 해명합니다.

왜 더 많은 책이 이런 말을 해 주지 않는 걸까요? 왜 소녀들(그리고 소년들)에게 섹스가 물론 황홀한 경험일 수 있지만, 그렇지 않을 때도 분명 있다는 점을 알려 주지 않는지 모르겠어요.

어딘가에 첫걸음을 내딛거나 처음 글을 쓰거나 처음 요리하는 등 어떤 일을 처음 할 때 느껴지는 은혜로움을 우리의 첫 경험에도 허락하는 것이 어떨까요? 보통 첫걸음을 내디디면 비틀대다 넘어지기 마련입니다. 처음 쓰는 글은 그냥 낙서고요. 처음 만든 요리는 또 어떤가요. 다 괜찮습니다. 정상이에요. 처음으로 새로운 무언가를 시도한다고 우리가 망가지진 않으니까요. 섹스도 마찬가지입니다.

맞아요, 제 첫 경험은 형편없었습니다. 그렇다고 그 섹스로 제가 망가지지는 않았습니다. 그것이 저를 정의하거나 규정지은 것도 아니고요. 졸렌타도 자신이 처녀성을 잃은 것 때문에 망가지지 않았다는 점을 확실히 말해 주었습니다.

덧붙이자면 처녀성에 대한 전체적인 정의가 적어도 문화적으로 볼 때 어떤 것이 옳은지 우열을 가리기 힘들다는 점을 주목해야 합

책대로 해 봤습니다

니다. 예를 들어 성(性)과 관계없는 행위를 하다가 처녀막이 훼손되거나 선천적으로 부분적인 처녀막을 지니고 태어났다면 어떨까요. 그들은 더 이상 처녀가 아닌 걸까요? 만약 어떤 사람들이 하는 섹스가 비삽입적인 행위거나 그 삽입이 질이 아닌 항문을 통해 이루어졌다면 그들은 여전히 처녀성을 간직한 거라고 볼 수 있을까요? 처녀성이 오직 음경과 질에 관련된 것이라면 동성연애를 하는 사람들은 처녀성의 범위에서 보았을 때 어디에 속할까요? 처녀성에 대해 내려지는 모든 모호한 정의가, 우리가 처녀성에 덜 집착해야 한다고 믿는 저의 또 다른 이유이기도 합니다. 참고로 제가 주장하는 다른 이유는 동의, 쾌락, 자율성입니다.

크리스틴과 졸렌타에게,

만약 제가 처녀성을 잃은 방식이 트라우마로 남았다면요? 그냥 괜찮다고 말씀하실 건가요?

CG

CG에게,

아니요! 절대요! 전혀 그렇지 않습니다. 저는 제가 겪은 첫 '시도'가 트라우마가 되었고, 16년이 지난 지금도 그와 관련된 문제들을 해결하기 위해 노력하고 있는걸요. 전 절대 그 일과 관련해서 괜찮지 않습니다. 성폭행과 정신적 충격을 받은 경험은 절대 괜찮을 수가 없지요.

저는 제가 겪은 트라우마가 저와 저의 성감을 결정짓거나 좌우하지 않도록 노력하고 있어요. 그리고 이것이 바로 저희가 여기서 이야기하고자 하는 겁니다. 우리에게 일어나는 충격적인 일들은 끔찍하고 억울하지만, 만약 당신이 저와 비슷하다면 '난 그럴 만해'라는 생각에 갇힐지도 모릅니다. 그렇게 되면 그 생각이, 당신이 하는 모든 행동과 당신이 한 명의 사람으로서 자신을 어떻게 생각하는지를 정의하기 시작하거든요. 저는 제가 가진 성적 트라우마로 저 자신을 규정짓지 않는 것에서 커다란 해방감을 느꼈습니다.

당신이 처녀성 때문에 트라우마를 겪은 것은 참 유감스럽습니다. 누구도 '당연히 그렇게 되어도 되는 사람'은 없습니다. 당신이 그것을 어떻게 생각하고 느껴야 하는지에 대해서는 절대 아무것도 이야기하지 않을 겁니다. 하지만 그 일 때문에 자신을 다그치지 마세요. 만약 저희 때문에 그래야 할 것 같다고 느꼈다면 사과할게요. 정말 미안해요.

졸렌타

책대로 해 봤습니다

미래를 꿈꾸며 살기

크리스틴

29살의 저는 믿기 힘들 정도로 행복한 날들을 보내고 있었습니다. 멋진 친구와 좋은 아파트, 여태껏 사귄 남자 중에 가장 괜찮았던 남자 친구가 있었거든요. 저는 남들에게 비치는 제 모습과 스스로 일구어낸 삶 그리고 제가 사는 도시를 사랑했지요.

하지만 30번째 생일이 다가올 무렵, 인생에 닥칠 최악의 경우에 대비해야겠다는 생각이 들었습니다. 30번째 생일을 맞이한 제 친구들은 엄청난 슬픔을 겪거나, 아니면 살면서 이 나이쯤 되면 이 정도 위치에는 있을 거란 기대가 보기 좋게 어긋났음을 깨달았지요. 젊음을 허비해 버렸다고 느끼기도 하고요. '30살이 되는 생일날 아

침에 나도 그런 기분이 들면 어쩌지? 난 그러고 싶지 않은데.'

그런 마음에서 '30살 생일맞이 응급 키트'를 만들게 되었습니다. 그 키트는 딱 한 가지로 구성되어 있었습니다. 바로 리스트였지요. 그 긴 리스트는 온전히 제가 해낸 인생의 성과들로 가득 차 있었습니다. 대학 등록금 스스로 마련하며 다니기, 대학원 입학하기, 적당한 비상금 모으기 등을 적어 놓았지요. 또 제가 살았던 곳과 여행했던 장소, 거쳐 왔던 모든 직업도 포함되었습니다. 친구들과의 넓고 깊은 인간관계를 통해 느꼈던 기쁨이나 가족 구성원들과 맺었던 친밀한 관계, 수년간 정신적·신체적 건강을 위해 노력했던 것들처럼 추상적인 항목도 적어 넣었고요.

리스트를 정리한 뒤 자랑스럽게 친구 린다를 만나 리스트에 대해 말했지요. 린다가 잘했다며 등을 토닥이고 술을 사 주겠다고 말하는 모습을 기대하면서요. 그런데 제 노력에 손뼉을 쳐주기는커녕 의아하다는 듯 저를 쳐다보며 말했습니다.

"크리스틴, 네 리스트는 별 감흥이 없어."

별 감흥이 없다고? 어떻게 별 감흥이 없을 수 있지? 이렇게 독창적인 리스트를 보고? 차라리 그날 혼자서 양말을 신었다고 말할 걸 하고 후회도 되더군요. 그런데 지루한 듯 내뱉은 그 말에 이어 린다

책대로 해 봤습니다

는 절대 잊지 못할 조언을 해 주었습니다.

"네 리스트 꽤 괜찮긴 해. 좋아. 그런데 뒤를 돌아보는 것보다 미래를 꿈꾸는 게 어떨까? 30살이 된 뒤에 앞으로 어떤 놀라운 일들을 해갈 건지 적는 거야. 그걸 적은 리스트가 좀 전에 말한 그것보다 훨씬 더 알찰 것 같아."

그 말을 듣고 처음 든 생각은 이랬습니다. '우와, 린다 진짜 똑똑하다.' 그다음엔 그가 말한 리스트를 작성하는 일이 정말 재미있을 것 같다는 생각이 들었지요. 제 30살 생일맞이 응급 키트에 진짜 필요했던 것은 지난 인생에 대한 자부심, 그 이상이었던 겁니다.

저는 앞으로 가고 싶은 장소나 이뤄야 할 재정적 목표, 꼭 먹어 보고 싶은 음식 그리고 읽어야 할 책들을 나열해 보았습니다(그 책들 중에 자기 계발과 관련된 책은 한 권도 없었어요). 태국 시장을 돌아다니는 제 모습을 떠올렸습니다. 감히 상상조차 하지 않았던 모습도 꿈꿨지요. 예를 들면 열정적으로 일하는 모습 같은 거요.

리스트를 만드는 일은 단지 꿈을 꾸는 행위에 그치지 않고, 더 많은 것을 제 삶으로 끌어들이기 위함이었습니다. 연구하는 것을 좋아하는 저는 고전 영화에서부터 역사적으로 의미 깊은 유적지, 새들을 관찰하는 것이나 정원 가꾸기에 이르기까지 제 흥미를 자극하는 모든 것을 더 심도 있게 파헤치기 위한 수단으로도 리스트를 활용하기로 했습니다. 모든 배움의 행위는 제 뇌를 행복하게 하거든요.

미래를 꿈꾸는 리스트는 '색다른 참신함'의 중요성을 일깨워 주었습니다. 우리는 주어진 대로 판에 박힌 일상을 살아갑니다. 그 생활에서 편안함은 느낄 수 있지요. 하지만 그 판에 박힌 시간은 성장이나 도전을 막고, 놀라운 일을 경험할 기회마저 빼앗을지 모릅니다. 예기치 못한 일이 얼마나 멋진데요! 리스트를 만들면서 느꼈습니다. 제 리스트의 거의 모든 항목이 상상도 못한 놀라움과 새로움으로 이루어져 있다는 사실을요.

게다가 제게 리스트는 많은 기대감도 안겨 주었습니다. 저는 매해 여름이 되면 수업이 끝나는 날을 기다리고 가을에 언제 다시 수업이 시작되는지 세어 보는 아이처럼 기대에 부풀어 있었습니다. 할로윈이 지나면 크리스마스가 얼마나 남았는지 세어 보면서 휴일에 대한 기대감을 극대화했는걸요.

린다가 말한 미래를 꿈꾸는 리스트에서 가장 중요한 것은 아마 희망과 낙관주의에 초점을 맞췄다는 점일 거예요. 미래를 꿈꾸는 리스트를 작성함으로써 우리는 "그래, 우리에게는 미래가 찾아와"라고 말할 수 있습니다. "앞으로 좋은 일이 생길 거야"라고도 말하

책대로 해 봤습니다

고요. 그리고 선언하는 거죠. "그때까지 살아야 할 이유가 많네. 기대된다."

사실 저희가 읽었던 책들 중 몇몇은 이런 리스트를 저자 자신들만의 버전으로 소개하고 있었습니다. 그것들은 첫째, 굉장히 추상적이고, 둘째, 실천하기 어렵다는 특징이 있지만요.

추상적인 면에서 살펴보면 론다 번이 쓴 《시크릿》 같은 책들은 명품에서 환상적인 휴가에 이르기까지 꿈꾸는 모든 것에 대한 '비전 보드vision board'를 만들라고 권합니다. 하지만 내용이 추가되거나 반대로 제외되는 리스트는 제공하지 않습니다. 게다가 앞에서 언급한 '생각대로 된다' 법칙에 얽매여 있고요. 다시 말하자면 이런 비전 보드들은 우리가 직접 꿈을 실현하는 행위보다 꿈을 이루어주는 우주에 더 의존하고 있는 셈이지요. 그 속에서 어떻게 즐거움과 도전 의식을 찾아볼 수 있겠어요.

팀 페리스가 쓴 《나는 4시간만 일한다》는 실천하기 어려운 리스트들의 매우 명확한 사례를 제공합니다. 그의 리스트에는 홀스백 아처리* 마스터하기, 아시아 영화 출연하기, 세계적인 무술가

---

* 말 위에서 타깃 양궁을 하는 스포츠.

되기, 지구상의 가장 외딴곳에서 살아보기 등이 포함되어 있습니다. 또 퇴직이나 은퇴할 때까지 꿈을 미루면 안 된다고도 주장했습니다. 평범한 일상 속에서 이 꿈들을 조금씩 실현해 가야 한다는 거죠. 그러나 대부분은 불가능합니다. 많은 사람이 과도한 업무에 시달리고 있고 그에 비해 휴가는 턱없이 부족하니까요. 쓸 수 있는 자본도 제한되어 있고요. 명마를 타고 홀스백 아처리를 하기 위해 몇 달 동안 일을 쉴 수 있는 사람은 그리 많지 않습니다.

제 친구 린다가 해 준 조언의 좋은 점은 간단하고 분명하며, 실용적이고 개인적이라는 겁니다. 페리스가 제안한 것들을 할 능력이 있는 사람이든, 제가 제시한 것들을 할 수 있는 사람이든 그 누구든 가능하다는 거지요. 30살이 되는 사람도 가능하고 14살, 80살이 되는 사람도 할 수 있습니다. 삶에서 좋은 시기를 지나고 있든 나쁜 시기를 지나고 있든, 힘든 직업을 가지고 있든 만족스러운 일을 하고 있든 간에 우리는 모두 꿈을 꿀 수 있고 리스트를 만들 수 있습니다.

기대되는 일들을 리스트로 만드는 행위는 다른 사람과도 함께 할 수 있어요. 마음이 맞는 사람들끼리 떠나는 여행이나 로맨틱하게 보내는 주말을 꿈꾸고 계획하고, 또 그런 이야기를 나누는 것만으로도 친구, 연인과 몇 시간 동안이나 같이 즐거워할 수 있습니다. 서로를 사랑하는 사람들에게 꿈을 공유하는 언어를 제공해 주는 거죠. 그들에게 리스트는 노력뿐 아니라 즐거움으로도 이루어져 있다는 것을 알려 줍니다. 졸렌타와 저도, 처음에 마구잡이로 떠올린 아이디어와 기대했던 것들을 기록으로 옮기지 않았다면 팟캐스트를 시작하지도, 함께 이 책을 쓰지도 않았을 거예요.

마지막으로 한 가지 더 말씀드릴게요. 미래를 꿈꾸는 리스트에 적은 것을 다 해도, 그중 몇 개만 해도 상관없습니다. 중요한 것은 미래를 꿈꾸는 일을 게을리하지 않는 것, 과거에 무슨 일을 했든 그와 상관없이 우리의 내일에는 신나는 일이 잔뜩 기다린다는 점을 잊지 않는 거예요.

약물 치료를 두려워하지 않기

졸렌타

전화를 걸려고 애쓰는 꿈을 꾼 적 있으신가요? 아무리 집중해도 제대로 번호를 누를 수 없는데 계속해서 전화를 걸어야만 하는 꿈 말입니다. 혹시 꾼 적이 없다고 해도 그런 꿈을 꿀 때 얼마나 좌절 감이 느껴지는지 이해하실 거예요. 그때의 기분, 흐릿한 정신 상태, 아무리 노력해도 제대로 움직일 수 없었던 그 무력함을 저는 오랫 동안 기억에서 지우지 못한 채 살았습니다.

처음 이 흐릿함 때문에 곤란스러웠던 건 유치원생 때였어요. 학 기가 시작된 지 얼마 되지 않았을 무렵, 친구와 모래 놀이터에서 놀 고 있었습니다. 모래밭에 말 그림을 그리면서 서로 타고 싶은 말에

책대로 해 봤습니다

관해 이야기하며 즐거운 시간을 보내고 있었지요. 한창 정신없이 놀고 있는데, 숨을 헐떡이며 달려온 가사 도우미 아주머니가 빨갛게 달아오른 얼굴로 소리 질렀습니다. "너희들 대체 어디서 뭘 하고 있었던 거니!" 그제야 정신이 들었습니다. 우리는 시간 가는 줄 모르고 놀고 있었던 거예요. 수업 시작을 알리는 종소리도 듣지 못한 채 수업을 빼먹었던 거였죠. 그렇게 집에 갈 시간이 될 때까지 놀이터에 있었습니다.

그 후로도 이런 일들이 계속 일어났습니다. 3학년이 되자 물병이나 마커를 책상 위에 올려 두지 않도록 주의를 받았습니다. 공부는 하지 않고 휴지에 물방울무늬를 복잡하게 그려서 염색한 천처럼 만드는 일에만 몰두했거든요. 고등학교 1학년 때는 안개라도 낀 듯 또렷하지 않은 마음 상태가 지속되어 수업에 집중하기가 힘들었습니다. 집중하는 데 도움이 될까 싶어서 안경도 써 봤지요.

대학생이 되어서는 미친 듯 파티를 즐기는 게 아니면 반에서 제일 혹독하게 공부를 했습니다. 중간이 없었어요. 새벽까지 잠을 자지 않고 글을 쓰거나, 춤을 추고 여러 약을 복용했습니다. 첫 직장에 들어갔을 때는 매일 아침 울면서 출근 준비를 했습니다. 흐릿한 정신 때문인지 사무적인 일이 너무 단조롭게 느껴졌고, 그런 일을 하는 자신이 비참했거든요. 영혼이 어딘가로 빨려 나가는 느낌을 받는 사람은 저 혼자인 것 같았습니다. 인생의 실패자처럼 느껴졌지요. 저를 제외한 다른 사람들은 모두 잘 지내는 것처럼 보였습니다.

2년 전 브래드는 우리 부부를 담당하는 치료사에게 직장에서 바로 저런 느낌을 받는다고 이야기했습니다. 지금이 바로 브래드와 제가 스스로 답답할 정도로 집중하지 못하는 문제에 있어 매우 비슷하다는 걸 알려드릴 타이밍인 것 같네요. 브래드의 말을 들은 치료사는 그의 증상이 주의력결핍 과잉행동장애와 매우 흡사하다고 말했습니다.

치료사의 말을 듣고 저는 속으로 웃으며 생각했습니다. '만일 브래드가 진짜 주의력결핍 과잉행동장애를 앓고 있는 거라면 나도 그럴 가능성이 크겠는걸.' 제 마음은 그의 마음보다 더 산만했거든요. 브래드는 저와 달리 집중할 때는 하는 사람이었습니다.

호기심이 생긴 저는 보험 처리를 약속한 정신과 의사와 진료 예약을 잡았습니다. 그는 1시간 넘게 제 삶과 해 온 노력들 그리고 치료법에 관해 이야기했습니다. 저는 몇 가지 테스트도 받았지요. 테스트 결과가 나오자 의사는 제가 품었던 의혹을 마침내 확인시켜

주었습니다. 몽롱하고 통제가 어려웠던 저의 뇌가 바로 주의력결
핍 과잉행동장애를 앓고 있다는 것을요.

　저는 31살에 주의력결핍 과잉행동장애 약을 먹기 시작했습니
다. 약 효과는 놀라웠지요. 머릿속 생각은 분명해졌고 통제하기도
쉬웠습니다. 마치 히어로들이 먹는 슈퍼 포션이라도 먹은 것처럼
초인이 된 것 같았어요.
　어떤 약물을 얼마나 복용해야 가장 효과가 좋은지 알게 된 뒤
몇 달이 흘렀습니다. 저는 담당 정신과 의사에게 비밀 하나를 털어
놓았습니다. "머릿속 생각들이 너무 또렷해요. 이래도 괜찮은 걸까
요? 이상하게 느껴져요." 저는 당황한 말투로 말했습니다.
　의사와 눈을 마주치는 것이 두려워서 창밖에 비치는 맨해튼의
풍경과 하늘의 경계에 시선을 두었습니다. 제가 약을 잘못 먹고 있
다고 말해 주길 기다렸지요. 저처럼 머리가 지나치게 맑은 사람은
없을 것 같았거든요.

　그때 의사의 입에서 기대와는 다른 말이 흘러나왔습니다.
　"이상한 게 아니에요. 이제야 겨우 다른 사람들하고 비슷해진
건데요."

놀라웠습니다. 예상한 반응이 아니었거든요. 계속 말이 이어지기에 고개를 돌려 그를 쳐다보았습니다. 그의 얼굴은 웃고 있었지만, 목소리는 자못 심각했습니다.

"심장 기능을 향상시키기 위해 심장약을 복용하는 사람이 이상하다고 말하는 건가요?" 그가 물었습니다.

"물론 아니죠." 제가 대답했습니다.

"그거 봐요. 숨쉬기가 어려워서 흡입기를 한번 사용한 사람을 천식 환자로 부를 건가요?"

"아뇨, 왜 그러겠어요."

"신경전달물질이 제 기능을 못 해서 매일 약을 먹는 사람이 이상하다고는 하지 않잖아요. 그런 거랑 똑같은 겁니다."

뒤통수를 한번 맞은 것 같았습니다. 그 말이 맞았어요. 저는 이상한 사람이 아니었습니다. 그저 뇌가 도파민을 충분히 만들어내지 못하거나, 아니면 도파민 수용기가 너무 적은 것뿐이었지요. 이런 결핍 현상을 치료하고 기능을 정상적으로 되돌리기 위해 약을 먹고 있는 거였어요.

의사와 나눈 대화는 제가 상황을 받아들이는 방식을 완전히 바꾸어 주었습니다. '난 이상한 게 아니야. 내 몸 건강에 신경을 쓰고 있는 것뿐이지.' 맞아요. 그냥 몸이 원래대로 기능할 수 있게 노력하고 있을 뿐입니다. 약을 먹으면 몸이 약해지기도 해요. 뇌라는 신체 부위를 치료하는 것이 심장이나 간, 아니면 발기부전이 있는 페니스를 치료하는 것보다 왠지 더 금기시되는 것 같은 세간의 경직된 인식도 여러분이 아셨으면 좋겠습니다.

크리스틴과 제가 읽은 대부분의 책에는 우울증 치료제나 흥분제 같은 약물이 언급되어 있지 않습니다. 책에서 읽은 '약'은, 앞에서 제가 말한 약 따위는 전혀 필요하지 않을 정도로 '너무 건강할 때' 복용하는 약이었습니다. 플로렌스 윌리엄스가 쓴 《자연이 마음을 살린다》도 그런 언급을 한 책 중 하나였습니다. 학교 밖에서 남학생들이 주의력결핍 과잉행동장애를 치유하고 있는 모습을 그린 부분을 읽으면서 놀랐습니다. 숲속을 돌아다니고 바다 냄새를 맡으며 진행하는 치료의 장점을 다루고 있었거든요. 해당 장에서 묘사한 어느 소년의 이야기에는 저 자신의 모습을 투영시키며 읽을 수밖에 없었습니다. 윌리엄스는 아이들에게 복용시키고 있는 끔찍한 조합의 약을 대체할 좋은 치료 방법을 찾아내는 과정을 그리고 있습니다. 이런 내용이 옳지 않다고 말하려는 것이 아닙니다. 그렇다고 또 무슨 심각한 요인 때문에 그 사람이 그렇게 행동하는지 자세히 알아보지도 않고 무턱대고 약봉지를 던져 주는 것이 괜찮다는 것도 아니고요.

하지만 한 사람의 여성으로서, 또 주의력결핍 과잉행동장애와 뇌 화학에 관해 최근까지도 연구가 되지 않은 성별로 태어난 사람으로서 진단을 받아 확인한 것을 행운이라고 생각합니다. 내게 대체 무슨 문제가 있는지 궁금해하며 32년의 세월을 보낸 지금, 내 느린 신경전달물질들이 제 속도를 낼 수 있도록 도와줄 약을 구입할 여유가 있고, 또 복용할 수 있다는 사실이 행운으로 느껴지기도 하고요.

《자연이 마음을 살린다》에서, 저 졸렌타는 진단마저 30년이 넘게 걸린 '그것'을 치료하는 사람들을 다룬 부분에 흥미가 생기지 않았습니다. 주의력결핍 과잉행동장애는 과잉 진단되고 의학 처방은 과하게 이루어진다는 것이 그 책에서 말하는 일반적인 생각입니다. 그러나 이는 주로 백인 소년을 대상으로 한 연구 데이터에 기반을 두고 있습니다. 역사적으로 그 장애는 '남자'의 고통으로 여겨져 왔다는 거지요. 주의력결핍 과잉행동장애라는 말을 들은 사람이라면 흔히 2학년 어느 반에서 한 소년이 벽을 미친 듯 두드리며 같은 반 아이들을 괴롭히는 광경을 떠올립니다. 하지만 일단 의학계가 여자와 소녀 들을 연구하기 시작하면서 그들은 그들의 진단 기준

책대로 해 봤습니다

이 대부분의 여자와 소녀 들에 해당하지 않는다는 점을 깨달았습니다.

여자의 주의력결핍 과잉행동장애를 연구하기 시작한 연구진과 의사 들은 남녀의 장애가 완전히 다른 방식으로 나타난다는 것을 알게 된 거지요. 어린 소녀들은 자신이 일으키는 문제 때문에 다른 사람이 곤란해하지 않도록 사회화되는 것이 일반적이어서 소란을 피우는 대신 조용해졌습니다. 그래서 그들을 돌보는 사람들에게는 주의를 주기 위해 항상 뛰어다니거나 말을 멈추지 못하는 상황이 일어나지 않았던 거지요. 소녀들은 정신을 놓은 공상가라는 꼬리표를 달고, 엉뚱한 생각을 하거나 자신이 가진 잠재력을 발휘하지 못한다며 끊임없이 혼나야 했습니다.

사춘기가 되면 소년들의 몸에서 폭발적으로 증가하는 테스토스테론이 주의력결핍 과잉행동장애 증상을 완화하는 경우가 많다고 합니다. 그래서 아이들의 증상을 설명할 때 '때가 되면 나아진다'는 말이 종종 사용되기도 했습니다. 그런데 한 가지 재미있는 사실이 있습니다. 바로 에스트로겐이죠. 사춘기를 맞이한 여자의 몸에 큰 영향을 미치는 이 화학물질은 주의력결핍 과잉행동장애 증상을 악화시킨다고 합니다. 현재 어린이는 12살 이전에 증상이 나타나야 진단을 받습니다. 그래서 주의력결핍 과잉행동장애 진단을 받지 않은 소녀들이 10대 중반이 되어 갑자기 학교에서 힘든 시간을 보내기 시작할 때, 그 장애를 앓기에는 나이가 너무 많은 것 같다는 인식을 가지게 되는 거지요. 저의 경우에는 14살이 된 무렵부터 이 증상이 제 삶과 학교생활을 방해했습니다.

더 소란스럽고 파괴적인 행동을 보이는 소년들처럼 주변 사람의 도움을 받거나 진단을 받고 약물치료를 시작하는 대신, 소녀들은 자신들이 보내온 어린 시절 전체를 제대로 살펴보지도 않고 남은 평생 '부진아'와 같은 딱지를 붙이게 되는 겁니다. 그리고 심지어 성 정체성이 어느 한쪽에 속하지 않는 사람들은 연구 대상에 속하지도 않습니다. 의학계는 중성이나 제3의 성, 젠더퀴어나 성전환자들로 구분되는 사람들에게 손길을 뻗지도 않는 것 같더군요.

의학계에서 연구하지 않거나 우선순위로 여겨지지 않는 집단이 이렇게나 많은데, 약물치료의 혜택이 차이가 난다는 생각에 마음이 편하지 않습니다. 모든 사람과 그들의 몸이 평등과 이해, 인정으로 치료받을 수 있는 시기가 오지도 않았는데, 어떻게 자기 계발서 저자가 항우울제나 흥분제 같은 약물 복용이 뇌에 미치는 영향에 대해 대담하게 자신의 주장을 펼칠 수 있겠어요. 그런 자신감을 가지기는 어렵습니다. 과학이, 백인이 아닌 사람들의 뇌를 살펴보고 연구를 시작한다면 저는 그 주제에 관한 일반적 조언을 지금보다 훨씬 더 많이 읽을 겁니다.

의학계에서는 저처럼 성인이 될 때까지 진단을 받지 못한 여자들을 일컬어 주의력결핍 과잉행동장애의 '잃어버린 세대'라고 부릅니다. 그들의 잠재력은 억압되었으며, 신경학적 구조는 통제되지 않는 대상으로 여겨지는 대신 타고난 단점으로 여겨졌습니다. 저 같은 사람들이 어디로 가야 할지 방황했던 건 주변의 의료 체계와 교육 구조가 원인입니다. 우리가 다른 사람보다 저조한 성과를 보이는 이유를 찾는 것보다 단순히 바보 같고 남들보다 부족하다고 생각하는 편이 더 간편하다는 걸 사회와 의학계가 알아차렸기 때문이지요.

그리고 어찌 된 일인지 그들은 소년들의 뇌에서 세상이 중요하게 생각하는 모든 가치를 발견해 냈습니다. 그 소년들이 만약 학교에서 힘겨운 시간을 보내고 있다면 그러는 이유에는 분명 의학적으로 잘못된 무언가가 있다는 거지요. 왜냐하면 그 소년들은 모두 기본적으로 우월하고 능력이 우수한 천재들이니까요. 그렇지 않나요? 죄송하지만, 이런 의견은 사양하겠습니다.

저는 제 진단명을 발견하기까지 무수한 방황의 시기를 보내야 했고, 지금에 이르기까지 꽤 많은 시간을 소비했습니다. 몇 분 간격으로 하던 일을 다시 시작하고 또 그것을 유지하기 위해 갖은 애를 쓰지 않아도 끝까지 순조롭게 진행될 수 있다는 것이 얼마나 놀라운 건지 이제 막 알게 되었고요. 다른 사람들은 자신이 집중하고 싶은 대로 집중하며 걸을 수 있는 줄도 몰랐습니다. '나무 그늘에 오래 앉아 있으면 지금 당면한 문제가 해결된다'라고 말하는 책을 즐겁게 읽을 수도 없었습니다.

솔직히 말하면 주의력결핍 과잉행동장애 약을 복용하고 나서 저는 전보다 주변의 자연을 훨씬 더 잘 즐길 수 있었습니다. 새 약을 복용하고 거리를 걸을 때면 주위의 모든 풍경이 더 선명히 다가왔지요. 나무에 피어난 잎은 더 푸르고 꽃은 더 생생해 보였습니다. 호박벌은 더 귀여워 보였고 솜털도 한껏 보송해 보였어요. 그렇기에 자연 속에서 지내는 것의 장점을 다룬 책의 저자가 주의력결핍 과잉행동장애 의학을 반대한다는 점이 유감스럽게 느껴졌습니다. 그리고 이런 입장을 밝히기 위해 백인 소년에 대한 이야기를 인용하는 것도요.

뇌 화학처럼 통제를 벗어난 것으로 여러분을 당황하게 하는 책이 있다면 그 책이 어떤 책이든 별 도움이 되지 않을 겁니다. 제 생

책대로 해 봤습니다

각엔 그래요. 건설적인 조언을 해 주는 책이나, 약이나 치료 같은 개별적인 면에 일반적인 주장을 펼치지 않는 책이 하는 조언을 받아들일 겁니다.

그래서 저는 주의력결핍 과잉행동장애 약물 복용을 중단할지 말지를 고민하고 그것 때문에 불안해하며 초조해하는 시간에, 나 자신과 나의 뇌 그리고 믿음직하고 훌륭한 내 몸의 소유자가 되기 위한 인생을 살아나갈 겁니다. 여러분도 저처럼 이렇게 하셨으면 좋겠어요. 애지중지 자신을 돌보는 이상한 사람이라고 스스로를 생각하는 것보다 훨씬 더 재미있고 생산적인 일이니까요.

치료사의 도움 활용하기

졸렌타

살면서 가장 경이롭게 느껴지는 사람 중 몇몇이 바로, 제가 돈을
내고 대화하는 사람들입니다. 치료사나 정신과 의사, 아니면 다른
정신 건강 관련 전문가들 말이에요.

세상 모든 자기 계발서는 저런 치료들처럼 개인적인 성장 과정
과 제 과거가 현재에 어떤 영향을 미쳤는지 이해하는 측면에서 제
게 아무런 도움도 주지 못했으니까요. 책 속의 조언이 아무리 훌륭
한들, 그를 제 전후 사정과 관련짓고 실천하도록 돕는 숙련된 전문
가가 없다면 아무 소용이 없을 겁니다.

사실 저는 지금 정말 힘든 시간을 겪고 있습니다. 만약 치료를 받지 않았다면 이 책을 쓰는 것은 고사하고 오늘 아침 침대에서 일어나지도 못했을 거예요.

1년 전쯤 우리 가족은 뿔뿔이 흩어졌습니다. 투자에 실패한 창업자에게 수백만 달러를 몰래 건넨 아빠 때문에 부모님이 이혼하셨거든요. 그 돈은 근본적으로 엄마한테서 훔친 돈이었습니다. 힘들게 모아온 저축 절반을 엄마 몰래 낯선 사람에게 건넨 거지요.

부모님이 이혼하고 몇 달 뒤, 저는 아빠와 연락을 끊었습니다. 일요일마다 딸과 통화하고 싶어 했던 아빠는 실망스러워했지요. 그런데 정작 통화를 하기 시작하면 그는 말이 없었습니다. 아빠는 사귀는 사람이 있는데 제게 말하고 싶지 않아서 그런 것 같았어요.

어른들도 데이트할 수 있다는 거 알아요. 아빠가 싱글처럼 다시 누군가를 만나는 일도 나쁘지 않다고 생각해요. 제게 모든 걸 말하면 하고 싶은 일은 뭐든지 해도 좋다는 말도 했으니까요. 그냥 아빠가 제게 숨기지 않았으면 했습니다. 어쨌든 그런 이중적인 면도 있었기에 저는 아빠를 별로 신뢰하지 않았습니다. 연락할 때마다 사귀는 사람이 있는지 몇 번이고 물어봤지요. 하지만 그는 제게 비밀로 했습니다.

나중에 알고 보니 엄마가 따로 집을 얻은 몇 주 뒤에, 아빠는 10대딸이 있는 여자와 진지하게 만나기 시작했던 거예요. 제가 이 사실을 알았을 때는 거의 반년 가까이 그 여자와 교제가 이어진 상황이었습니다. 만약 엄마가 이 사실을 우연히 알지 못했다면 저는 아직도 아빠가 제게 전화를 하지 않는 시간에 저와 엄마의 자리를 차지한 여자와 그 딸에게 남은 시간과 돈을 쓰고 있었다는 것을 몰랐겠지요.

마음이 무너지는 것 같았습니다. 저는 외동딸입니다. 제 친구들이 유별난 가족이라고 농담을 할 정도로 우리 가족은 관계가 친밀했습니다. 그랬던 셋의 관계가 무너진 데다가, 얼마 되지도 않아 새로운 가족에게 아빠를 완전히 빼앗긴 거지요. 믿기 힘들 정도로 버림받은 기분이 들었습니다. 저는 배신감이 너무 커서 요즘 아빠와 연락을 하지 않고 있습니다. 제 삶에서 아빠라는 존재를 아예 지워 버릴까도 생각 중이에요.

왜 이런 이야기를 하냐고요? 제가 분노에 차 있어서 머릿속이 온통 이 생각뿐이기 때문이지요. 그러나 가장 큰 목적은 삶에서 겪는 괴로운 일을 구체적으로 설명하기 위해서입니다. 제 문제점은 지극히 평범한 편입니다. 그리고 사실 아빠의 문제와 어떤 점이 제 감정을 상하게 하는지 불평이라도 할 수 있는 저는 운이 좋다고 생각해요. 하지만 이 명백한 문제 상황에 해결책을 제시하는 책은 존재하지 않습니다. 슬프게도 저는 서점으로 튀어 나가 '아빠가 투자에 실패하고 은밀히 당신과 당신의 엄마를 대신할 사람을 찾았을 때 그 괴로움을 극복하는 법'에 관해 쓴 책을 집어들 수는 없었으니까요.

대신 분노와 고통, 오래된 상처를 극복하기 위해 치료사를 찾을 수는 있었죠. 치료사를 통한 치료는 정말 효과가 좋았습니다. 그들은 '치료사'라는 이름 그대로 가족극의 전문가이며, 가족극에서 생겨나는 자기혐오를 다루는 숙련된 기술자입니다. 어떤 자기 계발서도 여러분의 성공적인 삶을 위한 방법을 찾으려고 학위까지 취득한 사람과의 대화를 대신하지 못합니다. 앞에서 언급한 불같은 분노의 감정을 받아들일 수 있었던 것은 바로 웨스트 빌리지에 사무실이 있는 멋진 여자 덕분이었습니다. 그는 우리가 살면서 종종 부딪히는 지저분한 문제들을 아주 천천히 함께 헤쳐나가 주었습니다.

저와 크리스틴이 읽었던 대부분의 자기 계발서는 치료사에게 도움받는 것을 부차적으로 설명합니다. 주제와 관련 있는 장이 끝나기 전에 황급히 언급하는 정도지요. 누군가에게 도움을 구하는 행동은 도망치는 게 아니라 현명한 일입니다. 왜 실질적인 라이프

코칭 전문가와 대화를 나누는 것을 최후의 수단으로만 생각할까요?

앞으로 아빠에게 무슨 일이 일어날지는 모르겠습니다. 하지만 제 곁에 제 고민 해결을 전문으로 하는 매우 똑똑한 여자가 한 분 계신다는 걸 알기에 매일 밤 편한 마음으로 잠자리에 듭니다.

크리스틴과 졸렌타에게,

저는 지나치게 머릿속이 복잡한 사람들, 제정신이 아니라서 스스로 일어설 수 없는 사람들, 신경질적이고 나르시시즘적인 사람들, 실제로는 문제가 없지만 밖에 나가 주도적으로 사는 것보다 머릿속 상상들에 싸여 사는 것을 좋아하는 사람들이 받는 것이 치료라고 생각합니다. 논리적으로는 틀린 말이라는 건 압니다. 저 자신도 어떤 치료를 통해서 얻는 혜택이 분명히 있을 거라는 것도 알고요. 하지만 자라면서 들어왔던 치료에 대한 부정적 메시지를 거부하기 위해 논리적으로 생각하기가 힘들어요.

NT

NT에게,

터놓고 말씀드릴게요. 당신이 자라면서 들었던 메시지들이 완전히 틀린 건 아닙니다. 맞아요. 정말 머릿속이 복잡한 사람들이 치료를 받으러 갑니다. 또 신경질적이고 나르시시즘적인 사람들이 치료를 받으러 가지요. 하지만 그들 말고도 직장을 잃은 사람들이 치료를 받습니다. 이별을 겪은 사람들도 치료를 받고요. 잠을 자기 어려운 사람들이나 '자기 방해self-sabotage'를 겪는 사람들, 삶이 힘겨운 사람들 역시 치료를 받습니다.

반면에 진짜 치료를 받아야 하는 몇몇 사람들은 절대 치료를 받지 않습니다. 예민하고 자기애에 빠져 있는 사람들 몇몇도 치료 근처에조차 가지 않고요.

당신도 이미 이 사실을 알고 있다고 믿습니다. NT님. 당신은 논리적으로 말했어요. 자라면서 들은 치료에 관한 메시지가 잘못되었다는 것을요.

저는 당신에게 상황을 다르게 보실 것을 추천합니다. 치료사를 내 이해의 범위를 벗어난 특이하고 이상한 존재로 간주하는 대신 의료 전문가로 구성된 팀의 한 일원으로 보는 겁니다. 구강 건강을 담당하는 치과 의사, 피부 건강을 담당하는 피부과 의사 그리고 다른 건강관리를 전문으로 하는 의사들이 있잖아요.

이들 중 몇몇은 나의 상태를 확인하기 위해 정기적으로 찾는 전문가일 겁니다. 또 몇몇은 응급 상황에서만 볼 수 있을 테고요. 매년 또는 반년마다 건강 상태를 점검하기 위해 찾는 전문가들도 있지요. 치료사도 별반 다르지 않습니다. 몇 주, 혹은 몇 달 동안 찾을 수도 있어요. 위기가 닥쳤을 때만 찾을 수도 있고요. 어쨌거나 제가 하고 싶은 말은 그들을 만난 다음에 당신의 기분이 나아졌으면 좋겠다는 겁니다.

마지막으로 한 가지 더 말씀드릴게요. 모든 사람이 치료가 필요한 것은 아닙니다. 그리고 졸렌타와 제가 효과를 보았다고 해서 다른 사람들도 모두 치료를 받아야 한다는 것도 아니고요. 하지만 만약 당신을 치료에서 멀어지게 하는 유일한 이유가 '나의 가치를 떨어뜨린다'라는 두려움이라면 분명히 말씀드릴게요. 알레르기가 있을 때, 알레르기 전문 치료사가 아니라 그냥 치료사를 찾아가는 건 가치가 없습니다. 그만큼, 웬만하면 치료사의 도움을 받아보길 권한다는 뜻이에요. 건강을 위해 할 수 있는 가장 좋은 행동이기도 하고요.

크리스틴

책대로 해 봤습니다

졸렌타와 크리스틴의 대화

////

졸렌타 우리가 자기 계발서 50권을 읽었잖아. 사람들이 책을 통해 얻은 가장 큰 수확이 뭐냐고 자주 물어. 삶의 의미나 행복의 비법을 배웠냐고. 책을 통해 배운 게 뭐냐고.

크리스틴 한마디로 말하자면 그렇게 많지는 않아.

졸렌타 그건 잘못된 생각이야.

크리스틴 책에서 배울 게 없었다는 건 아니야. 하지만 내 말을 들어봐. 너랑 책 읽기에 도전하기 전부터 나는 이미 알고 있었어. 스스로 잘났다는 전문가들을 내가 다는 신뢰하지 않을 거라는 걸. 삶의 의미는 하나가 아니고 수백 가지라는걸. 생산적인 사람이 되는 방법, 사랑을 하는 방법, 다른 사람과 관계를 맺는 방법,

창의적인 사람이 되는 방법, 또 평화로워지는 방법에 대한 정답은 어디에도 없다는걸.

졸렌타 너보다 더 너를 잘 아는 전문가는 없어.

크리스틴 맞아! 그 저자들을 만난 적도 없고, 내 문제에 대해 길게 이야기한 적도 없잖아. 그렇다고 내 숨겨진 이야기나 살아온 과정을 잘 아는 사람들도 아니고. 그 사람들이 '온전한 나 자신이 되는 방법'을 어떻게 나보다 더 잘 알겠냐고.

졸렌타 모를 것 같아. 그렇지만 이 저자들을 왜 믿으려고 하는지는 완전히 이해돼. 너도 그렇고 우리 둘 다 살면서 그들이 하는 이야기에 많이 끌렸었잖아.

크리스틴 아니, 잠깐. 나는 실제로 내가 책 내용을 실천하면서 배운 거에 끌린 거지. 난 좀 더 공감력이 생긴 것 같아.

졸렌타 넌 원래 공감력이 뛰어났잖아.

책대로 해 봤습니다

크리스틴 맞는 말이기도 한데 틀린 점도 있어. 나는 너나 사랑하는 사람이나 일반 사람들에게는 공감력을 잘 발휘하지만 〈책대로 살아보기〉를 하기 전까지만 해도 자기 계발서를 맹신하는 사람들에게는 잘 공감할 수 없었어. 솔직히 속이기 쉬운 바보들 같았거든. 어떻게 하면 '당신의 인생을 바꿀 유일하고도 확실한 방법' 같은 유행하는 다이어트나 어이없는 약속들, 엉터리 물건 판매원들 같은 것에 그렇게 쉽게 빠질 수 있는지 의아했어. 네 덕분에 생각이 많이 바뀌었지. 청취자들도 그렇고.

졸렌타 우리한테는 최고의 청취자가 있잖아. 이 글을 읽고 계신 여러분, 여러분을 향한 저희의 사랑을 알아주셔야 해요. 여러분들의 사는 이야기, 불안함, 각종 고민이나 책에 관심을 가지는 이유가 담긴 수백 통의 사연이 매주 도착해서 저희는 정말 행복합니다. 여러분의 자연스러운 모습과 귀여운 강아지들을 찍은 사진도 정말 좋아요.

크리스틴 그래, 정말 고마운 일이지. 청취자분들 덕분에 사람들이 왜 그런 책을 찾는지 이해할 수 있었으니까. 좀 더 어렵게 말해 볼까? 세상의 주류가 되는 의료 시스템은 정신 건강을 이해하는 데 많은 자원을 할애하지 않아. 사회 구조와 경제 시스템은 자신을 돌보고 더 알려고 노력하는 사람들에게 허락되지 않는다는 뜻이야. 많은 사람이 아이를 갖기 위해, 혹은 사랑하는 누군가의 죽음을 애도하기 위해 휴가를 쓰지 못해. 정신과 의사를 찾거나 충분한 수면을 취하는 것은 더더욱 어렵고. 왜 도움이 필요한 사람들이 책을 붙잡고 있는지 알 것 같아. 가끔 우리가 길을 잃었을 때 방향을 제시하는 사람이 단지 땅을 가리키는 화살표 그림을 들고만 있어도, 그 자체가 어딘가로 향하는 길을 가리키는 것처럼 느껴질 수 있으니까.

졸렌타 맞아. 대부분의 사람들은 가끔 상실감을 느끼는 것 같아. 나와 같은 사람은 자주 상실감을 느끼기도 하고. 우리가 영위하는 현대의 문화에는, 특히 미국에는 '자신이 괜찮지 않다고 느끼는' 사람들을 위한 공간이 적어. 자신감이나 외향성 그리고 모조리 쟁취하는 것은 종종 성공과 같은 말이라고 사람들이 착각하는 자질들이야. 하지만 자신감이 가득 찬 사람들도 처음부터 그런 자질을 지니고 시작하지 않아. 항상 자신만만해하지도 않고. 그걸 알면서도 우리는 부정적인 성향을 인정하거나 도움을 청하는 걸 주저해. 그때가 실은 긍정적으로 변화하기 위한 첫 번째 단계인데 말이야. 인정하지 않는 한 절대 바뀌지 않아. 나도 내 불행을 터놓고 얘기하지 않았다면 내 멋진 친구 크리스틴이랑 〈책대로 살아보기〉를 할 생각도 못 했을 테니까!

크리스틴 말 한번 잘했어. 세상이 좀 더 자주 말해 줬으면 좋겠어. "안 괜찮아도 괜찮아. 그게 정상이니까. 도움을 받는 것도 좋은 일이야" 이렇게. 간단히 말하자면 난 자기 계발서 마니아들을 더 이상 얼간이로 생각하지 않아.

졸렌타 신기하게 나는 이 프로젝트를 진행하는 동안 자기 계발서 저자들 자체에 더 매력을 느끼게 되더라고. 그리고 솔직히 말하면 이 사람들 중 몇몇이 하는 싸구려 조언에 대한 네 생각을 떠올리게 되었어.

크리스틴 어떤?

졸렌타 이거 진짠데, 그들 중 많은 수가 사기꾼들이야. 졸업장 공장에서 학위를 받은 사람들만 사기꾼인 게 아니야. 그 저자들 중 몇몇은 문화적으로 호기인 시기에 닥치는 대로 시장에 진입하는 마케팅 천재들보다 더 자기 계발에 도움이 되지 않아. 금방 연애의 고수가 되었다가, 또 바로 어떻게 '자기 실현self-actualize'을 이룰 건지에 대해 책을 쓴다니까. 아무리 선의의 말을 늘어놓는 다고 해도, 그들은 강박적인 사람이 하는 기괴한 자기 위안에 그 치는 조언을 하기도 해.

크리스틴 많은 작가가 네가 말한 마지막 범주에 속하는 것 같아. 강박적인 청소 방법을 알려 주거나 해가 뜨기 전에 작업을 다 끝 내야 한다든가 매일 같은 시간에 명상을 해야 한다는 둥, 고정관 념이 배어 있기도 하니까. 그들이 개인적으로 위안을 얻는 것들 이 모두를 위한 만능 해결책이라고는 할 수 없어. 왜 그것들이 일 반 독자들에게도 다 적용될 거라고 생각하는 걸까?

졸렌타 일반 독자들에 대한 현실적인 이야기를 해 보자고. 자기 계발서를 읽는 독자 중 거의 3분의 2가 여자야. 그런데 저자의 3분의 2는 남자래. 책 리뷰 사이트 '굿리즈Goodreads'의 자기 계발 서를 조사한 결과이긴 하지만. 그리고 우리 연구에서도 대부분 의 자기 계발서 저자들이 백인이라는 걸 알았잖아. 그들 중에 정 말 많은 사람이 부유하게 잘살고 있어. 너무 많은 사람이 좁은 시

책대로 해 봤습니다

야를 가지고 있고. 그들은 여자, 가난한 사람, 유색 인종으로 사는 것이 어떤 건 줄 몰라. 그런데도 "내가 할 수 있으면 당신도 할 수 있습니다"라고 하잖아.

크리스틴 맞아. 곧바로 3루에서 태어났을 때는 그렇게 말하기 쉽지. 나는 야구할 때 신을 스파이크 하나 없는걸.

졸렌타 그렇다니까. 그리고 그들은 우리가 그렇게 되고 싶어 한다고 생각해. 그 사람들은 피상적인 가치를 전파하고 소비자 지향적인 성공의 상징을 숭배하지.

크리스틴 나나 나와 같은 문제가 있는 사람들이 자신의 삶을 더 즐기거나 행복을 찾는 데는 실제로 도움이 안 돼.

졸렌타 그래. 만약 어떤 책이 독자에게 저자와 같은 삶을 지향해야 한다고 말한다면 그 조언을 경계해야 해. 그 저자들은 자신이 조력자가 아니라 아이돌인 것처럼 자리매김하려는 거니까.

크리스틴 나도 같은 생각이야. 읽었을 때 기분이 나빠지는 책도 조심해야 해. 책이 독자를 실패자라고 부르거나 나쁜 상황이 닥쳤을 때 독자 자신을 비난하도록 부추긴다면 당장 그 책을 내려놓아야지.

졸렌타 저 책들을 읽고 실천하면서 제일 놀랐던 건 내가 좋아하지 않는 조언들이 얼마나 많은지 알게 됐다는 거야. 우리가 어떤 걸 싫어하는지 알아내고, 우리를 잘못된 방식으로 괴롭히는 것들을 시도해 보면 자신에 대해 새로운 걸 많이 알 수 있어. 나는 용서하라는 조언, 단지 그렇게 하는 게 우리 사회에 맞는다는 이유로 일찍 일어나라는 조언이 싫었어. 다 나에 관해 새롭게 알게 된 점들이야. 좋아하지 않는 것이 무엇인지 알수록, 실제로 효과가 있는 것이 무엇인지, 더 즐거운 삶을 위해 어떤 것을 구체화해야 하는지 더 자세히 알 수 있더라.

크리스틴 그런 점이 좋아. 조언이 의미 없어 보여도 그것을 통해서 우리는 자신에 대해 무언가는 배울 수 있거든. 그게 작가가 생각한 '배울 점'이 아닐지도 모르지만. 나는 친절하게 행동하는 게 좋다는 걸 배웠어. 제대로 사과하라는 조언도 감명 깊었고.

졸렌타 여러분도 상황이 되면 그 조언을 따라 해 보고, 또 여러 분의 새로운 모습을 찾는 데 열린 마음을 가졌으면 좋겠습니다. 우리는 우리 자신과 우리에게 효과가 있는 것들에 대해 궁극적 으로 알 권리가 있으니까요. 책에 적혀 있고 누구는 효과가 있다 는데 정작 난 배운 점이 없다고 실망할 필요도 없어요. 여러분이 잘못된 게 아닙니다. 조언이 별로일 수도 있어요.

크리스틴 여러분, 완벽함을 추구하려고 하지 마세요. 늘 행복할 수 있는 비법이 있다는 사람의 말도 믿지 마세요. 우리의 삶은 하 나의 단순한 감정보다 훨씬 더 복잡하고 흥미진진하니까요.

졸렌타 저희 말을 이해하셨을 줄로 믿어요.

크리스틴 여러분 모두 행복해지실 거예요.

감사의 말

졸렌타

제일 먼저 크리스틴 마인저에게 감사의 말을 전합니다. 직장에서 영화 이야기로 말다툼하고서 친구 하기로 한 게 이렇게까지 이어질 줄 누가 알았겠어요. 넌 나한테 영감을 주고 나를 항상 붙잡아 줘. 항상 너다운 모습으로 있어 줘서 고맙고, 또 내 이야기를 들어 줘서 고마워.

우리 에이전트인 리즈 파커, 당신은 무명이었던 우리를 찾아내서 내가 꿈도 꾸지 못한 것들을 이룰 수 있게 도와줬어요. 우리를 믿고 지지해 줘서 감사합니다. 캐시 존스, 당신은 최고의 편집자예요. 당신의 친절한 지도와 열정적인 격려 덕분에 이 모든 과정을 즐겁게 마칠 수 있었습니다. 그리고 윌리엄 모로우의 전 직원분들, 자기 계발 리얼리티쇼 팟캐스트에 참여해 주셔서 감사합니다. 꿈이 실현되는 순간이었어요.

〈책대로 살아보기〉가 첫발을 내디딘 순간부터 지금까지 함께 해 주신 모든 분께 진심으로 감사드립니다. 카메론 드류스, 미아 로벨, 로라 메이어, 당신들의 조언과 스토리텔링 능력은 우리 쇼의 전체적인 구성과 분위기를 완성했어요. 노라 리치, 케이시 폴포드, 크리스 배넌 그리고 스태프 여러분, 여러분의 전문성과 기술, 헌신이 우리가 함께 만든 모든 것에서 빛났습니다. 린지 크라토크빌, 저희가 이 책을 쓸 때 '우리는 널 사랑해(그러니까 너도 우릴 사랑할 수 있어)' 클럽에 푹 빠지지 않게 막아 줘서 감사합니다. 딘 맥로비, 우리 프로젝트가 어떻게 당신의 삶을 방해하는지 기록할 수 있게 해 주고 저와 크리스틴을 지지해 줘서 고마워요. 당신은 정말 많은 것을 도와줬고, 또 저희에게 기쁨 그 자체였습니다.

제 멘토들에게도 감사의 말씀을 전합니다. 피터 노박, 켄 손킨, 아루아 군자, 엘렌 프랭크만, 제이 코이트, 케빈 앨리슨, 찰스 투트힐, 저를 위해 귀한 시간을 내 주셨고 가르침을 주셨습니다. 그리고 제가 잘 해낼 수 있도록 격려해 주셨지요. 항상 감사드리고 있습니다. 캐롤라인과 레이첼에게도 감사를 전하고 싶어요.

친구들아, 모두 고마워. 내가 책대로 살 때나 엉망으로 살 때나 늘 참아 준 친구들, 엘스페스 맥밀런, 나탈리에 피쉬, 사샤 보로도 프스키, 피터 빈, 알렉스 해리스, 멜리사 캘러핸, 클로이 딕슨, 에리카 스미스, 재나 에믹, 클로이 휴즈, 벤 래서, 매티 에텐하임, 코트니 바이런 미첼, 잭과 빅키 탑키스, 아밋 엘하난, 소피 마크스, 케이티 맥니시, 크리스 파파스, 미셸 오누프라크. 내게 영감을 주고 내 농담에 웃어 주고 내가 몰두하는 모든 것을 참고 봐 줘서 고마워.

우리 가족에게도 고맙다는 말을 전하고 싶습니다. 이모, 삼촌, 할아버지, 할머니, 나를 믿어 주고 함께 있어 줘서 고마워요. 수잔 그린버그, 두 번째 만남부터 나의 가장 열성적인 팬이 되어 줘서 고마워요. 당신은 나의 햇살입니다. 당신 덕분에 웃는다니까요. 브래드 미엘케, 내가 할 수 있는 일이 없다고 생각했을 때 할 일을 깨우쳐 줘서 고마워요. 당신의 애정과 열정 없이는 이 프로젝트를 시작하지도 못했을 거예요. 그리고 내 작은 강아지 프랭크, 넌 최고의 반려동물이자 직장 동료야.

무엇보다도 〈책대로 살아보기〉를 사랑해 주신 청취자분들께 감사의 말씀을 드립니다. 이 책은 여러분을 위한 거예요. 저희 이야기에 공감하고 여러분의 이야기를 공유해 주셔서 감사합니다. 〈책대로 살아보기〉 커뮤니티는 서로를 축하하고 응원하는 목소리로 가득 찬, 마법 같은 공간입니다. 저도 그 일부라는 게 참 기뻐요. 여러분이 부디 이 책을 자랑스럽게 여겨 주길 바랍니다.

크리스틴

이 책은 위대한 졸렌타 그린버그가 없었다면 절대 세상에 나오지 못했을 겁니다. 졸렌타, 책을 다루는 괴짜 쇼를 진행해 보자고 권해 줘서 고마워. 그리고 처음 거절했을 때 인내심을 가지고 기다려 준 것, 결국 내가 그 제안을 받아들였을 때 뛸 듯이 기뻐해 준 것도 고마워. 〈책대로 살아보기〉를 너와 함께해서 즐거웠고 또 배운 점도 많았어. 너와 우리 쇼가 내 삶을 더 알차게 만들어 줬어. 우리의 용감한 에이전트 리즈 파커에게도 감사의 말을 전합니다. 리즈, 저희가 꿈꿔온 책 쓰기를 현실로 만들어 주고 항상 우리가 더 높이 날아오를 가치가 있다고 믿어 줘서 정말 감사합니다. 윌리엄 모로의 훌륭하고 인내심 있는 편집자 캐시 존스에게도 감사드립니다. 이 책의 멋진 표지를 디자인해 준 재능 넘치는 분들을 포함해, 모든 팀원분들께 진심으로 감사를 표하고 싶습니다.

〈책대로 살아보기〉와 우리의 다른 프로젝트들을 함께 작업해 주신 모든 프로듀서님, 감사합니다. 그중에서도 특히 뛰어난 통찰력과 스토리 구성 본능으로 전체적인 완성도를 높여 준 창립 프로듀서 카메론 드류스, 용감하고 멋지게 지휘봉을 잡고 우리를 새로운 곳으로 이끌어 준 노라 리치, 천사의 목소리처럼 들리게 도와준 케이시 홀포드 그리고 '우리는 널 사랑해(그러니까 너도 우릴 사랑할 수 있어)' 클럽의 창립 프로듀서이자 작가, 슈퍼 스타 린지 크라토크빌이 기억에 남습니다. 파노플리와 스티쳐의 모든 분들과 로라 메이어, 미아 로벨, 크리스 배넌, 감사합니다.

저희 꿈을 지지해 주고 어려울 때 이겨낼 수 있게 도와준 친구들과 가족들에게 감사합니다. 특히 언제나 현명한 조언을 해 주는 남편 딘에게도 감사하다는 말을 전합니다. 딘, 늘 다정하게 대해 줘서 고마워. 나는 매일 당신의 지지와 사랑을 통해 성장하고 있어. 그리고 그에 못지않게 브래드에게도 고마워요. 브래드, 당신이 〈책대로 살아보기〉와 졸렌타에게 보여 준 다정함은, 저를 포함해 당신 부부를 사랑하는 모든 사람에게 선물과도 같아요. 끝없는 인내심과 유머 감각을 보여 줘서 고맙습니다. 제 책에서 당신과 딘은 '미국의 가장 좋은 남편'이라는 타이틀을 소유하고 있어요.

앞으로도 쭉 사랑할 할머니와 엄마, 고마워요. 내가 하는 모든 일을 자랑스럽게 여길 수 있길 바랄게요.

마지막으로 청취자분께 감사드립니다. 여러분이 해 준 이야기와 질문, 비판적인 코멘트, 저희에 대한 응원에 감사해요. 우리 이야기를 여러분과 함께 나눌 수 있게 해 주셔서 고마워요. 그리고 여러분의 삶을 저희와 함께 해 주셔서 고맙습니다.

졸렌타와 크리스틴이 읽은
50권의 책들

- 론다 번, 《시크릿》, 김우열 옮김, 살림Biz, 2007.
- 곤도 마리에, 《정리의 힘》, 홍성민 옮김, 웅진지식하우스, 2020.
- 미레유 길리아노, 《프랑스 여자는 살찌지 않는다》, 최진성 옮김, 물푸레, 2007.
- 해리 로레인, 제리 루카스, 《뇌를 웃겨라》, 양영철 옮김, 살림Life, 2008.
- 실비아 브라운, 《전생, 미래의 치유Past Lives, Future Healing》, 피아트쿠스북스, 2006.
- 스티브 이코노미데스, 아넷 이코노미데스, 《돈에 관한 정답을 알려드립니다America's Cheapest Family Gets You Right on the Money》, 쓰리리버스프레스, 2007.
- 존 그레이, 《화성에서 온 남자 금성에서 온 여자》, 김경숙 옮김, 동녘라이프, 2010.
- 루안 드 레셉스, 《백작 부인과의 수업Class with the Countess》, 펭귄그룹 USA, 2009.
- 대런 애커스, 《돈 되는 e북 2주 만에 쓰는 법How to Write an Ebook in Less Than 7-14 Days That Will Make You Money Forever》
- 마누시 조모로디, 《심심할수록 똑똑해진다》, 김유미 옮김, 와이즈베리, 2018.
- 마이크 비킹, 《리틀 휘게북The Little Book of Hygge》, 윌리엄모로앤코퍼레이션, 2017.
- 질 니마크, 스티븐 포스트, 《왜 사랑하면 좋은 일이 생길까》, 강미경 옮김, 다우, 2013.
- 할 엘로드, 《미라클모닝》, 김현수 옮김, 한빛비즈, 2016.
- 섀드 헴스테터, 《Self-Talking》, 정경옥 옮김, 에코비즈, 2004.

- 게리 채프먼, 《5가지 사랑의 언어》, 황을호, 장동숙 옮김, 생명의말씀사, 2010.
- 킴 크랜스, 《와일드 언노운 타롯 덱과 가이드북Wild Unknown Tarot Deck and Guidebook》, 하퍼콜린스, 2016.
- 마크 맨슨, 《신경 끄기의 기술》, 한재호 옮김, 갤리온, 2017.
- 젠 신체로, 《사는 게 귀찮다고 죽을 수는 없잖아요?》, 박선령 옮김, 홍익출판사, 2019.
- 댄 해리스, 제프 워런, 칼리 아들러, 《안절부절못하는 회의론자를 위한 명상Meditation For Fidgety Skeptics》, 스피겔앤그라우, 2018.
- 비 존슨, 《나는 쓰레기 없이 살기로 했다》, 박미영 옮김, 청림Life, 2019.
- 에이미 커디, 《프레즌스》, 이경식 옮김, 알에이치코리아, 2016.
- 플로렌스 윌리엄스, 《자연이 마음을 살린다》, 문희경 옮김, 더퀘스트, 2018.
- 엠마 그레이, 《소녀들이 레지스탕스가 되는 법A Girl's Guide to Joining the Resistance》, 윌리엄모로앤컴퍼니, 2018.
- 팀 페리스, 《나는 4시간만 일한다》, 최원형, 윤동준 옮김, 다른상상, 2017.
- 아누슈카 리스, 《내 옷장 속의 미니멀리즘》, 박아람 옮김, 스타일북스, 2018.
- 《사과하는 법How to Apologize》, 유씨버클리 출판부.
- 레이첼 홀리스, 《나를 바꾸는 인생의 마법》, 박미경 옮김, 이다미디어, 2019.
- 존 크랠릭, 《감사를 표현하는 간단한 방법A Simple Act of Gratitude》, 히페리온북스, 2011.
- 숀다 라임스, 《1년만 나를 사랑하기로 결심했다》, 이은선 옮김, 부키, 2018.
- 랜디 저커버그, 《픽 쓰리》, 임현경 옮김, 알에이치코리아, 2019.
- 미스카 란타넨, 《팬츠드렁크》, 김경영 옮김, 다산북스, 2018.
- 엘리자베스 길버트, 《빅매직》, 박소현 옮김, 민음사, 2017.
- 메카 우즈, 《행복과 성공을 위한 점성술Astrology for Happiness and Success》, 아담스메디아코퍼레이션, 2018.

책대로 해 봤습니다

- 돈 미겔 루이스, 《네 가지 약속》, 유향란 옮김, 김영사, 2012.
- 수지 오먼, 《돈, 당신이 알고 있는 모든 것은 틀렸다》, 진회숙 옮김, 청년정신, 2005.
- 소냐 르네 테일러, 《몸은 사과할 필요가 없다The Body Is Not an Apology》, 베렛-코엘러 퍼블리셔스, 2018.
- 소피 한나, 《뒤끝 남기는 법: 분노에서 만족으로, 인생을 바꾸는 뒤끝의 힘How to Hold a Grudge: From Resentment to Contentment--The Power of Grudges to Transform Your Life》, 스크라이브너, 2019.
- 아리아나 허핑턴, 《수면 혁명》, 정준희 옮김, 민음사, 2016.
- 데이비드 앨런, 《쏟아지는 일 완벽하게 해내는 법》, 김경섭, 김선준 옮김, 김영사, 2016.
- 스태시 슈로더, 《넥스트 레벨 베이직Next Level Basic》, 갤러리북스, 2019.
- 케이티 버틀러, 《아무도 가르쳐주지 않은, 괜찮은 죽음에 대하여》, 고주미 옮김, 메가스 터디북스, 2021.
- 크리스틴 마인저, 《팟캐스트를 시작하려는 당신에게So You Want to Start a Podcast》, 하퍼콜린스, 2019.
- 데일 카네기, 《데일 카네기 인간관계론》, 임상훈 옮김, 현대지성, 2019.
- 해리 에머슨 포스딕, 《참된 인격이 되려면On Being a Real Person》, 하퍼앤브라더스, 1943.
- 노먼 빈센트 필, 《적극적 사고방식》, 이정빈 옮김, 지성문화사, 2015.
- 필리스 딜러, 《필리스 딜러의 살림꾼 되는 법Phyllis Diller's Housekeeping Hints》, 더블데이, 1966.
- 알렉스 컴포트, 《조이 오브 섹스The Joy of Sex》, 미첼 비즐리, 2014.
- 해리엇 러너, 《무엇이 여자를 분노하게 만드는가》, 이명선 옮김, 부키, 2018.
- 스펜서 존슨, 《누가 내 치즈를 옮겼을까?》, 이영진 옮김, 진명출판사, 2015.
- 브레네 브라운, 《나는 불완전한 나를 사랑한다》, 서현정 옮김, 가나출판사, 2019.

양소하 옮김

언어가 좋아 대학에서 영문학과 일문학을 전공하고 동경일본어학교를 졸업했다. 외국계 기업에서 근무한 뒤, 현재는 서울중앙지방법원 소속 통번역인으로 일하고 있다. 글밥아카데미에서 영어 및 일본어 출판 번역 과정을 수료하고 바른 번역 소속 번역가로 활동하면서 《일본의 다섯 공주 이야기》 등을 우리말로 옮겼다.

책대로 해 봤습니다

1판 1쇄 인쇄 2021년 7월 7일
1판 1쇄 발행 2021년 7월 20일

지은이 졸렌타 그린버그, 크리스틴 마인저
옮긴이 양소하

발행인 양원석 편집장 김건희 책임편집 신채윤
디자인 신자용, 김미선 영업마케팅 조아라, 신예은, 김보미, 이지원

펴낸 곳 ㈜알에이치코리아
주소 서울시 금천구 가산디지털2로 53, 20층(가산동, 한라시그마밸리)
편집문의 02-6443-8902   도서문의 02-6443-8800
홈페이지 http://rhk.co.kr
등록 2004년 1월 15일 제2-3726호

ISBN 978-89-255-7993-1 (03800)